Diogenes Taschenbuch 135/14

de
te
be

Georges Simenon

# *Ankunft Allerheiligen*

*Roman*

*Deutsch von Eugen Helmlé*

Diogenes

Titel der Originalausgabe:
›Le voyageur de la Toussaint‹

Die deutsche Erstausgabe erschien 1961
unter dem Titel ›Der Passagier vom
1. November‹.
Umschlagbild von Pablo Picasso

150/79/8/1
ISBN 3 257 20674 7

## *Inhalt*

# *Der blinde Passagier*

I

Gilles Mauvoisin blickte vor sich hin, ohne zu sehen, und er hatte rote Augen und eine rissige Haut wie jemand, der viel geweint hat. Dabei hatte er gar nicht geweint.

Kapitän Solemdal hatte ihm gesagt, er solle sich bereithalten und in der Offiziersmesse warten, wo er während der Schiffsreise seine Mahlzeiten eingenommen hatte.

Gilles wartete in dem langen schwarzen Mantel, der ihm nicht gehörte, eine schwarze Fellmütze auf dem Kopf und seinen Koffer neben sich, wie im Gang eines Zuges kurz vor der Ankunft, in der Hand ein Taschentuch wegen seines Schnupfens.

Und jetzt lag das Schiff im Hafen der Fischdampfer, ohne daß er etwas von La Rochelle gesehen hätte. Vielleicht lag das Bullauge auf der falschen Seite? Auf hoher See war man an roten und schwarzen Bojen vorbeigekommen, die sicherlich die Einfahrtsrinne markierten. Dann waren Tamarisken ganz nahe am Rumpf der »Flint« vorbeigeglitten, und die Landungsmanöver hatten begonnen, das Läuten des Telegraphen, halbe Fahrt, stop, zurück, stop, vor . . .

Noch immer suchte er mit den Augen die Stadt, und während sich die »Flint« mitten im Hafenbecken um sich selber drehte, erblickte er nur Geleise, Waggons, die außer Betrieb zu sein schienen, ein altes Schiff, dessen Fugen mit Mennige überstrichen waren, dann eine kahle Böschung und Kühlhallen.

Es würde bald dunkel werden. Es war schon dunkel. Ein gelblicher Nebel hielt noch einen verschwommenen Sonnenglanz zurück. Wieder Eisenbahngeleise, ein Faßwagen und dort, direkt vor Gilles, ganz nahe vor ihm, ein engumschlungenes Liebespaar neben einem Fahrrad, das an dem Waggon lehnte.

Dieses Liebespaar war im Grunde das erste, was Gilles Mauvoisin von La Rochelle zu sehen bekam. Der Mann drehte ihm den Rücken zu. Er trug einen gelben Regenmantel. Er hatte keinen Hut auf, und sein braunes Haar war sehr dicht. Von dem Mädchen sah Gilles nur Haare, die ebenfalls braun waren, und ein weit geöffnetes Auge, ein Auge, das ihn ansah, während ihre Lippen an die ihres Gefährten gepreßt blieben.

In diesem nicht endenwollenden Kuß lag etwas Merkwürdiges, vor allem aber in diesem Auge, dessen Blick gewissermaßen forthuschte, um Gilles in der Offiziersmesse zu packen.

Er zuckte zusammen. Die »Flint« hatte festgemacht, und Solemdal stand vor ihm, glatt rasiert wie immer, wenn er an Land ging, sein blondes Haar roch nach Kölnischwasser, und sein Oberkörper steckte in einer neuen Matrosenjacke mit goldenen Knöpfen.

»Wir sind soweit«, kündigte er an.

Und Gilles fand nicht die richtigen Worte. Er hätte ihm danken sollen. Er lief über vor Dankbarkeit für diesen schönen, lebensprallen Kapitän, der ihn fast wie eine Frau umsorgt hatte. Am liebsten hätte er sich ihm an die Brust geworfen. Aber Solemdal hätte das nicht gern gehabt. Linkisch drückte er ihm die Hand. Er zog die Nase hoch. Sein Schnupfen. Er wagte nicht, sein Taschentuch hervorzuziehen, das er in die Tasche gesteckt hatte. Seinen Koffer in der Hand, ging er langsam die Treppe hinunter.

Der Nebel hatte sich aufgelöst und war jetzt nur noch ein blauer Dunst mit violetten Schattierungen, der über dem Hafen schwebte. Die elektrischen Lampen auf den langen Masten brannten.

Ein Matrose erwartete Gilles auf der Brücke gleich neben der Reling, auf der dem Kai abgewandten Seite. Er machte einen großen Schritt, ließ sich an der Lotsenleiter hinab und stand im Heck eines Bootes, seinen Koffer zu seinen Füßen.

Er wirkte so noch größer, magerer, schmaler. Sein allzu langer Mantel verstärkte diesen Eindruck noch, und auch die Tatsache, daß er Trauerkleidung trug, ganz schwarz und weiß. Die Ruder klatschten in das Wasser des Hafenbeckens, auf dem sich die Lichter der Lampen langgestreckt spiegelten, und jetzt, in dem Augenblick, in dem Gilles an Land springen wollte, sah er direkt vor sich den gelben Regenmantel wieder, den Rücken des Verliebten und das Auge des Mädchens. Man hätte meinen können, es sei immer noch der gleiche Kuß, der weiterging.

Auf der Schulter des jungen Mannes erkannte Gilles jetzt eine Hand, kleine, weibliche Finger, und diese Finger begannen an dem Gabardinestoff zu zerren.

Gilles hatte das Gefühl, als spüre er die Wärme der beiden Körper, als schmecke er den Speichel dieses Kusses, der nicht aufhören wollte, als streife das Haar über seine Wange. Diese kleine Handbewegung bedeutete:

»Laß mich los.«

Der Verliebte, der dem Hafenbecken den Rücken zudrehte, drückte sie nur noch fester, und sie zuckte wie ein Vogel, der sich aus der Hand, die ihn gefangen hält, zu befreien versucht.

Sie mußte sich wohl heftig sträuben. Gilles sah das Gesicht fast ganz, ein so junges Gesicht, daß es ihn verlegen machte. Hörte er? Hörte er nicht? Jedenfalls war er sicher, daß sie sagte:

»Schau mal, der da!«

Und sie zeigte auf ihn, und erst jetzt wurde ihm bewußt, wie ungewöhnlich diese heimliche Landung, wie unerwartet seine lange Silhouette, seine Fellmütze und sein lächerlich kleines Köfferchen wirken mußten.

Eingeschüchtert verfing er sich mit dem Fuß in Tauen, vermied es gerade noch, lang hinzuschlagen, erreichte endlich das Ende des Kais, von wo aus er zwischen den Lagerhallen die Lichter der Stadt entdeckte und den fahlen Leuchtturm, der merkwürdigerweise aus den Häusern am Quai Vallin herausragt.

Genau an der Ecke des Kais, gegenüber der Ville en Bois, ist ein kleines, gemütliches Lokal mit einer hohen Theke aus Mahagoniholz, einigen Hockern, einigen Tischen, Kristallgläsern auf Wandregalen.

Raoul Babin saß auf seinem Platz, mit seinem ganzen Gewicht, denn er setzte sich so energisch hin, daß er die Sitze unter seiner Masse zermalmen zu wollen schien.

Er tat nichts. Er saß stundenlang da, steckte sich eine Zigarre nach der andern an, und alle diese Zigarren hatten schließlich einen bernsteinfarbenen Kreis in die grauen Haare seines Bartes und seines Schnurrbartes gezeichnet.

Kein Gast kam herein, ohne sich nach ihm umzudrehen. Die einen nahmen ihren Hut ab; andere berührten die Hutkrempe, wieder andere streckten ihm die Hand hin. Babin streckte die seine kaum aus, begnügte sich, die Fingerspitzen zu berühren.

In der Ville en Bois, deren Bretterhäuser sich am Rand des Quai Vallin erstrecken, steht Babins Name an einem Dutzend Werkstätten, Schmieden und Sägewerken, Werkstätten für Netzreparatur und Motorenmontage, und im Hafenbecken, das Gilles gerade verlassen hatte, trugen zwanzig Fischdampfer an ihrem Schornstein das Pik-As, das Babins Markenzeichen war.

Jede Stunde mindestens kam ein Lastwagen vorbei, ein Lastwagen von Babin, der Salz, Roheis oder Kohle transportierte, und am Bahnhof sowie in La Pallice hatte Babin Lagerhäuser.

Von Zeit zu Zeit läutete das Telefon in der Bar Lorrain.

»Sagen Sie Monsieur Babin bitte, daß . . .«

Babin verließ seinen Platz nicht, gab seine Anweisungen, ohne die Zigarre aus dem Mund zu nehmen und schaute dann seufzend nach draußen.

Er hatte die Stirn gerunzelt, als er sah, wie sich vom schwarzen Rumpf der »Flint« ein Boot löste. Als Gilles mit seinem Koffer in der Hand vorbeiging, zog er ein wenig den Vorhang zurück, um ihn besser zu sehen.

Aber er wußte genau, daß er sich nicht zu bemühen brauchte. Er wußte alles. Er kannte das Räderwerk der Stadt und des Hafens, als sei er ihr großer Uhrmacher gewesen. Tatsächlich kam zehn Minuten später Solemdal an der Bar Lorrain vorbei, und Babin brauchte nur drei Schritte zu tun, um sich an der Türschwelle aufzustellen.

»Solemdal!«

Der Norweger streckte die Hand aus.

»Gehen Sie zu Plantel? Der ist nicht vor acht Uhr zu Hause. Er hat sich nach Royan begeben, um sich eines seiner Schiffe anzusehen, das einen Motorschaden hat. Was trinken Sie? Wer ist denn dieser junge Mann, den Sie an Land gesetzt haben?«

»Ein Franzose, dessen Eltern soeben in Drontheim gestorben sind und der dort völlig mittellos dastand . . . Gilles Mauvoisin . . .«

»Gaston!« rief Babin, der den Wirt als einen seiner Angestellten ansah, einfach. »Rufen Sie doch mal in den Hotels an, um herauszubekommen, ob ein gewisser Gilles Mauvoisin . . .«

Am Turm der Großen Uhr war Gilles in das warme Licht der Schaufenster getreten, und es war ein ganz neues Gefühl für ihn, den Passanten zuzuhören, die in der Tat französisch sprachen. Gilles verstand alles, was sie sagten, und unwillkürlich drehte er sich neugierig nach ihnen um.

Kartenspieler hinter den Scheiben des Café Français . . . Ein Lederwarengeschäft . . . Dann, einige Häuser weiter, ein schlecht beleuchteter, großräumiger Laden, vollgestopft mit den verschiedensten Waren, Pakete mit Tauen, Laternen, Anker, Trosse; Teer- und Petroleumfässer; auch Lebensmittel, wie in einem Kolonialwarengeschäft. Man erriet, daß es im Innern stark und angenehm roch.

Auf dem Schaufenster: *Witwe Eloi – Schiffahrtsbedarf.*

Und Gilles, der auf dem Bürgersteig stand, schaute aufmerksam hin. Links im Laden war ein verglastes Büro, das sicherlich überhitzt war, denn der gußeiserne Ofen war rot. Eine große Frau, die ein bißchen wie ein Pferd aussah, im mittleren Alter: es war seine Tante, Gérardine Eloi, die Schwester seiner Mutter.

Sie trug ein Satinkleid mit sehr hohem Kragen, das mit einer goldgefaßten Kamee geschmückt war. Sie sprach. Er verstand nicht, was sie sagte, aber er folgte der Bewegung ihrer Lippen. Ein Schiffskapitän, der mit übereinandergeschlagenen Beinen, seine Mütze auf den Knien, ihr gegenübersaß, nickte zustimmend mit dem Kopf.

*»Deine Tante . . . Eloi . . .«*

Gilles schneuzte sich, aber er weinte immer noch nicht. Dabei machte dieser Schnupfen, den er einfach nicht los wurde, das Drama von Drontheim noch gegenwärtiger, ließ sogar seinen Geruch wieder aufleben.

Auch sein Vater war erkältet gewesen, als sie eines Abends, von den Lofotinseln kommend, wo die Tournée auseinandergebrochen war, in Drontheim an Land gegangen waren. Sie hatten wie üblich ein kleines, billiges Hotel gesucht.

Sie standen alle drei auf der Straße, sein Vater, seine Mutter und er, mit ihrem sperrigen Gepäck. Vor ihnen zwei schwach beleuchtete Türen: zwei Hotels. Sie hatten die Wahl. Es gab keinen Grund, eher in das eine als in das andere zu gehen.

Leider hatte eines der Hotels eine dicke weiße Kugel als Aushängeschild, und Gilles Vater hatte, nach seiner Frau sehend, gemurmelt:

»Erinnert dich das nicht an etwas?«

Aber mußte nicht jedes beliebige Hotel Erinnerungen in ihnen wecken? Seitdem das Paar La Rochelle verlassen hatte, noch bevor sie heirateten, waren sie unaufhörlich von Hotel zu Hotel, von möbliertem Zimmer zu möbliertem Zimmer gezogen.

Gilles, der noch nie einen Fuß nach La Rochelle gesetzt hatte, wußte, daß er nur in die Rue de l'Escale zu gehen brauchte, eine alte Straße mit ungleichmäßigen Pflastersteinen, zwischen denen Gras wuchs, und mit Häusern, die über die Bürgersteige und die Arkaden hinausragten. Am Haus Nr. 17 war früher ein Kupferschild angebracht gewesen, auf dem stand: *Monsieur und Madame Faucheron, Preisträger des Konservatoriums.*

In diesem Haus wurde in allen Zimmern musiziert, denn die Eltern Faucheron hatten ein Privatkonservatorium.

Ein junger, magerer Mann, ein gewisser Gérard Mauvoisin, kam täglich vom Land, aus Nieul-sur-Mer, mit seinem Geigenkasten unterm Arm hierher.

Abends erwartete ihn eine der Töchter Faucheron, Elise, unter den Arkaden, und sicherlich standen sie dort, eng aneinandergeschmiegt, unbeweglich im Dunkel, wie das Paar, das Gilles bemerkt hatte, als er an Land gegangen war.

Sie waren nach Paris ausgerückt. Gérard Mauvoisin hatte in Kinoorchestern gespielt, selten bei Konzerten, dann ging es von Stadt zu Stadt, von Hotel zu Hotel . . .

Wußte in La Rochelle jemand, daß die Mauvoisins im Zirkus und in den Varietés mit einer Taschenspielernummer auftraten und daß Elise im rosafarbenen Trikot . . .

Denn Gilles sah seine Mutter immer im rosafarbenen Trikot vor sich, das ihre breiten Hüften betonte, wie sie seinem Vater, der im Frack auf der Bühne stand, die glitzernden Requisiten seiner Nummer reichte . . .

Drontheim . . . Die weiße Kugel des Hotels . . .

»Hör zu, Elise, du solltest ein Zimmer für dich nehmen. Ich werde mich mit einem Grog und zwei Aspirintabletten ins Bett legen. Ich werde die ganze Nacht über schwitzen. Das ist die einzige Möglichkeit, um mit diesem Schnupfen fertigzuwerden.«

Aber nein! Man mußte aufs Geld sehen!

»Es ist mir lieber, wenn ich bei dir bin.«

Im Zimmer stand, wie in allen norwegischen Häusern, ein mächtiger, kremfarbener Kachelofen.

»Patron, machen Sie mir ein anständiges Feuer. Und bringen Sie heißen Grog herauf.«

Mauvoisin hatte sich einen Schnurrbart stehen lassen, weil das für einen Zauberkünstler zur Tradition gehört. Er färbte ihn, nicht aus Koketterie, sondern weil ein Zauberkünstler nicht alt erscheinen darf.

Gilles sah diesen blauschwarzen Schnurrbart auf dem Weiß des Kopfkissens wieder vor sich, und er sah die rote Nase seines Vaters.

». . . Nacht, Papa . . . Nacht, Mama . . .«

Und am nächsten Morgen war seine Mutter tot, sein Vater kämpfte noch ein wenig, ein ganz klein wenig gegen den Erstikkungstod, hervorgerufen von den Kohlengasen des Kachelofens. Er konnte gerade noch stammeln:

»Deine Tante . . . Eloi . . .«

Gilles hatte sich auf einen Ankerpfosten gesetzt, die den ganzen Kai entlang bei der Landungsstelle für die Schiffe von der Ile de Ré standen, und von weitem sah er die Schaufenster, nahm in dem blaugrünen Licht des verglasten Büros undeutlich die Silhouette seiner Tante wahr.

Er kannte noch viele andere Leute, die er noch nie gesehen hatte, Leute, von denen seine Eltern gesprochen hatten, und Straßennamen, Namen von Geschäftsleuten.

»Erinnerst du dich an den Bäcker, der . . .«

Er zuckte zusammen. Ein junges Mädchen mit sehr kurzem Rock ging an ihm vorbei, zuckte ebenfalls zusammen und drehte sich um, um ihn mit großen, neugierigen Augen anzusehen. Es war das Mädchen von vorhin, an einem Waggon, am Hafenbecken . . .

Sie drehte sich dreimal um und verschwand schließlich unter dem eisigen Gewölbebogen der Großen Uhr.

Gilles wußte nicht, daß man zur selben Zeit in allen Hotels der Stadt seinen Namen nannte.

»Mauvoisin? Wie die Autobusse? Nein. Wir haben diesen Namen nicht . . .«

Ein Lagerverwalter im grauen Kittel ließ die Schaufensterläden der Firma Eloi herunter, während die Tür ein Stück offen blieb, denn der Kapitän des Überseedampfers war noch nicht gegangen. Auch das Lederwarengeschäft, etwas weiter weg, machte zu.

Ein großer, grüngestrichener Autobus fuhr vorüber, und Gilles versetzte es einen kleinen Schlag, als er seinen Namen auf der Karosserie las: *Cars Mauvoisin.* Sicherlich sein Onkel, der Bruder seines Vaters, der ein Transportgeschäft angefangen hatte. Gilles brauchte nur die Straße zu überqueren.

›Guten Tag, Tante, ich bin Ihr Neffe Gilles. Papa und Mama sind . . .‹

Allein bei dem Gedanken daran überkam ihn eine Panik. Nie hatte eine Stadt ihm Angst gemacht, ihm, der so viele Städte in seinem Leben gesehen hatte, und La Rochelle machte ihm Angst.

»Morgen . . .«, nahm er sich vor.

Er hatte noch zweihundert Francs in der Tasche. Die Kleider, die er trug, gehörten dem Sohn seines Wirts in Drontheim.

»Als mein Sohn um seine Mutter trauerte, verstehen Sie . . . Sie sind wie neu . . .«

Und ein Schiffskapitän, Solemdal, hatte ihn kostenlos befördert, hatte ihn heimlich an Land gesetzt, denn er war nicht berechtigt, Passagiere aufzunehmen.

Gilles war schon über eine Stunde an Land, und er kannte erst ein Stück des Kais, das düstere Hafenbecken, in dessen Hintergrund er in der Dunkelheit die beiden alten Türme erblickte und hinter denen die hohe See begann, von wo er gekommen war.

Er stand auf, und seinen Koffer in der Hand, ging er bis zur Großen Uhr. Da gerade Geschäftsschluß war, strömte unter dem Gewölbebogen, in dem ein klarer Wind blies, die Menge dahin, diese Menge, die französisch sprach, so daß er unaufhörlich zusammenzuckte, weil er glaubte, man hätte ihn angesprochen.

Er bräuchte nur einige Schritte zu tun und er wäre in der Stadt. Er sah die beleuchteten Auslagen der Kaufhäuser: Prisunic, Nouvelles Galeries . . .

Lieber lief er wieder zu den Kais. Er war nicht an Städte gewöhnt, wo es weder Zirkus noch Varietés gab. In allen Städten, in die sie kamen, wußten sie im voraus, wo sie absteigen würden. Überall, in einer kleinen Straße beim Theater, gab es ein Hotel, wo man Bekannte antraf, chinesische Jongleure oder Musikclowns, die Truppe marokkanischer Seiltänzer oder die Frau mit den dressierten Tauben.

Man hatte nicht das Gefühl, daß man in einer anderen Gegend

oder einem anderen Land war. Die gleichen Fotos hingen an der Wand oder steckten im Rahmen der Spiegel. Das billige Restaurant war auch das gleiche, und man ließ dort Botschaften zurück für die, die danach kamen.

Gilles kam durch einen düsteren Teil der Kais, der mit Bäumen bestanden war, und erreichte einen winzigen Platz mit einer Toilette, die riesengroß erschien.

Es war am Anfang des Hafens, in der Nähe der Türme, in der Nähe des Fischmarkts, den er zwar nicht sah, dessen Geruch ihm aber in die Nase stieg. Er sah eine Kneipe mit einigen Stufen davor, einem schmalen Fenster, einen mit Sägemehl bedeckten Fußboden.

Er trat schüchtern ein.

»Verzeihung, Madame . . . Vermieten Sie Zimmer?«

Und die dicke Jaja, auf allen Versteigerungen bekannt wie ein bunter Hund, die Frau, die ihre Strümpfe mit einer roten Schnur unterm Knie befestigte und bretonische Holzschuhe trug, sah ihn mit gerührter Verwunderung an.

»Komm ruhig rein, junger Mann. Du hast ja einen komischen Hut auf.«

Er drehte seine Fellmütze zwischen den Fingern.

»Du willst also ein Zimmer. Für eine Nacht oder für den ganzen Monat?«

»Für eine Nacht . . . Vielleicht auch für zwei oder drei Nächte . . .«

Denn er schreckte schon zurück, als er an seine zweihundert Francs dachte, an den Augenblick, wo er vor seine Tante treten würde.

»Wir werden sehen, wo wir dich unterbringen, mein Engel. Hast du noch nicht zu Abend gegessen?«

Gilles konnte nicht wissen, daß Jaja alle Leute duzte, sogar den großen Babin. Es war so etwas wie ein Privileg.

»Du kommst wohl von weit her? Aber du bist ja ganz durchfroren, Bub'. Warte, ich bring dir ein Stärkungsmittel.«

Er hätte gern nein gesagt. Er hatte noch nie Schnaps getrunken. Sie goß ihm einfach ein großes Glas mit einem sehr starken Getränk ein.

»Ich hoffe, du wirst hier essen? Heute abend habe ich Heringe. Mehr sage ich dir nicht. Bist du in Trauer? Ist nicht weiter verwunderlich, du kommst ja am Tag vor Allerheiligen . . .«

Er ließ alles mit sich geschehen, wie ein Kind. Denn er war erst neunzehn Jahre alt und hatte nie gelebt wie die andern.

»Dann hast du also Familie in La Rochelle? Ich frage dich nicht nach dem Namen. Weiß sie Bescheid über deine Ankunft? In Norwegen ist es bestimmt hundekalt!«

Auf jeden Fall war ihm nie in seinem Leben so warm gewesen. Das Restaurant, das morgens krachend voll war, war um diese Zeit menschenleer. Nur ab und zu kam ein Fischer, um im Stehen einen zu trinken und ein paar Worte mit Jaja zu wechseln, die ihren Fremden wie ein zartes Küken umsorgte.

»Aber doch . . . Noch ein Glas Apfelmost! Ich lasse ihn aus der Bretagne kommen. Weil, die meisten Matrosen hier sind Bretonen. Deshalb, verstehst du . . .«

Trotzdem lag in ihrem Blick die gleiche Verwunderung wie in den Augen des jungen Mädchens mit dem Kuß. Gilles war nicht wie die andern. Das ging bis zu seinem Mantel, der so lang und so eng war. Er war zu höflich, zu schüchtern . . .

»Ich wette, daß du nie die Schürzenbändel deiner Mutter losgelassen hast.«

Das stimmte. Aber nicht ganz so, wie sie dachte. Seine Wiege war früher ein Weidenkorb gewesen, der ebenso häufig in den Zügen wie zwischen den vier Wänden eines Zimmers stand, und als Säugling war es vorgekommen, daß er zwischen zwei Bühnenauftritten von einem Clown oder dem diensttuenden Feuerwehrmann beaufsichtigt wurde.

»Los! Es ist Zeit, daß du zu Bett gehst. Komm, damit ich dir dein Zimmer zeige.«

Der Weg war so kompliziert, über enge Treppen und durch ineinanderverschachtelte Korridore, daß Gilles beim Einschlafen dachte, er würde seinen Weg nie wieder allein zurückfinden.

Die Tür war geschlossen, doch man sah unten einen Lichtstreif. Babin wußte, daß die Witwe Eloi um diese Zeit ihre Buchführung machte, und er klopfte.

»Wer ist da?«

»Babin . . .«

Sie öffnete. Der Laden lag im Dunkeln. Nur der Glaskäfig war beleuchtet.

»Haben Sie ein Schiff, das heute nacht in See sticht, Monsieur Babin?«

»Nein, nein. Ich kam gerade vorbei . . . und da habe ich mir gesagt . . .«

Madame Elois Blick bedeutete:

›Was ist denn in den alten Affen gefahren?‹

Sie lächelte breit.

»Es ist mir immer ein Vergnügen.«

»Na, gibt's nichts Neues?«

Er hatte sich neben den glühendroten gußeisernen Ofen gesetzt. Sie hatte ihre Brille abgenommen, die sie nie in der Öffentlichkeit trug.

»Was meinen Sie?«

»Nichts . . . Hm . . .«

Und sie fragte sich angstvoll:

›Warum ist er heute abend hier hereingekommen?‹

Raoul Babin hingegen, der eine so wichtige Persönlichkeit war, daß er sich erlauben konnte, überall seine Zigarre im Schnabel zu behalten, sagte sich, während er die Witwe beobachtete, die auf der Hut war:

›Ob sie zufällig . . .‹

Gilles Mauvoisin war in keinem Hotel der Stadt gemeldet. Bei wem konnte er abgestiegen sein? Ob Gérardine, wie die Reeder sie unter sich nannten, eine Komödie spielte?

»Geht es Bob gut?«

Bob, Madame Elois Sohn, war der größte Taugenichts von La Rochelle, und wenn er betrunken war, hatte er die Manie, die Passanten mit seinem Wagen zu überfahren.

»Es geht ihm sehr gut. Er ist für einige Tage in Paris.«

»Na schön, also . . .«

»Also was?«

»Nichts . . . Ich bin nur im Vorbeigehen hereingekommen, um zu sehen, wie es Ihnen geht. Das hätten wir. Und jetzt sage ich Ihnen guten Abend. Übrigens . . . Der Teer, den Sie mir letzte Woche geliefert haben . . . Aber es lohnt nicht, daß wir darüber reden. Mein Werksleiter hat Ihnen sicher einen Brief geschrieben.«

Wo zum Teufel mochte der junge Mauvoisin hingekommen sein?

Babin ging schwerfällig und langsam über die Bürgersteige und biß dabei auf seiner Zigarre herum. Es war die unangenehme Stunde, zu der er gezwungen war, nach Hause zu gehen. Er hatte einen Horror vor seinem Haus und seiner Familie. Brummend setzte er sich an den Tisch und sah die Seinen mit großen, mißbilligenden Augen an.

Ohne auf den Nachtisch zu warten, ging er in sein Büro hinüber und nahm den Telefonhörer ab.

»Hallo! . . . Sind Sie es, Armandine? . . . Ja, hier ist Raoul . . . Falls Sie zufällig einem lang aufgeschossenen, mageren jungen Mann begegnen sollten, schwarz gekleidet, mit einer Fellmütze auf dem Kopf . . . Ich kann Ihnen am Apparat nichts erklären . . . Gewiß doch . . . Ja, ich möchte . . . Es ist sehr wichtig . . . Ich wäre Ihnen nicht böse, wenn . . . Verstehen Sie? . . . Guten Abend, Kleines . . . Sind Sie wenigstens allein?«

Er sagte das aus Höflichkeit, denn er wußte genau, daß er die Gunst der schönen Armandine mit mindestens zwei oder drei Personen teilte.

## 2

»Na, mein Junge, du hast wohl keine Angst, daß Jaja was zu sehen kriegt!«

Gilles schreckte aus dem Schlaf hoch und merkte, daß er nackt war. Er hatte sich, weil er keine saubere Nachtwäsche dabei hatte, so ins Bett gelegt und sich aufgedeckt.

»Eine Haut wie ein Hühnchen . . .«, behauptete die Alte und hob die Socken vom Boden auf, die sie mit einer Handbewegung umstülpte. »Hast du keine anderen? Bleib noch einen Augenblick im Bett liegen . . .«

Und als sie zurückkam, eine Socke über die geballte Faust gespannt, hantierte sie in der anderen Hand mit einer Nadel mit einem eingefädelten schwarzen Faden.

»Geniert es dich, wenn du dich vor mir anziehst? Selbst jetzt noch, wo ich dich gesehen habe? Gut, ich gehe runter. Wenn du fertig bist, kommst du zum Frühstücken.«

Sie ließ ihn zwei Dutzend Austern essen und Weißwein dazu trinken, und er traute sich nicht abzulehnen aus Furcht, ihr Kummer zu machen oder sie auch nur zu verärgern. Währenddessen beobachtete sie ihn so aufmerksam, daß er verlegen den Blick aus dem Fenster schweifen ließ.

»Das ist kein Tag, um dich deiner Familie zu präsentieren. Außerdem ist sie bestimmt auf dem Friedhof. Zu Mittag gibt es Hasenpfeffer. Magst du das?«

Erlebte er später je wieder Minuten wie diese? Und dabei hatten sie nichts Außergewöhnliches an sich. Er sah den kleinen Platz und hinter der großen Toilette aus Blech Fischerboote, die ihr Segel im Sprühregen gespannt hatten. Jajas Haus roch nach Schnaps und gerösteten Zwiebeln. Jaja hatte dicke Arme von einer künstlich wirkenden rosigen Farbe.

Sie hatte ihn so sehr von dem Eindruck überzeugt, er sei ein Kind, daß er draußen mechanisch einem Stein einen Fußtritt versetzte und sich dann schnell umdrehte, um sich zu vergewissern, daß man ihn nicht dabei beobachtet hatte.

Die Straßen waren leer. Dann und wann eine schwarzgekleidete alte Frau, die eine Chrysantheme in einem Topf oder einen mageren Blumenstrauß trug. Gilles fragte nicht nach dem Weg, und er brauchte annähernd eine halbe Stunde, bis er die Rue de l'Escale gefunden hatte, die ganz nahe war. Bei der Hausnummer 17 sah er das große Tor mit dem Rundbogen, das man ihm so oft beschrieben hatte, aber statt wie früher dunkelgrün, war es jetzt holzfarben gestrichen. Eine kleinere Tür, in eine der Torfüllungen eingelassen, stand halb offen, und er erblickte einen Hof, ein Beet mit schwarzer Erde, zwei oder drei grüne Pflanzen, von denen Wasser tropfte.

Ohne zu überlegen ging er an eines der mit Mousselinvorhängen bespannten Fenster. Er versuchte, durch den Vorhang zu sehen, und es verging eine ziemlich lange Zeit. Plötzlich begriff er, daß das, was er für das Spiegelbild seines Gesichts in der Fensterscheibe gehalten hatte, ein anderes Gesicht war, das ihn von innen verwundert anstarrte. Es war ein sehr altes Gesicht, das ihm unnormal blaß vorkam, doch er brachte nicht heraus, ob es ein Mann oder eine Frau war und ging ganz beschämt weg.

Er trat in die Kathedrale, wo das Hochamt schon halb vorüber war und blieb bis zum Schluß. Dann sah er die Gläubigen vorüberziehen und sagte sich, daß er seine Tante Eloi suche, doch es war eher das junge Mädchen vom Vortag, das er gern wiedergesehen hätte.

Die Stadt ängstigte ihn. Er wußte nicht, wohin er gehen, noch was er tun sollte, und er wagte es nicht, allein in ein Café zu gehen. Man drehte sich nach ihm um, und er hatte beschlossen, seine Fellmütze in die Tasche zu stecken. Doch genügte nicht sein langer Mantel, um die Aufmerksamkeit auf sich zu lenken?

Erleichtert kehrte er zu Mittag und sogar noch etwas früher zu Jaja zurück, wo sein Gedeck am Fenster aufgelegt war.

»Hast du deinen Pelz verloren?«

Er zeigte ihn, in der Tasche seines Mantels, und sie wendete ihn nach allen Seiten.

»Er ist echt. Ich frage mich, ob das für einen Kragen reicht.«

Kerzen brannten vor den meisten Gräbern, und bei jedem Luftstoß zogen sich die kleinen Flammen, als seien sie lebendig, nach der gleichen Seite in die Länge, schienen im Begriff zu sterben und richteten sich dann wie durch ein Wunder wieder auf. Auf dem nassen Kies der Gehwege gingen die Leute mit gedämpfteren Schritten als gewöhnlich, sprachen halblaut.

Gilles las die in den Stein gemeißelten Namen, und es waren einige darunter, die er kannte, weil er sie von seinen Eltern hatte nennen hören: Vitaline Basse, unter anderen, eine Freundin seiner Mutter, von der sie oft gesprochen hatte und die übrigens bucklig war.

*... im Glauben an Gott im Alter von 32 Jahren verstorben*
*Betet für sie*

Gilles dachte, er könne einige Blumen auf das Grab der Freundin seiner Mutter legen, denn es waren weder Blumen noch Kerzen drauf. Er hatte oft solche Einfälle. Aber dann dachte er nach. Er müßte aus dem Friedhof gehen, nach dem Preis der Chrysanthemen fragen. Die Blumenfrau würde ihn verwundert anschauen. Auf dem Rückweg würde er linkisch seine Blumen in der Hand halten. Und wenn irgend jemand ihn sähe, wie er seinen Blumenstrauß auf ein fast unbekanntes Grab legte?

Er blieb vor einem der imposantesten Grabmäler stehen, einer riesigen Gruft, in die man aufrecht hineingehen konnte. Der Stein war noch ganz weiß, und ein einziger Name war hineingemeißelt: *Octave Mauvoisin.*

Es war der Bruder seines Vaters, der Besitzer der Autobusse, und durch die Inschrift erfuhr Gilles, daß sein Onkel vier Monate zuvor gestorben war.

Langsam würgte ihn ein Gefühl der Angst, das er nicht analysieren konnte. Er lief auf dem Friedhof herum, wie er am Morgen in der fast menschenleeren Stadt herumgelaufen war, und die Zahl der Toten erdrückte ihn. Sein Vater und seine Mutter waren dort gestorben, und es würde keine Blumen auf ihrem Grab geben. Sein Onkel Mauvoisin, von dem er immer wie von einem mächtigen Bären hatte sprechen hören, war tot. Vitaline Basse, die Bucklige, war tot. Und diese Léontine Poupier, deren Porträt einer alten Jungfer man auf einem Porzellanmedaillon in der Mitte eines Kranzes sah, war sie nicht das Kindermädchen gewesen, das seine Mutter großgezogen hatte?

Er zuckte zusammen, blieb unbeweglich hinter einer Zypresse stehen, denn er hatte gerade, zehn Meter von ihm entfernt, seine Tante Eloi erkannt, begleitet von zwei jungen Mädchen, die seine Kusinen sein mußten. Eine der beiden, die ältere, schielte. Die andere, eine kleine Pummelige, schien jemanden mit den Augen zu suchen, vielleicht einen Liebhaber?

Man spürte, daß die drei Frauen wichtige Persönlichkeiten waren. Ein Gärtner, der sie begleitete, stellte Blumentöpfe vor ein Grab. Gérardine Eloi gab, ohne sich zu bücken, Anweisungen, wie in ihrem Laden. Dann, als alles geschmückt war, deutete sie das Kreuzzeichen an und entfernte sich, immer noch gefolgt von ihren beiden Töchtern, die ein wenig hinter ihr gingen, und auf dem ganzen Weg drehten sich die Leute um, um sie zu grüßen.

Warum folgte Gilles ihnen? Er wollte nicht mit ihnen sprechen. Er hatte noch genug Geld, um eine, vielleicht auch zwei Nächte bei Jaja zu verbringen.

Als er durch das Friedhofstor ging, sah ihn jemand so hartnäckig an, daß er rot wurde, vor allem, da es sich um eine sehr schöne Frau handelte, die in einen Pelzmantel gehüllt war.

Er war gerade im Begriff vorbeizugehen. Sie sprach, und Gilles Knie zitterten.

»Verzeihung, Monsieur. Entschuldigen Sie, falls ich mich irre . . . Sind Sie nicht ein Mauvoisin, sicherlich Gérards Sohn?«

Er nickte nur.

»Mein Gott! Ich beobachte Sie jetzt schon eine ganze Weile. Ich war eine Freundin Ihres Onkels. Wußten Sie, daß er tot ist? Ich habe Ihren Vater ein wenig gekannt, damals. Als ich Sie sah . . . Diese Ähnlichkeit . . . Wie kommt es, daß Sie in La Rochelle sind?«

»Mein Vater und meine Mutter sind gestorben«, antwortete er wie jemand, der seine Lektion aufsagt.

Ein Parfüm, das von dem Nerzmantel kam, hüllte ihn ein.

»Sind Sie bei Verwandten abgestiegen? . . . Bei Ihrer Tante Eloi sicherlich?«

»Noch nicht . . . Ich . . . ich habe die Nacht in einem kleinen Hotel verbracht . . .«

»Tragen Sie keinen Hut bei dieser Kälte?«

Er wagte nicht einzugestehen, daß er ihn in der Tasche stecken hatte, und trat von einem Bein aufs andere.

»Sie dürfen es mir nicht verübeln, wenn ich Sie belästige. Vielleicht darf ich Sie zu einer Tasse Tee zu mir einladen? . . . Ach, da kommt ja gerade ein Taxi. In zwei Minuten . . .«

Es war vorgekommen, daß er solche Frauen in den Theaterlogen gesehen hatte, doch er hatte nie mit ihnen zu tun gehabt. Wenn sie wirklich seinen Vater gekannt hatte, mußte sie bald an die Vierzig sein. Aber sie war noch eine junge Frau, von einer flüchtigen, wie gedämpften Frische, während Gilles' Mutter etwa im gleichen Alter schon auf jegliche Koketterie verzichtet hatte.

»Dann sind Sie also allein nach La Rochelle gekommen . . .«

Das Taxi füllte sich schon mit ihrem Parfüm, und in einer Gebärde des Beileids hatte sie ihre fein behandschuhte Hand auf den Arm des jungen Mannes gelegt.

»Und niemand hat Sie am Bahnhof erwartet! Niemand hat Sie aufgenommen! Wenn ich nicht eine alleinstehende Frau wäre, würde ich mir ein Vergnügen daraus machen, Ihnen meine Gastfreundschaft anzubieten. Gewiß, sobald Ihre Tante erfährt, daß Sie hier sind . . . Ich habe den Eindruck, daß ich sie vorhin auf dem Friedhof gesehen habe. Eine große, hagere Frau mit einem autoritären Gesicht . . .«

»Ich weiß.«

»Kennen Sie sie?« fragte sie lebhaft.

Er mußte gestehen:

»Ich habe sie in ihrem Laden gesehen . . .«

»Aber gewiß doch! Sie werden eine Tasse Tee trinken und etwas Gebäck essen. Machen Sie sich's bequem . . . Stellen Sie sich vor, ich habe Ihren Vater gekannt, als er in Ihrem Alter war. Er ist viel herumgereist, nicht wahr?«

Sie hatte ihren Mantel ausgezogen, unter dem sie ein sehr enges Seidenkleid trug, das ziemlich üppige Formen betonte.

»Jeanne! Servieren Sie den Tee bitte im kleinen Salon . . .«

Es war warm und angenehm in dieser parfümierten Wohnung, die voller Samt und Seide, voller Nippsachen und zerbrechlicher Dinge war. Selbst das Telefon verbarg seine allzu utilitaristischen Linien unter der Krinoline einer Marquise mit feinem Porzellangesicht. Übrigens läutete es gerade.

»Hallo . . . Aber ja, mein Freund . . . Ja . . . Ja . . .«

Sie lächelte glücklich, während sie sprach, und ihr Blick betrachtete Gilles Mauvoisin von oben bis unten.

»Aber ja . . . Wenn Sie wollen . . . Bis gleich . . .«

Und sie rief von neuem das Zimmermädchen.

»Noch ein Gedeck, Jeanne . . .«

Sie erklärte Gilles:

»Einer meiner Freunde . . . er kommt vorbei, um mich zu besuchen . . . Er ist auch ein Freund Ihres Onkels. Aber nein! Ich lasse Sie nicht gehen. Er wird nur zu glücklich sein, Ihre Bekanntschaft zu machen.«

Schon hörte man, wie unten auf der Straße ein Auto hielt. Gilles stellte mit einer gewissen Verwunderung fest, daß der angekündigte Freund mit einem eigenen Schlüssel hereinkam. Er klopfte, als Hausfreund, an die Tür des Boudoirs.

»Kommen Sie herein, Freund. Ich habe eine Überraschung für Sie. Raten Sie, wen ich Ihnen zu meiner Freude vorstellen darf?«

Raoul Babin sah Gilles einen Augenblick lang an und schüttelte den Kopf.

»Mauvoisin! . . . Ein Neffe von Octave Mauvoisin! . . . Gérards Sohn . . . Sie sehen, daß ich ein besseres Personengedächtnis habe als Sie. Ich war auf den Friedhof gegangen, zum Grab unseres armen Freundes . . .«

Mit gerunzelter Stirn fragte Babin, der die Hand ausgestreckt hatte:

»Sind Sie etwa Gilles Mauvoisin?«

»Ja, Monsieur.«

»Aber dann . . .«

Er spielte eine ganze Komödie, drehte sich nach der jungen Frau um, legte dem jungen Mann die Hand auf die Schulter.

»Aber, mein junger Freund . . . Wann sind Sie denn in La Rochelle angekommen?«

»Gestern. Ich bin mit einem norwegischen Dampfer gekommen, mit der ›Flint‹.«

»Die kenne ich um so besser, als sie gerade Fischrogen auslädt, den ich in Drontheim bestellt habe. Solemdal ist ein alter Kamerad von mir. Ich frage mich nur, woher Sie gewußt haben . . . Sie haben den Notar noch nicht aufgesucht?«

»Welchen Notar?«

»Sie werden doch nicht behaupten wollen, daß Sie überhaupt nicht Bescheid wissen?«

Am erstauntesten war zur gleichen Zeit Jaja, die neben dem Ofen vor sich hindöste, eine gelbrote Katze auf den Knien. Sie hatte zwar undeutlich ein großes Auto auf dem Platz halten und zwei Männer aussteigen sehen, war aber nicht auf den Gedanken gekommen, es könnte für sie sein, und hatte die Augen aufgerissen, als sie eine der beiden Personen erkannte, die die Tür aufstieß.

»Was will denn der hier?« brummte sie und stieß die Katze weg, um aufzustehen. »Ja wie, Monsieur Plantel, kommt man jetzt zu Mutter Jaja, um einen zu trinken?«

Der Besucher, den Kapitän Solemdal begleitete, war in der Tat niemand anderes als Edgar Plantel persönlich, der Reeder der Firma Basse und Plantel, das silbergraue Haar glatt über die Schläfen gestrichen, mit rosigem Gesicht, einen Spazierstock mit goldenem Knauf in der Hand.

»Sagen Sie mal, Jaja . . . Sie haben anscheinend einen jungen Mann hier, der gestern an Land gegangen ist.«

»Das ist gut möglich.«

»Ist er im Haus?«

Und Monsieur Plantel blieb stehen, er sah in seinem prachtvollen Pelz so sehr nach Grandseigneur aus, daß das Zimmer zu klein für ihn zu sein schien.

»Was wollen Sie von meinem Jungen?«

»Ist er ausgegangen? Wissen Sie nicht, wohin er gegangen ist?«

»Ich kümmere mich nicht um Dinge, die mich nichts angehen. Ist er einer von Ihrer Verwandtschaft? Wenn ja, dann scheint er es nicht eilig zu haben, Sie aufzusuchen . . .«

Plantel zögerte. Er mußte sich mit Solemdal in eine Ecke des Zimmers setzen und warten. Aber Fischer konnten jeden Augenblick hereinkommen, Matrosen von seinen Schiffen. Er machte Solemdal ein Zeichen, und beide setzten sich in den Wagen. Der Chauffeur drehte sich um und wartete auf eine Anweisung.

»Wir bleiben hier . . .«

Seit gestern abend, seit Solemdal, der in Plantels Villa zu Abend gegessen hatte, ihm zufällig von seinem Passagier erzählt hatte, suchte man Gilles überall. Und wieder hatten alle Hotels der Stadt einen Telefonanruf bekommen.

Zufällig hatte mittags ein Matrose der »Flint« Gilles bei Jaja gesehen und es seinem Kapitän erzählt.

»Ich frage mich, ob er schon zu Gérardine gegangen ist . . .«

Armandine hatte die Lampen angezündet, und die Atmosphäre in ihrem Boudoir wurde noch einschmeichelnder.

»Also, mein junger Freund . . . Sie gestatten doch, daß ich Sie so nenne, denn ich könnte ja Ihr Vater sein . . . Also, sagte ich, Sie haben demnach keine Mitteilung, keine Benachrichtigung erhalten. Sie haben auch die Anzeigen nicht gelesen, die in den Zeitungen der ganzen Welt oder fast, erschienen sind. Ich frage mich . . . Hören Sie, es steht mir nicht zu, Ihnen mehr zu sagen. Sie dürfen mir nicht böse sein, daß ich Sie so neugierig mache, aber Sie werden das nachher verstehen. Wollen Sie bitte anrufen, liebe Freundin, um zu erfahren, ob Notar Hervineau zu Hause ist? Meldet sich jemand? Geben Sie ihn mir.«

»Hallo! . . . Sind Sie es, Hervineau? . . . Störe ich Sie? . . . Die Gicht? . . . Um so besser . . . Aber nein! Ich sage nur um so besser, weil ich Sie dadurch an Allerheiligen zu Hause antreffe . . . Stellen Sie sich vor, ich habe hier . . . Nein, ich bin nicht zu Hause . . . Ich habe hier, sagte ich, einen jungen Mann, der Gilles Mauvoisin heißt . . . Ganz richtig . . . Vollkommen sicher . . . Das habe ich mir auch gedacht . . . Wir sind in wenigen Minuten bei Ihnen . . .«

»Sie werden ihn doch seine Tasse Tee austrinken lassen?« schaltete sich Armandine ein, als Raoul Babin seinen schweren Mantel anzog.

»Hervineau erwartet uns. Wenn Sie ahnten, welche Nachricht dieser junge Mann aus dem Munde des ehrenwerten Notars erfahren wird! Kommen Sie, mein Freund. Und erinnern Sie sich, daß unsere Freundin hier die erste gewesen ist, die Sie in dieser Stadt empfangen hat . . .«

Er konnte nicht ahnen, daß Gilles innerlich erwiderte:

›Stimmt gar nicht! Das war Jaja . . .‹

Und ohne zu wissen warum, erinnerte er sich voller Rührung an die Socken, die sie neben seinem Bett gestopft hatte.

»Mein Wagen steht vor der Tür. Hervineau wohnt in der Rue Gargoulleau.«

Die Nacht war hereingebrochen. Da es aufgehört hatte zu regnen, spazierte die Sonntagsmenge langsam durch die Straßen. Man fuhr in einen dunklen Hof, in dem ganz hinten eine alte Villa stand.

Die Besucher wurden erwartet, denn ein Diener führte sie sogleich in eine Bibliothek, wo bei ihrem Eintritt jemand Anstalten machte, aufzustehen.

»Machen Sie sich keine Umstände . . . Lassen Sie Ihr Bein in Ruhe. Monsieur Mauvoisin, ich habe das Vergnügen, Ihnen Maître Hervineau, den Notar Ihres verstorbenen Onkels, vorzustellen.«

Es war ein völlig ergrauter Greis, der einen Morgenrock in neutralem Farbton trug, und seufzend legte er sein linkes Bein wieder auf einen Schemel.

»Setzen Sie sich, Monsieur Mauvoisin. Ich habe ziemlich viel Mühe gehabt, Sie aufzufinden.«

»Verzeihung. Ich habe ihn aufgefunden.«

»Aber, wie kommt es denn . . .?«

»Sein Vater und seine Mutter sind gestorben. Ein Unfall dort oben in Drontheim. Daraufhin ist der junge Mann hierher gekommen und . . .«

»Haben Sie ihm schon alles gesagt?«

»Noch nicht.«

Gilles hatte das Gefühl, daß sie sich zuzwinkerten. Dann murmelte Hervineau:

»Wäre es nicht besser, wenn wir Plantel Bescheid sagen würden?«

»Wenn Sie wollen. Jetzt, *wo es soweit ist . . .*«

Der Notar zog das Telefon zu sich heran, schien erstaunt über das, was man ihm sagte.

Dann sprachen die beiden Männer halblaut miteinander, während Gilles schüchtern auf dem Rand eines Sessels sitzen blieb. Er bekam folgendes mit:

»Wo? . . .«

»In einer kleinen Hafenkneipe, mit Solemdal . . .«

Babin unterdrückte ein Lachen.

»Was sollen wir tun?«

»Vielleicht könnten Sie jemanden hinschicken, um ihm zu sagen . . .«

Der Kammerdiener wurde gerufen. Gilles wurde es warm. Der Kopf drehte sich ihm ein bißchen. Er lehnte eine Zigarre ab, die Babin ihm anbot.

»Danke, ich rauche nicht.«

»Ein Glas Portwein?«

»Ich bin es nicht gewohnt zu trinken.«

In alldem lag etwas Zweideutiges, doch Gilles war zu verwirrt, um seine eigenen Eindrücke auseinanderhalten zu können. Gewiß, man gab sich viel Mühe mit ihm, aber irgendwie ohne sich mit ihm zu beschäftigen. Man behandelte ihn sehr zuvorkommend, und gleichzeitig sah man in ihm eine *quantité négligeable*.

»In Anbetracht des Allerheiligenfestes kann die offizielle Testamentseröffnung erst in zwei Tagen stattfinden«, fuhr Maître Hervineau fort. »Ich darf Ihnen aber jetzt schon mitteilen, Monsieur Mauvoisin, daß Sie der Universalerbe Ihres Onkels sind. Seit vier Monaten suchen wir Sie nahezu überall . . .«

Gilles hörte die Worte zwar deutlich, hörte sie sogar unnormal deutlich, doch ihre Bedeutung wurde ihm kaum bewußt. Deshalb wunderten sich die beiden Männer, die auf seine Reaktion lauerten, daß sich keine Überraschung, keine Freude bei ihm zeigte. Vielleicht hielten sie ihn für schwachsinnig?

»Ihr Onkel stand nicht nur an der Spitze des Transportunternehmens *Cars Mauvoisin*, sondern er besaß auch Geschäftsanteile an den meisten großen Unternehmen in La Rochelle und Umgebung.«

Der Kammerdiener, der seinen Auftrag ausgeführt hatte, ließ Edgar Plantel und Kapitän Solemdal herein. Plantel war ein wenig blaß. Er berührte Babins Hand und murmelte dazu:

»Herzlichen Glückwunsch . . .«

»Nicht der Rede wert . . .«

Solemdal betrachtete erstaunt und sogar mit einem gewissen Respekt diesen blinden Passagier, der plötzlich eine der wichtigsten Persönlichkeiten von La Rochelle geworden war.

»Monsieur Mauvoisin, als ich erfahren habe, daß Sie in unserer Stadt sind und daß Sie in einem Restaurant am Hafen abgestiegen sind, habe ich es als meine Pflicht angesehen . . . Glauben Sie mir, bitte, daß ich sehr glücklich bin, Sie kennenzulernen und . . .«

Warum drehte sich Gilles nach dem Notar um, der immer noch in seinem Sessel versunken war? Maître Hervineaus Gesicht war schlecht beleuchtet, und vielleicht glaubte Gilles deshalb ein höhnisches Grinsen darauf zu sehen, das ihm Angst machte.

»Setzen Sie sich, meine Herren, wenn ich Sie bitten darf«, rief der Notar mit kreischender Stimme. »Es ist sehr unangenehm, wenn man von der Gicht an seinen Sessel gefesselt ist und die Leute um sich herum stehen sieht . . . Was darf ich Ihnen einschenken lassen? Whisky? Portwein? Babin! Sie sitzen gerade neben dem Klingelknopf. Wollen Sie bitte dem Butler klingeln?«

## 3

Im ersten Augenblick glaubte er, er sei an Bord, und dieser Gedanke machte ihm eine kurze Freude. Diese Bewegung von links nach rechts, dieses langsame Hochgehobenwerden, auf das ein brutalerer Sturz folgte . . . Und selbst dieses Geräusch fließenden Wassers . . . Das erinnerte ihn an die Tage mit hohem Wellengang, wenn er seekrank in seiner engen, glanzlackierten Kabine im Bett liegenblieb und der gute Kapitän Solemdal ihn mitleidig und schelmisch wie eine Amme versorgte . . .

Aber nein! Er war längst von Bord der »Flint« gegangen. Er wußte genau, wo er jetzt war: in einer Villa in der Rue Réaumur, der aristokratischsten Straße von La Rochelle. Er konnte nicht erraten, wie spät es war, denn durch die dichtgeschlossenen Jalousien drang kein Licht. Jedenfalls waren im Haus, im Stockwerk unter Gilles, schon Leute auf. Ein Wasserhahn tropfte. Ein Mann und eine Frau sprachen miteinander. Jede Silbe drang wie ein Kanonenschuß in seinen schmerzenden Kopf, aber es war undeutlich, so seltsam, daß er einen Augenblick lang nur auf diese Kanonade achtete:

»Bum, bum, bum . . . bum, bum . . . bum . . .«

Aha! Ein Geräusch von klappernden Tassen und Töpfen. Es mußte also die Küche sein, in der gesprochen wurde. Was für ein Abendessen, mein Gott! Und warum hatte sich jeder so bemüht, ihn zum Trinken zu bringen? Machte es ihm vielleicht Vergnügen? Nein! Warum hatte man ihm also bei Hervineau, diesem gräßlichen, bleichen, kreischenden Notar unaufhörlich volle Gläser, zuerst mit Portwein, hingehalten? . . . Was hatte dieser Hervineau noch gesagt, als Gilles aufgebrochen war:

»*Ich wünsche Ihnen viel Spaß, junger Mann!* . . .«

Danach? Über diesen Zeitpunkt hatte Gilles noch ziemlich deutliche Vorstellungen. Man war sofort in die Rue Réaumur gekommen. An den Wänden im Treppenhaus hingen sehr schöne Stiche, die den Hafen von La Rochelle in allen Epochen darstellten.

»Mein Sohn Jean wird sie Ihnen zeigen«, hatte Monsieur Plantel gesagt. »Jean sammelt sie nämlich. Er versteht sehr viel von Stichen und Gemälden.«

Wieder ein Butler, ein kleiner Dicker mit ganz schwarzen Haaren, die über einen blanken Schädel gekämmt waren. Warum sah Gilles ihn in der Erinnerung breiter als lang, wie in einem Zerrspiegel?

»Wenn Monsieur Jean zu Hause ist, sagen Sie ihm bitte, er soll herunterkommen.«

Dann war das Tempo schneller geworden. Wie sehr trauerte Gilles dem Augenblick nach, als er noch allein vor dem Friedhofstor gestanden hatte! Er sah die Kerzenverkäuferin wieder, die einen Tisch auf dem Bürgersteig aufgebaut hatte, den Steinmetz, der Töpfe mit Chrysanthemen verkaufte, den alten Bettler, der auf dem Boden saß und seinen Beinstumpf zeigte . . .

Ein großer Rauchsalon, Holzscheite im Kamin. Mächtige Ledersessel und ein Geruch nach verbranntem Holz, nach Zigarre, nach Likören.

»Setzen Sie sich, mein Freund.«

Warum hatte sich Plantel jetzt seiner angenommen? War er eine wichtigere Persönlichkeit als Babin? Babin war mitgekommen, doch war er in seinem Auftreten bescheidener geworden.

»Hallo! . . . Sind Sie es, Gérardine? . . . Kommen Sie heute abend doch bitte zum Abendessen . . . Ja, ganz zwanglos . . . Ich verspreche Ihnen eine freudige Überraschung . . . Aber ja . . . Bob ist in Paris? . . . Schade . . .«

Und wieder hatte er trinken müssen. Plantel mixte persönlich mit gezierten Gebärden seiner gepflegten Hände die Cocktails in einem Silberbecher.

»Ja wie! Das hat noch niemandem geschadet. Mit neunzehn Jahren! Komm her, Jean. Ich stelle dir unseren Freund Mauvoisin vor, Gilles Mauvoisin, den Neffen von Octave.«

Sie hatten es so gewollt! Wegen all dieser Getränke sah Gilles sie nur noch als Karikaturen. Jean Plantel, der fünfundzwanzig Jahre alt sein mochte, war lang, mager, mit schütterem, blondem Haar, und er erinnerte an eine Heuschrecke. Übrigens rieb er sich unaufhörlich seine dürren, knackenden Hände, so wie sich die Heuschrecken die Vorderbeine reiben.

»Auf Ihr Wohl, Mauvoisin . . .«

Und schließlich die Tante, Gérardine Eloi, die allein soviel Lärm und Wind machte wie alle andern zusammen.

»Dann ist also meine arme Schwester . . .«

Denn man hatte die beiden Toten von Drontheim, den Vater und die Mutter von Gilles, ein wenig vergessen.

»Wie ist das nur passiert?«

Und er, dem viel zu heiß war und der hochrot war im Gesicht, antwortete nur mit leuchtenden Augen:

»Es war der Ofen . . .«

Madame Plantel wartete im Eßzimmer, eine alte, sehr würdige Person, die fingerlose Handschuhe trug, wahrscheinlich, weil sie Flecken auf der Haut hatte. Sie war die einzige, die den Mund nicht auftat.

»Wir müssen ihn«, sagte Tante Eloi, »zu Hause unterbringen. Ich werde meine Töchter anrufen.«

»Aber nein. Heute nacht wird er hier schlafen, in einem der Gästezimmer. Vergessen Sie nicht, Gérardine, daß er dann nach dem Testament im Haus am Quai des Ursulines wohnen muß.«

»Mit dieser Frau?«

»Das wissen Sie doch . . .«

»Und Bob ist in Paris! Bob wäre so glücklich gewesen, ihm zu helfen.«

»Jean kann das auch tun.«

Ihn selbst fragte man überhaupt nicht. Man verfügte über ihn. Man schmiedete Pläne, spielte auf Dinge an, die er nicht kannte, und machte sich nicht einmal die Mühe, sie ihm zu erklären. Dafür füllte man ihm unaufhörlich sein Glas.

Als er sich Fisch auflegen wollte, warf er es um, verlor die Fassung und war so verwirrt, daß er eine Viertelstunde lang nichts mehr sah, nicht einmal wußte, ob er aß und trank.

»Bum, bum, bum . . . bum, bum, bum . . . bum . . .«

Es läutete. Stimmengewirr in der Küche. Schritte im Flur und Geklapper von Porzellan. Man trug wohl das Frühstückstablett in eines der Zimmer. Zwei oder drei Zimmer weiter ließ jemand Wasser in eine Wanne laufen. War es spät?

Gilles hatte Kopfschmerzen, mal rechts, mal links, als ob eine unbeständige Masse sich von einer Seite auf die andere verlagerte. Irgendwo mußte eine Wasserkaraffe stehen, und er streckte die Hand aus, stieß aber nur auf die Wand. Darauf stammelte er halblaut:

»Papa . . .«

Er hätte am liebsten geweint. Er spürte, daß er den Tränen näher war als je zuvor. Und seltsamerweise dachte er an seinen Vater. Warum nicht an seine Mutter? Es war ungerecht, er wurde sich dessen bewußt. Seine Mutter war es, die ihn unter so mühseligen Bedingungen in unbequemen Hotelzimmern großgezogen hatte. Sie war oft traurig, besorgt.

Sein Vater legte immer eine seltsam gute Laune an den Tag, eine tragische Indifferenz.

»Wir haben heute morgen gegessen, nicht wahr? Wir werden heute abend essen. Was können wir mehr verlangen?«

Abends in seinem Zauberkünstlerfrack, mit seinem langen, gefärbten Schnurrbart . . . Er, der so sehr gehofft hatte, ein großer Musiker zu werden!

Gilles hatte den Eindruck, daß jemand in Pantoffeln durch den Flur ging und an seiner Tür lauschte, doch er rührte sich nicht.

Noch sah er sie nicht, so wie sie alle da waren, einschließlich der Tante Gérardine, als Feinde an, doch es gab gewisse Einzelheiten, die ihm aufgefallen waren. Hatte er sie vielleicht wegen seiner Trunkenheit aufgebauscht?

Die Art, wie sie sich nach dem Essen im Rauchsalon, wo es wieder zu trinken gab, angesehen hatten . . . Sie waren wie Komplizen, die einander mißtrauen, die sich aber dennoch einig sind und ihre Beute beobachten . . . Tante Eloi hatte große Zähne, und wenn sie lächelte – sie lächelte die ganze Zeit über grundlos, vielleicht weil sonst ihr Gesicht entsetzlich hart war? –, wenn sie lächelte, sah sie immer aus, als beiße sie ins Leere . . .

Babin sah Plantel mit zynischer Ruhe an, als wolle er sagen: ›Sie können hundertmal der große Plantel von der Firma Basse und Plantel sein, ich, Raoul Babin, habe Sie trotzdem ausgestochen . . .‹

Er hatte die Havanna seines Gastgebers abgelehnt, um eine ganz schwarze Zigarre zu rauchen, die er aus seiner Tasche zog. Gérardine rauchte eine Zigarette. Plantel hatte zu seinem Sohn gesagt:

»Sie werden sich schon gleich morgen früh um unseren Freund Gilles kümmern.«

Denn da gab es noch dies: Er war schlecht angezogen. Sie schämten sich für ihn, mit seinem schwarzen Anzug, der nicht für ihn zugeschnitten worden war und fast ebensolang war wie ein Gehrock! Und seine Verlegenheit, wenn der Butler ihm mit breitem Grinsen unbekannte Gerichte reichte! Sie hatten das alles bemerkt! Sie belauerten ihn! Ihre Augen lachten! Sie machten stumme Witze!

Man würde ihn anziehen, jawohl! Man fragte ihn nicht nach seiner Meinung! Dann würde man ihn in das Haus am Quai des Ursulines bringen. Man gab sich gar nicht erst die Mühe, ihm zu sagen, wer diese Tante war, mit der er nach den Bestimmungen des Testaments von nun an zusammenleben mußte.

Plantel hatte ihn einmal in einer Ecke des Rauchsalons beiseite genommen. Gilles fühlte sich schon nicht mehr sehr wohl. Der

Kopf drehte sich ihm. Trotzdem erinnerte er sich an Einzelheiten.

»Sagen Sie einmal, mein Freund, wie kommt es eigentlich, daß Sie zu dieser Armandine gegangen sind, die Sie doch gar nicht kennen?«

Gilles hatte noch nie in seinem Leben gelogen.

»Sie hat mich am Ausgang des Friedhofs erkannt . . .«

»Wie kann sie Sie erkannt haben, sie hatte Sie ja noch nie gesehen?«

»Wegen meinem Vater und meinem Onkel . . .«

»Zunächst einmal hat sie Ihren Vater gar nicht gekannt, denn sie ist nicht aus La Rochelle. Sie ist erst vor fünf oder sechs Jahren hierher gekommen. Was Ihren Onkel angeht, so werde ich Ihnen ein Foto von ihm zeigen. Sie gleichen ihm überhaupt nicht. Trotzdem verstehe ich. Ich werde Ihnen das später alles erklären . . . Sehen Sie, mein junger Freund, Sie werden sich vor Babin in acht nehmen müssen und überhaupt vor allen Personen, die . . .«

Währenddessen beobachtete Babin sie von weitem, als ob er jedes Wort genau verstehen könnte.

»Ich glaube, es wäre besser, wenn ich heute abend in mein Hotel zurückginge, wo ich meine Sachen gelassen habe . . .«

Er hatte das Verlangen, Jaja wiederzusehen, auf sein kleines Zimmer zu gehen.

»Ihr Gepäck ist hier. Ich habe es von einem Hausangestellten abholen lasssen.«

An den Wänden hingen Bilder von riesengroßen Personen in alten Kostümen, und eine von ihnen, eine Art Musketier, folgte Gilles mit dem Blick, wohin er auch ging. Es wurde zu einem Verfolgungswahn.

»Trinken Sie noch einen Schluck von diesem alten Cognac, der wird Sie aufmöbeln und morgen . . .«

Gilles war so beklommen zumute bei dem Gedanken, in diesem fremden Haus übernachten zu müssen, wo er eine in allen Ecken kauernde höhnende Feindseligkeit zu spüren glaubte, daß er das Glas leerte. Darauf wurden seine Augen plötzlich ganz groß. Er begriff, daß die Katastrophe eingetreten war. Sein Magen drehte sich ihm um. Er hatte keine Zeit mehr, den Raum zu verlassen.

Und dort, wo er gerade stand, auf einem herrlichen Perserteppich, mußte er sich jäh übergeben, während ihm Schluchzer gleichzeitig die Kehle zuschnürten.

»Sie hätten ihm nicht soviel zu trinken geben sollen, Plantel!« seufzte Gérardine. »Der arme Junge!«

Die Augen voller Tränen sah Gilles alles verschwommen. Man hielt ihn bei den Schultern fest.

»Ein Glas Wasser, Jean . . .«

»Aber nein . . . Etwas Salmiakgeist.«

»Verzeihung . . . Ich bitte Sie um Verzeihung . . .«

»Babin, klingeln Sie doch bitte nach Patrice.«

Gilles erinnerte sich noch an den Namen des Butlers mit dem allzu breiten Kopf.

»Wenn der Herr sich bitte die Mühe machen will, mir zu folgen . . .«

»Kann man hereinkommen?«

Gilles hatte sich gerade angezogen. Sein Kopf war leer und schmerzte ihn noch. Der junge Plantel, der damit beauftragt war, sich an diesem Tag um ihn zu kümmern, war schon an der Tür überrascht von seinem ruhigen, gleichgültigen Blick.

»Haben Sie gut geschlafen? Warum haben Sie nicht nach Ihrem Frühstück geklingelt?«

»Ich habe keinen Hunger . . .«

»Mein Vater mußte zum Hafen und läßt sich entschuldigen. Ich habe mich telefonisch erkundigt. Einige Läden haben heute offen, obgleich Allerseelen ist. Später werden wir nach Bordeaux oder nach Paris fahren müssen, um Sie einzukleiden, denn hier findet man nichts Richtiges. Ihre Tante erwartet uns beide zum Mittagessen. Sie werden dabei Ihre Kusinen kennenlernen.«

»Und meine andere Tante?« fragte er kühl.

»Welche?«

»Die, mit der ich zusammenleben soll . . .«

»Colette? Machen Sie sich um die keine Sorgen. Sie werden nicht oft Gelegenheit haben, sie zu sehen, und das wird auch besser für Sie sein. Sie ist die Witwe Ihres Onkels Mauvoisin. Später erzähle ich Ihnen einmal im einzelnen . . . Sie hatte schon seit Jahren keine Beziehungen mehr zu Ihrem Onkel. Sie lebten zwar im gleichen Haus, aber sie sprachen nicht mehr miteinander. Ihr Verhalten . . . Na ja! . . . Fest steht jedenfalls, daß man ihr die Rente streichen würde, wenn sie nicht am Quai des Ursulines wohnenbliebe.«

»Hat sie ihn betrogen?«

»Ein wenig!« lachte Jean Plantel höhnisch. »Können wir gehen? Es lohnt nicht, daß wir den Wagen nehmen.«

Von diesem Tag sollte Gilles weniger Erinnerungen zurückbehalten als vom Vortag, aber zumindest eine dieser Erinnerungen prägte sich ihm ein.

Jean Plantel und er waren in einem engen Laden an der Place de la Caille, einem kleinen Platz. Rechts daneben war ein Uhrmacher, gegenüber ein Apotheker, doch die Apotheke war geschlossen.

Der Laden war ein Hemdengeschäft, wo man auch einige englische Kleidungsstücke verkaufte.

Jean Plantel, ganz in seinem Element, wählte aus, und da man keinen schwarzen Mantel fand, behauptete er:

»Es ist gar nicht notwenig, tiefe Trauer zu tragen, die Leute hier wissen ja doch nicht Bescheid . . . Dieser dunkelgraue Raglan steht Ihnen gut. Probieren Sie ihn einmal zusammen mit diesem gebördelten Hut an.«

Gilles kam sich ganz lächerlich vor. Er war an diesem Morgen sehr blaß. Seine Augenlider waren ein wenig rot. Sein Schnupfen war noch nicht auskuriert, und er hatte eine glänzende Nase.

Er sah sich in dem meergrünen Spiegel, lang und mager, mit herabhängenden Armen, von diesem weiten Mantel wie von einem Löschhorn erstickt.

In diesem Augenblick sah er hoch. Im ersten Stock eines Hauses gegenüber ertappte er zwei junge Mädchen, die lachten. Sie waren in einem Büro, an dessen Fensterscheiben man das Wort *Publex* lesen konnte.

Gilles erstarrte, denn in einem der beiden jungen Mädchen, die sich über ihn lustig machten, hatte er die Unbekannte vom Kai erkannt.

»Haben Sie vielleicht Flanellhosen, bis man ihm einen passenden Anzug machen läßt? Wir bräuchten auch ein Dutzend Hemden, Schlafanzüge, Handschuhe, Krawatten . . .«

»Ich werde Ihnen alles zeigen, Monsieur Plantel.«

Und in einer Kabine im hinteren Teil des Ladens wurde Gilles von Kopf bis Fuß neu eingekleidet. Er protestierte nicht. Er ließ mit stumpfer Gleichgültigkeit alles mit sich geschehen.

Aber er würde es nicht vergessen! Er würde nichts vergessen! Jean Plantel, über seine Folgsamkeit erstaunt, hatte sich zuerst gesagt:

›Er ist wirklich ein sanfter Dummkopf . . .‹

Bei seiner Tante Eloi hatte man geglaubt, man müsse zu seiner Ehre ein großartiges Essen machen. Er ging durch die Ladenräume, deren Geruch er mochte, vor allem den des Teers. Auf der Wendeltreppe, wo Schiffsgeräte hingen, hörte er eine aufgeregte Mädchenstimme:

»Schnell, Louise! Er ist da!«

Seine Tante zeigte ständig ein breites Lächeln und nannte ihn »mein kleiner Gilles«.

»Sie werden Ihre Kusinen kennenlernen. Mein Gott, wie schade, daß Bob gerade in Paris ist! Ich bin sicher, daß Bob und Sie . . .«

Es war nicht so zauberhaft wie in den Häusern, in denen Gilles am Vortag empfangen worden war, es war bürgerlicher, düsterer, gedämpfter.

Die beiden Kusinen hatten ihre Sonntagskleider angelegt, die Schielende in Blau, die andere in Zartrosa. Im Salon stand ein Flügel.

»Vielen Dank, Tante. Ich trinke lieber nicht . . .«

»Sie dürfen das, was Ihnen gestern abend passiert ist, nicht so tragisch nehmen. Es ist doch ganz natürlich, daß Sie nach dem, was Sie durchgemacht haben . . .«

Er aß keinen Hummer. Er antwortete höflich auf Fragen, ohne ein Wort zuviel.

Dafür stellte er seinerseits eine Frage, die alle überraschte.

»Wann werde ich meine Tante Colette sehen?«

»Aber ich hoffe doch sehr«, rief Gérardine Eloi, »daß Sie dieses Weib nie sehen werden, ich meine, daß Sie keine Beziehung zu ihr haben werden. Es ist schon genug, daß dieses stupide Testament Sie zwingt, unter einem Dach mit ihr zu leben und . . .«

»Ist sie genauso alt wie mein Onkel?«

»Sie ist zwanzig Jahre jünger. Als er sie geheiratet hat, war sie Platzanweiserin im Kino Olympia. Nicht wahr, Jean, dieses Frauenzimmer verdient doch gar nicht, daß . . .«

Sicher ist jedenfalls, daß Jean Plantel, als er in die Rue Réaumur zurückkehrte, seine Meinung über Gilles geändert hatte und daß er seinem Vater erklärte:

»Wir müssen aufpassen. Der ist heimtückisch. Ich habe ihn den ganzen Tag beobachtet, ich weiß, was ich sage . . .«

Die Testamentseröffnung fand am Tag nach Allerseelen statt, und zwar morgens um zehn im Büro von Notar Hervineau.

Dieser führte trotz seiner Gicht den Vorsitz, neben sich einen Büroangestellten, der sehr schlecht roch. Raoul Babin war da, eine Uhrkette über seinem dicken Bauch, eine Zigarre zwischen den Lippen, wie gewöhnlich.

Gérardine Eloi, in großer Festtagsaufmachung, legte eine diskrete Haltung an den Tag, während Plantel durch sein Verhalten Gilles unter seinen Schutz zu nehmen schien.

Es war noch eine andere Persönlichkeit anwesend, groß, weich, mit Triefaugen, den alle Herr Minister nannten, denn er war es früher einmal für einige Tage gewesen und hatte immer noch einen Senatorsitz inne. Sein Name war Penoux-Rataud.

»Meine Herren, ich werde jetzt die offizielle Eröffnung des Testaments von . . .«

Tat er es absichtlich? Er las so schnell und so schlecht, über einige Silben stolpernd und andere verschluckend, daß Gilles fast nichts von diesem juristischen Wust verstand.

»Ich fasse also in wenigen Worten zusammen. Monsieur Gilles Mauvoisin erbt alle beweglichen und unbeweglichen Güter des verstorbenen Octave Mauvoisin unter der Bedingung, daß er das Haus am Quai des Ursulines bewohnt und dort die Anwesenheit der verwitweten Madame Mauvoisin duldet.

Solange diese im Haus wohnt, aber nur unter dieser ausdrücklichen Bedingung, bin ich beauftragt, als Testamentsvollstrecker, ihr eine Jahresrente von zwölftausend Francs auszuzahlen, wobei die Unterhaltskosten von Monsieur Gilles Mauvoisin getragen werden . . .

Bis zu seiner gesetzlichen Volljährigkeit wird Monsieur Plantel sein Vormund sein und seine Tante, Madame Eloi, sein Gegenvormund . . .

Andere Klauseln des Testaments sind weniger wichtig und betreffen . . .«

Das Büro des Notars war schlecht beleuchtet, denn da es im Erdgeschoß des Hauses in der Rue Gargoulleau lag, hatte man die Fenster mit dicken grünen Scheiben verglast.

»Ich muß nunmehr in Ihrer aller Gegenwart – und deshalb, Herr Minister, habe ich mir erlaubt, Sie in meine Kanzlei zu bestellen –, ich muß also, sagte ich, Monsieur Gilles Mauvoisin einen verschlossenen Umschlag übergeben, den er vor Ihnen zu öffnen verpflichtet ist. Dieser Umschlag ist hier . . .«

Er nahm aus seiner Schublade eine kleine, mit rotem Siegellack versiegelte Schachtel heraus.

»Dieser Umschlag enthält den Schlüssel zum Privattresor von Monsieur Mauvoisin, den er in seinem Schlafzimmer hatte einbauen lassen. Seine Anweisungen sind in dieser Hinsicht eindeutig, wenn auch ein wenig seltsam. Ich besitze in der Tat nicht das Geheimnis der Zahlenkombination des Tresors, und dieses Geheimnis wird auch nirgends aufgeschrieben sein. Der Wille des Verstorbenen lautet aber ausdrücklich: Das Schloß darf auf keinen Fall aufgebrochen werden.

Das heißt mit anderen Worten, daß der Tresor von Monsieur Gilles Mauvoisin erst an dem Tag geöffnet wird, an dem er auf irgendeine Weise die Zahlenkombination herausbekommen hat.

Schließlich, meine Herren, möchte ich Sie noch darauf hinweisen, daß ein Doppel dieses Schlüssels in einem Panzerschrank der Bank von Frankreich deponiert ist. Ich werde Sie jetzt um einige Unterschriften bitten und mich noch heute nachmittag um die Formalitäten kümmern, die . . .«

Als Gilles wieder draußen war – es war Markttag und die Rue Gargoulleau war belebt – hatte er einen kleinen, flachen Schlüssel in seiner Tasche, der ihm nach dem, was man ihm verkündet hatte, nicht viel nützen würde.

»Ich hoffe, Herr Minister, daß Sie mir nicht abschlagen werden, ebenso wie unsere Freundin Gérardine mit uns zu Mittag zu essen . . .«

Es war fast genauso wie nach einer Beerdigung. Babin hatte sich entschuldigt. Der Minister mit dem weichen Bauch sprach wenig und hatte tränende Augen.

»Junger Mann, ich beglückwünsche Sie zu die . . . zu dieser . . . und ich hoffe, daß Sie sich des Vertrauens, das Ihr Onkel, *der unser aller Freund war*, Ihnen entgegengebracht hat, würdig erweisen werden.«

Nun waren sie vor diesem jungen Mann verlegen, der sie einen um den andern ansah, blaß, von seinem Schnupfen geplagt, dessen Gedanken aber unmöglich zu erraten waren.

In Wahrheit dachte er an das junge Mädchen vom Kai, an diese aneinandergepreßten Menschen im hereinfallenden Abend, in dem gelblichen Nebel, die sich so lange küßten, bis ihnen fast der Atem verging.

Er wußte nun, wo sie arbeitete.

Aber sie hatte sich, zusammen mit einer Freundin, über seinen neuen Mantel und seinen neuen Hut lustig gemacht.

## 4

Sie gingen im hereinfallenden Abend, der von fahlen Lichtern durchsetzt war, am Kai entlang, seine Tante Eloi und er. Und Gérardines Aufregung glich der einer Mutter, die ihren Sohn zum ersten Mal in die Schule bringt. Seit Mittag konnte sie nicht mehr still sitzen. Sie hatte die beiden Dienstmädchen mit ihren Töchtern in das Haus am Quai des Ursulines geschickt. Und danach fiel ihr jede Stunde etwas Neues ein, sie telefonierte mit einem Lieferanten oder schickte den Laufburschen zu einer Besorgung.

»Es wäre soviel einfacher gewesen, mein armer Gilles, wenn Sie bei uns wohnen würden!«

Man überquerte einen Kanal, der ins Hafenbecken mündete. Ein friedlicher, sehr breiter Kai mit kleinen, runden Pflastersteinen nahm hier seinen Anfang, und vor dem Laden eines Weingroßhändlers waren dutzendweise Fässer nebeneinander gereiht.

Es war der Quai des Ursulines, wo Gilles von nun an wohnen sollte. Diese düsteren Massen im Helldunkel waren die *Cars Mauvoisin*, die man auch die »Grünen Busse« nannte und die einer nach dem andern alle Dörfer der Gegend anfuhren.

Leute standen da, mit Paketen oder Körben beladen. Gepäckstücke wurden auf den Wagendächern aufgetürmt. Alles geschah in einem merkwürdigen Halbdunkel, denn der Kai war nicht beleuchtet, und man erkannte kaum die gelblichen Scheinwerfer der Autobusse; um so deutlicher sah man ihr rotes Schlußlicht, das von weitem an die Glut einer ungeheuren Zigarre erinnerte.

Es herrschte ein feuchtes und kaltes Wetter; Tante Eloi glaubte, daß dieses Treiben in der klebrigen Dunkelheit einen unangenehmen Eindruck auf Gilles machen könnte.

»Sie werden sich nicht um die Busse zu kümmern brauchen. Das Geschäft läuft gewissermaßen von selbst. Da ist ein Geschäftsführer, so ein richtiger Antreiber. So was braucht man nämlich, um diese Leute zu kommandieren.«

Ein riesiges Gebäude am Rande des Kais. Die Tür stand weit

offen, und das Innere diente den Mauvoisin-Bussen als Bahnhof. Rechts, in verglasten Verschlägen, Fahrkartenschalter. Ein Mann mittleren Alters mit glänzenden Ärmeln und dichten Augenbrauen, die gutmütige, furchtsame Augen versteckten.

Überall Kisten, Fässer, Landwirtschaftsgeräte, die je nach dem Bestimmungsort an den Pfeilern der ehemaligen Kirche standen, Motoren, die man anzuwerfen versuchte, zwei Lampen nur, mit grellem Licht, ohne Lampenschirm, die von dem früher heiligen Gewölbe herabhingen, Rauch, Benzingeruch und schließlich ein Mann auf kurzen Beinen, der Geschäftsführer, von dem Madame Eloi gesprochen hatte, der anstelle des linken Arms einen künstlichen hatte, der mit einem harten Eisenhaken endete.

»Es ist besser, wenn Plantel Sie ihm vorstellt. Gehen wir ins Haus.«

War es das ehemalige Pfarrhaus? Gleich hinter der zu einem Autobusbahnhof umgebauten Kirche geriet man in völlige Dunkelheit. Ein Gitter faßte einen gepflasterten Hof ein, und das sehr alte Haus hatte zwei Flügel.

»Mauvoisin hat es nur gekauft, weil es einem Grafen gehört hatte, bei dem er angefangen hat.«

»Als was?« fragte er.

»Als Chauffeur. Es wird genügend böse Zungen geben, die Sie daran erinnern werden.«

Man sah Licht in den Fenstern im zweiten Stock, doch sehr gedämpft. Gérardine setzte ein dünnes Glöckchen in Bewegung, wie ein Klosterglöckchen, und man wartete lange, ohne daß jemand öffnen kam. Endlich öffnete eine kleine Alte ein Stück die Tür und wartete, ohne ein Wort zu sagen.

Sie grüßte weder Gilles noch Gérardine. Diese drehte selber den Lichtschalter im Flur um, während die Alte sich entfernte, nachdem sie die Tür wieder zugemacht hatte.

»Wenn Bob aus Paris zurückkommt, wird er sich mit Ihnen darum kümmern, das Haus in Ordnung zu bringen. Er hat viel Geschmack. Mauvoisin lebte nicht wie andere Leute.«

Sie öffnete einige Türen. Die riesigen Zimmer waren seit langem nicht mehr geheizt worden und rochen nach Feuchtigkeit. Mauvoisin hatte das Haus völlig möbliert gekauft und sich nicht die Mühe gemacht, auch nur einer einzigen Nippsache oder einem einzigen Bild einen anderen Platz zu geben.

Der Salon hätte als Tanzsaal dienen können, mit seinen goldfarbenen Sesseln, die an den Wänden standen, und seinem Kristallkronleuchter, der klingelte, wenn man ging.

»Es muß alles neu gemacht werden«, seufzte Gérardine. »Gehen wir hinauf.«

Auch im ersten Stock herrschte Durcheinander und Gerümpel. Was machte es Octave Mauvoisin schon aus, da er nur im zweiten Stock wohnte?

»Seid ihr da, ihr Kinder?«

Louise zeigte sich über den Stufen, ein Tuch über dem Kopf, denn die beiden Töchter Gérardines hatten den Dienstmädchen, die sie von zu Hause mitgebracht hatten, um einige Zimmer sauberzumachen, geholfen.

Noch einen Augenblick, und Gilles wäre endlich allein! Es kribbelte ihm in den Fingerspitzen. So etwas wie ein Schwindel war über ihn gekommen. Er hörte auf nichts.

War es nicht seltsam, daß Mauvoisin, der reiche Mauvoisin, wie man den Busbesitzer nannte, sich in dieser Villa eine Kleine-Leute-Wohnung eingerichtet hatte? Es wurde behauptet, er habe die Möbel seiner Eltern mitgebracht. Im Eßzimmer standen ein runder Tisch, ein Buffet Henri III., und lederbespannte Stühle mit dicken Kupfernägeln.

Als Frau, die das Inspizieren gewohnt war, stellte Madame Eloi fest, daß alles in Ordnung war und daß man die Blumen, die sie hatte herschicken lassen, auch wirklich in die Vasen gestellt hatte.

»Seid ihr fertig, Kinder? Sehen wir uns das Schlafzimmer an . . .«

Es war das Schlafzimmer des Onkels. Früher war es das Schlafzimmer seiner Eltern in Nieul-sur-Mer gewesen. Ein Bauernbett aus Mahagoni. Ein arg strapazierter Sessel. An der Wand zwei Bilder in ovalen Rahmen, ein alter Mann und eine alte Frau mit einer Haube, und Gilles war überrascht, als er sah, daß sein Großvater untersetzt und kräftig war, mit dem mächtigen Kinnladen eines Holzfällers.

»Ich glaube, mein armer Gilles, wir werden . . .«

Sie vollendete ihren Satz nicht, tupfte sich die Augen mit ihrem Taschentuch, als müsse sie ihren Neffen furchtbaren Gefahren überlassen.

»Kommt, Kinder. Morgen früh werde ich vorbeikommen, um zu sehen, wie alles gelaufen ist.«

Ein Kuß wie ein Schnabelhieb auf Gilles beide Wangen!

Er war endlich allein, in einem Haus, das von nun an seines war.

Er war allein, seine Kehle war ein wenig zugeschnürt, und das einzige, was ihn beruhigte, war das alltägliche Geräusch, im Eßzimmer nebenan, der Teller und der Bestecke, die man beim Tischdecken aneinanderstieß.

Als er den dunklen Samtvorhang beiseite schob, erblickte Gilles den düsteren Kai, einige Gaslaternen, eine hellere Dunstwolke zum Stadtzentrum hin und schließlich, ganz in der Nähe, am Ende des linken Flügels des Hauses, auf dem gleichen Stockwerk wie er, ein schwach erleuchtetes Fenster. Dort hielt sich seine Tante auf, die er noch nicht gesehen hatte.

Er wußte nicht, wie spät es war. Es kam ihm nicht in den Sinn, auf seine Uhr zu schauen. Das Zimmer seines Onkels beeindruckte ihn. War es nicht seltsam, daß niemand ihm ein Bild dieses Onkels gezeigt hatte? Er wußte nicht, wie er sich Octave Mauvoisin vorstellen sollte. War er groß und ein wenig melancholisch wie Gilles Vater? Oder glich er eher dem handfesten Greis, dessen Foto über dem Bett hing?

Als die Alte, die ihm den unhöflichen Empfang bereitet hatte, gegen sieben Uhr an die Tür klopfte, erhielt sie nicht gleich Antwort. Die Stimme Gilles kam aus einem anderen Zimmer, das an das Schlafzimmer stieß.

»Herein . . .«

Erstaunt trat sie näher, mit forschenden Augen, beide Hände auf dem Bauch.

»Kommen Sie herein, Madame Rinquet. Man hat mir gesagt, daß Sie Madame Rinquet heißen. Sie sehen . . . ich bin umgezogen. Ich habe dieses kleinere Zimmer entdeckt, und ich werde mich hier wohler fühlen.«

Sie bekundete weder Zustimmung noch Ablehnung. Sie begnügte sich damit zu sagen:

»Sie sind hier der Herr. Ich bin gekommen, um Sie zu fragen, um wieviel Uhr Sie das Abendessen serviert haben wollen.«

»Um wieviel Uhr bringen Sie es gewöhnlich auf den Tisch?«

»Um halb acht.«

»Na schön, es gibt keinen Grund, das zu ändern.«

Er hätte ihr gern Fragen über seinen Onkel gestellt, über seine Tante, aber er begriff, daß es noch zu früh war, sie zu zähmen.

»Dann werde ich Madame Bescheid sagen . . .«

Um fünf vor halb acht stand er im Eßzimmer, erstaunt über seine eigene Aufregung. Es war warm. Der Rahmen war gemütlich, beruhigend. Gute Düfte kamen aus der Küche, wo man Madame Rinquet in ihren Filzpantoffeln hin und her gehen hörte.

Ein leichtes Knarren hinten im Flur, kaum vernehmbar, und doch zuckte Gilles zusammen und blieb der Tür zugewandt. Er sah zu, wie sich der Türknauf bewegte. Die Tür ging auf.

Es wäre ihm wirklich schwergefallen, den Eindruck zu analysieren, den seine Tante auf ihn machte. Sie glich in nichts dem, was er sich vorgestellt hatte. Als sie hereinkam, waren ihre Blicke sich begegnet, doch sie hatte sogleich die Augen niedergeschlagen, und an Stelle eines Grußes lebhaft den Kopf geneigt.

Dann hatte sie auf die Gedecke gesehen, als wolle sie sich vergewissern, daß sich ihr Platz nicht geändert hatte. Sie hatte ihren Serviettenring wiedererkannt und war bei ihrem Stuhl stehengeblieben.

Auch er wagte nicht sich hinzusetzen, und die Situation wäre lächerlich geworden, wenn Madame Rinquet nicht hereingekommen wäre mit einer dampfenden Suppenschüssel aus schwerem, weißem Steingut.

Hatte Gilles guten Tag gesagt? Er erinnerte sich nicht mehr daran. Seine Lippen hatten sich jedenfalls bewegt. Er hatte sich in seinem Zimmer lange gefragt, ob er »Madame« oder »Tante« sagen solle.

Sie nahm sehr wenig Suppe. Er wagte es nicht, sich mehr zu nehmen oder das Brot zu verlangen, das zu weit von ihm weg stand, und das sie ihm schließlich reichte.

Was ihn vielleicht am meisten erstaunte, war die Tatsache, daß sie so klein, so schmächtig und so jung war. Nie zuvor hatte eine Frau ihm einen solchen Eindruck der Zerbrechlichkeit gemacht. Sie erinnerte ihn an einen Vogel, der kaum den Ast berührt, auf dem er sich niederläßt.

Züge von ausgesuchter Feinheit, eine frische Haut, durchsichtig wie chinesisches Porzellan, blaue Augen mit fein gefältelten Lidern. Und nur diese Lider deuteten darauf hin, daß sie auf die Dreißig zuging. Er spürte, daß sein Blick sie genierte und daß sie mit Mühe aß. Darauf schaute er anderswo hin, und bald war es Colettes Blick, der sich schüchtern, flüchtig auf ihm niederließ.

Die ganze Mahlzeit verlief, ohne daß ein Wort gesprochen wurde. Am Ende stieg Gilles das Blut zu Kopf. Er hatte die Zeit gehabt, eine kleine Rede vorzubereiten. Das fiel ihm genauso schwer wie die ersten Neujahrsglückwünsche, die er als Dreijähriger seinen Eltern aufgesagt hatte.

»Madame . . . Tante . . . Ich möchte Sie bitten, daß . . . wegen mir . . . nichts im täglichen Ablauf des Hauses geändert wird . . . Ich bitte Sie um Entschuldigung, daß ich Sie . . .«

Sie hatte die Stirn gerunzelt. Mit leicht geneigtem Kopf – er hatte schon bemerkt, daß es eine Gewohnheit bei ihr war, wie bei Frauen, die viel gelitten haben – murmelte sie:

»Sie sind hier zu Hause, nicht wahr?«

Sie stand auf. Sie ließ einige Sekunden verstreichen, aus reiner Höflichkeit.

Dann neigte sie den Kopf.

»Guten Abend, Monsieur.«

Er hätte sie gern zurückgehalten. Den ganzen Abend über machte er sich Vorwürfe, daß er es nicht getan hatte. Er hatte das Gefühl, daß einige Worte, eine Gebärde genügt hätten . . .

Ohne sich um ihn zu kümmern, räumte Madame Rinquet ab. Allerdings sagte sie zu ihm:

»Wenn Sie ausgehen sollten, nehmen Sie den Schlüssel mit, der hinter der Tür hängt. Das Gartentor wird nie abgeschlossen . . .«

Er hatte an diesem Abend den Eindruck, daß die Atmosphäre im Haus so drückend war, daß die kleinsten Bewegungen so etwas wie Wellen oder Wogen auslösten. Auch die Stille bedrückte ihn. Er hatte Madame Rinquet in die Mansarde hinaufgehen hören, wo sie sicherlich schlief. Sie war eine Zeitlang über seinem Kopf hin- und hergegangen, dann hörte er das Quietschen einer Sprungfedermatratze.

Aber im hintersten Fenster des linken Flügels brannte immer noch Licht. Der Quai des Ursulines lag menschenleer. Wenn sich ein Passant herverirrte, hörte man noch lange seine Schritte dröhnen, dann irgendwo das Geräusch einer Tür, die auf- und wieder zuging.

Gilles hatte angefangen, sich auszuziehen. Auf eine Kommode hatte er wie gewöhnlich die Gegenstände gelegt, die er aus seinen Taschen nahm, und er hatte eine Weile den kleinen, flachen Schlüssel befühlt, den Notar Hervineau ihm mit einer seltsamen Feierlichkeit überreicht hatte.

Was nutzte dieser Schlüssel, da er das Wort nicht kannte, das ihm erlaubt hätte, den Tresor aufzuschließen, der so unauffällig wie möglich in die Wand rechts vom Bett, über dem Nachttisch, eingelassen war.

Er öffnete den Schrank, um einen Schlafanzug herauszuholen, zuckte zusammen, weil er das Geräusch eines Autos gehört hatte, und hatte den Eindruck, daß dieses Geräusch plötzlich in der Nähe des Hauses aussetzte.

Er stürzte ans Fenster, schob den Vorhang beiseite. Tatsächlich hatte ein Auto etwa fünfzig Meter weiter am Kanal gehalten. Die Scheinwerfer brannten noch, doch gleich erloschen sie, dann wurde die Wagentür zugeschlagen, und ein Mann ging schnell auf das Gartentor zu. Er öffnete es, durchquerte den Hof.

Gilles lief an die Tür. Der lange Flur lag dunkel; es dauerte nicht lange, bis das Licht anging, während eine weibliche Silhouette zur Treppe lief.

Weshalb erregte er sich so? Hatte man ihm nicht gesagt, daß Colette seit Jahren einen Geliebten hatte und daß ihr Mann es wußte?

Es half nichts, er war ganz durcheinander, und er löschte das Licht in seinem Zimmer, um sich nicht zu verraten, blieb im Türrahmen auf der Lauer.

Er hörte ganz deutlich, daß der Schlüssel, auf den Madame Rinquet ihn hingewiesen hatte, vom Nagel genommen und vorsichtig die Eingangstür aufgeschlossen wurde. Dann herrschte Stille. Was taten sie dort unten? Lagen sie nicht einander in den Armen?

Jetzt gingen sie hinauf. Der Teppich im Treppenhaus erstickte das Geräusch ihrer Schritte. Tante Colette erschien als erste, die Hand des Mannes haltend, der ihr folgte, und sie warf einen Blick in Gilles Richtung, den sie nicht sehen konnte.

Die beiden Liebenden drehten ihm den Rücken zu und verschwanden schließlich im Flur des linken Flügels.

Er war viel zu aufgeregt, um nachzudenken. Welche Notwendigkeit bestand zum Beispiel, mit bloßen Füßen zur Tür seiner Tante zu gehen? Er wußte, daß das Paar im Zimmer war. Was ging ihn das überhaupt an? Unter der Tür drang Licht hervor, und das Gemurmel, das man hörte, glich dem Geflüster, wie man es in der Nähe eines Beichtstuhls vernimmt.

›Ich werde schlafengehen‹, nahm er sich vor.

Und doch blieb er, beunruhigt von dem Gedanken, daß er von einer Sekunde zur andern überrascht werden könnte.

Die Müdigkeit war schließlich stärker. Er hatte versucht, die Schläge der Kirchturmuhr von Saint-Sauveur zu zählen. Elf? Zwölf? Er war sich nicht sicher.

Er ging in sein Zimmer zurück, übermüdet, mißgelaunt, einem unerklärlichen Unbehagen ausgesetzt, und warf sich auf sein Bett.

Er schlief nicht sofort ein. So wie früher, als er noch ein Kind war, zogen alle Bilder des Tages an seinen Augen vorüber, und sogar andere Bilder, das junge Mädchen und der junge Mann mit dem gelben Regenmantel, die dicken Beine Jajas und ihre schwarzen Wollstrümpfe, die von roten Schleifen gehalten wurden, seine Tante Eloi, die aussah, als würde sie ihn ins Internat bringen . . .

Er war plötzlich traurig. Er hatte das Gefühl, daß er den Boden unter den Füßen verloren hatte und nun haltlos in einem unbekannten Universum dahinschwamm.

Das letzte Bild, das an seiner Netzhaut vorüberglitt, war das eines Clowns, dem er früher einmal in einem Zirkus in Ungarn begegnet war und der, wenn er für die Manege geschminkt war, ganz erstaunlich Notar Hervineau glich, dessen sarkastische Stimme er hatte.

Dies geschah zuerst in einem Bereich, in dem die Grenzen zwischen Traum und Wirklichkeit verschwommen waren. Warum sollte man denn an seiner Tür lauschen, wo er doch allein war und schlief?

Er drängte das Bild des Clowns zurück und versuchte, seine Stimme nicht mehr zu hören, um besser die leisen Geräusche, so leise wie das Trippeln einer Maus, zu vernehmen.

Und plötzlich schnürte sich seine Kehle zusammen. Er war hellwach. Er hatte das Gefühl, daß ganz in seiner Nähe ein Mensch war. Etwas hatte sich bewegt, auf dem Marmor der Kommode hatte er das Kratzen eines Gegenstandes gehört.

Er hatte nie einen Revolver besessen. Er hatte Angst. Und feucht in der Mulde seines Bettes liegend, fragte er sich, wo wohl der Lichtschalter war. Es gelang ihm nicht, sich daran zu erinnern.

Und überhaupt, was nutzte es denn einzugreifen, sofern es ein Dieb war? Es war niemand im Haus, der ihm hätte zu Hilfe kommen können. Man hatte Zeit, ihn umzubringen . . . Er stellte sich einen langen Erstickungstod vor . . .

Er war sicher, absolut sicher, daß er nicht träumte, daß eine Tür aufgegangen war, wahrscheinlich die, die in das Schlafzimmer seines Onkels führte.

Nun hörte er auf, vernünftig zu denken. Er führte sich auf, als müsse er einen Angriff abwehren. Seine Arme, die in die Luft schlugen, trafen auf ein Hindernis, und im Haus brach ein lautes Getöse aus.

Dabei war es nur eine ganz kleine, opalfarbene Nachttischlampe, die seine Tante Eloi ihm von zu Hause gebracht hatte, weil er gesagt hatte, sie sei hübsch.

Der Lärm machte ihm eine solche Angst, daß er aufstand. Er sah einen Lichtschein unter der Tür.

Er vergaß jegliche Vorsicht. Er hatte zu große Angst. Er war von einem dunklen Bedürfnis besessen, sich Gewißheit zu verschaffen. Er ging auf die Tür zu und warf einen Stuhl um. Gegen seinen Willen, weil er sich am Knie weh getan hatte, rief er:

»Au . . .«

Er war sicher, absolut sicher, daß er nicht träumte. Und daß genau in dem Augenblick, in dem er die Tür zum Zimmer seines Onkels öffnete, in diesem Zimmer noch Licht brannte, war ein Beweis dafür. Übrigens ging es sofort aus, und er hatte keine Zeit, etwas zu sehen. In der Dunkelheit hörte er Schritte und wie jemand gegen etwas stieß. Eine andere Tür, die zum Flur führte, wurde heftig geschlossen.

Er verlor Zeit. Er sah nichts. Er war mit den Örtlichkeiten nicht vertraut genug, um sich im Dunkeln bewegen zu können.

Als er den Flur erreichte, war niemand mehr da, aber daß die Lampen noch brannten, war der Beweis dafür, daß er sich nicht geirrt hatte.

»Wer ist da?« fragte er mit einer Stimme, die im leeren Raum dröhnte. Keine Antwort. Kein Geräusch.

»Wer ist da?«

Er ging mit großen Schritten zum linken Flügel hinüber. Er lauschte an der Tür seiner Tante. Er wagte nicht anzuklopfen.

Als er zurückging, enttäuscht, ängstlich, kam Madame Rinquet, die einen schwarzen Mantel übergeworfen hatte, aber barfuß war, die Treppe von der Mansarde herunter.

»Was ist los?« erkundigte sie sich.

»Ich weiß nicht . . . Ich glaubte ein Geräusch zu hören . . .«

Sie machte in Gilles Zimmer Licht, sah die Nachttischlampe in Scherben, den umgeworfenen Stuhl.

»Ich habe den Eindruck, daß Sie selber dieses Geräusch gemacht haben. Sind Sie oft mondsüchtig?«

Er antwortete nicht sofort. Mit aufgerissenen Augen starrte er auf die Kommode, wo unter den Gegenständen, die er am Abend aus seinen Taschen geholt hatte, der Schlüssel des Panzerschranks fehlte.

Darum stammelte er:

»Ich weiß nicht . . .«

»Soll ich Ihnen einen heißen Kräutertee machen?«

»Nein . . . Danke . . .«

»Sind Sie jetzt beruhigt? Kann ich wieder raufgehen, um mich hinzulegen?«

Es gelang ihm, flüchtig zu lächeln.

»Ja . . . Ich bitte Sie um Verzeihung . . .«

Als sie weg war, lief er ans Fenster. Das Auto stand immer noch da, mit abgeschalteten Scheinwerfern. Der Mann hatte das Haus sicherlich nicht verlassen können. In irgendeinem Winkel versteckt, vielleicht in Colettes Zimmer, wartete er wohl, bis Gilles eingeschlafen war.

»Immerhin liegt noch ein anderer Schlüssel in der Bank von Frankreich . . .« hörte er sich mit halblauter Stimme sagen.

Dann sagte er mehrmals hintereinander:

»Warum? . . . warum? . . . Warum? . . .«

Er war genauso durcheinander wie an dem Abend, an dem er betrunken gewesen war. Seine Augenlider brannten. Er konnte nur mit Mühe seine Tränen zurückhalten.

»Aber ich werde solange am Fenster bleiben wie nötig! ... Ich werde ihn sehen! ... Ich werde es herausbekommen! ...«

Er sah nichts, denn er wurde am Morgen in seinem Bett wach, in das er sich, trunken von Schlaf, geschleppt hatte.

Busse des Transportunternehmens Mauvoisin fuhren aus der ehemaligen Kirche, und im kalten Tageslicht des Quai des Ursulines war das Auto des Unbekannten verschwunden.

## 5

Keines der Ereignisse dieses Tages war für sich denkwürdig; doch alle zusammen hatten solche Folgen, daß dieses Datum eines der wichtigsten im Leben Gilles Mauvoisins bleiben sollte.

Schon zu Anfang gab es Zeichen, von diesen unmerklichen Einzelheiten, die wir nicht immer verstehen wollen, und die uns hinterher überraschen, wenn uns endlich klar wird, daß sie Fingerzeige darstellten.

Dieses gedämpfte Wetter zum Beispiel ... Dieses weiße und graue Universum, in dem die Töne, ganz besonders die Schiffssirenen, durchdringender, wenn nicht ganz herzzerreißend wurden ... Das erinnerte an Drontheim, das erinnerte Gilles so sehr an die Städte des Nordens, wo er in einem Hotelzimmer wach geworden war, gewissermaßen immer in dem gleichen.

Und als er sich in dem schwarz und goldumrahmten Spiegel betrachtete, fand er, daß sein Gesicht schmäler, seine Züge spitzer waren als an den vorhergehenden Tagen: sein Schnupfen war verschwunden. Die Müdigkeit einer schlechten Nacht, das chaotische Hin und Her, diese Unentschlossenheit, die seit so langem schon dauerte, alles das äußerte sich nun in einer matten Haut, einer scharf gewordenen Nase, auseinandergezogenen Lippen, Augäpfeln, die nur zwei dunkel glitzernde Punkte in der Spalte der Augenlider waren.

Daß er seinen Koffer öffnete, der, in dem sich seine persönlichen Sachen befanden, und daß er, wie so oft, wenn er mit seinen Eltern in einem anonymen Hotelzimmer abgestiegen war, einige Gegenstände aufstellte, Bilder, die in den Rahmen des Spiegels gerutscht waren, eine Pralinenschachtel, die seine Mutter vor langer Zeit einmal bekommen hatte und in der nun die Krawatten aufbewahrt wurden, ein schöner Schal, den sie einem orientalischen Jongleur abgekauft hatten, war der Beweis dafür, daß sich etwas geändert hatte.

Er verschloß sich ganz in seine Gedanken. Das Haus am Quai des Ursulines verschwand, und nur noch dieses Zimmer war da. La Rochelle schrumpfte zusammen, bis es nur noch die Landschaft war, die vom Fenster eingerahmt wurde: ein Stück Kanal, eine Spanne Kai, die beiden Türme, die den Hafen von weitem abschlossen, und links dieses Fenster, das das Fenster Colettes war und dessen Läden noch nicht geöffnet waren.

Er wurde rot, als seine Tante Eloi in die Wohnung trat und vor allem, als sie ihn mit einer Verwunderung, die nicht frei von Vorwurf war, ansah:

»Haben Sie das Zimmer gewechselt?«

Gilles Lippen zitterten ein wenig, so wie die Lippen der Schüchternen zittern, die einen Entschluß fassen. Er machte seine Stimme so sachlich, so klar wie möglich, um zu erklären:

»Ja. Das hier gefällt mir besser, und ich werde es nach meinem Geschmack einrichten.«

»Aber . . . ich habe Bob telegraphiert, daß er aus Paris zurückkommt . . . Er hat einen Freund, der Innenarchitekt ist, und wir hatten beschlossen . . .«

»Ich richte es lieber nach meiner Vorstellung ein.«

Dies war die erste Überraschung, die er denen bereitete, die ihn an den vorausgegangenen Tagen gesehen hatten. Er wahrte seine bescheidene, fast demütige Haltung, aber dennoch spürte man, daß sein Entschluß unumstößlich war.

»Wie ist das gestern abend gegangen, mit dieser Frau?«

»Sehr gut.«

»Haben Sie halbwegs anständig gegessen?«

»Madame Rinquet kocht gut.«

»Was hat sie gesagt?«

»Madame Rinquet?«

»Ihre Tante . . .«

»Nichts Besonderes.«

Er tat so, als merke er nicht, daß Gérardine Eloi beunruhigt war.

»Ach, daß ich's nicht vergesse . . . Sie sind zum Mittagessen bei unserem Freund Plantel eingeladen. Er will Ihnen einen ersten Überblick über die Geschäfte Ihres Onkels geben, die ja von nun an die Ihren sind.«

Warum sollte er nicht bis ans Ende gehen? Sanft, aber mit der Entschlossenheit eines schmollenden Kindes, sagte er:

»Sie können Monsieur Plantel sagen, daß ich nicht zum Mittagessen zu ihm kommen will. Ich bin müde. Außerdem habe ich eine Menge Dinge zu tun.«

»Ich werde Ihnen helfen. Sie wissen doch, Gilles, daß ich ganz zu Ihrer Verfügung stehe. Meine Töchter ebenfalls. Sie bewundern Sie schon. Was Bob angeht, so bin ich sicher, daß Sie sich wie alte Freunde verstehen werden.«

»Zweifellos . . .« machte er ausweichend.

»Womit wollen Sie Ihren Tag verbringen?«

»Das ist schwer zu sagen, Tante . . . Mit kleinen Nichtigkeiten. Sehen Sie, ich habe in so wenigen Tagen so viele Leute kennengelernt, daß ich mich unbedingt ausruhen muß.«

»Hat diese Frau, diese Madame Rinquet, das Blumenwasser gewechselt?«

»Ich weiß es nicht . . .«

Gérardine zog ihren Mantel aus und wechselte das Blumenwasser.

»Werden Sie auch nicht bei uns zu Hause zu Mittag essen? Ganz unter uns?«

»Danke, Tante . . . Ich werde hier zu Mittag essen.«

»Wann sehe ich Sie?«

»Morgen, wenn Sie wollen? Sie brauchen sich nicht herzubemühen. Ich werde bei Ihnen vorbeikommen. Es sei denn, es wäre Ihnen unangenehm . . .«

Sie verließ ihn sehr beunruhigt und rief bei Plantel an, was diesem für den ganzen Tag die Stimmung verdarb.

Gilles ging unterdessen in den ersten Stock hinunter und machte langsam einen Gang durch die Zimmer. Er suchte sich einen alten Sekretär aus, Regale für die Bücher, einige Rahmen für die Bilder, die er von seinem Vater und von seiner Mutter besaß.

»Verzeihung, Madame Rinquet. Möchten Sie so freundlich sein und mir einen Augenblick helfen?«

Auch sie zeigte sich überrascht und beunruhigt. Sie folgte ihm ins untere Stockwerk.

»Warum lassen Sie sich diese Möbel nicht von einem Arbeiter aus der Garage nach oben tragen?«

»Weil ich sie lieber selber hinauftrage . . .«

Im Zimmer warf sie einen Blick auf die Fotos, dann auf Gilles, in dem sie einen anderen Menschen zu entdecken glaubte. Mit einer fast liebenswürdigen Stimme fragte sie:

»Brauchen Sie sonst nichts? Unten sind ziemlich hübsche Brücken.« Er ging sie sich zusammen mit ihr ansehen und suchte sich eine aus. Auf der Treppe begegnete er seiner Tante Colette, die ausging, und in ihren Trauerkleidern, einen schwarzen Schleier vor dem Gesicht, zerbrechlicher aussah denn je.

Sie gingen aneinander vorbei und grüßten sich ziemlich förmlich.

Gegen elf Uhr ging Gilles ebenfalls aus dem Haus, und zum ersten Mal, seitdem er Armandine vor dem Friedhofstor getroffen hatte, war er allein auf der Straße. Er blieb eine ganze Weile vor dem Portalvorbau der ehemaligen Kirche stehen, um sich den Fahrbetrieb der Mauvoisin-Busse anzusehen und das ständige Hin und Her Poinceaus, des Geschäftsführers mit dem Eisenhaken, der nicht heranzukommen wagte, da er ihm noch nicht vorgestellt worden war.

Dann begab er sich in die Rue du Minage, wo Doktor Sauvaget, der Geliebte seiner Tante, wohnte. Der Markt war in vollem Gange. Es war der große Markt vom Samstag, und unter den Arkaden der schmalen und schlecht gepflasterten Straße riefen die Bäuerinnen, mitten zwischen ihren Körben stehend, ihre Waren aus.

Zwischen dem Laden eines Gemüsehändlers und einem düsteren Kurzwarengeschäft verkündete ein Kupferschild: *Maurice Sauvaget, Dr. med., Sprechstunden von 2 bis 6 Uhr – Samstags von 10 bis 12.*

Er wollte klingeln, aber er stellte fest, daß die Tür halb offen stand und daß auf einem anderen Schild, einem aus Emaille, stand: *Eintreten ohne anzuklopfen.*

Am Ende eines Flurs, der nach Apotheke roch, betrat er ein Wartezimmer, in dem bereits sechs schweigende Personen saßen, und er setzte sich auf einen der Stühle vor einem Rohrtisch, der voller alter Illustrierter lag.

Man sah sich an, ohne ein Wort zu sagen. Hinter der Tür hörte man ein Gemurmel. Eine andere Tür ging auf, und ein Patient kam heraus. Der Doktor streckte den Kopf durch die Tür:

»Der Nächste bitte . . .«

Als er beim zweiten Mal auftauchte, bemerkte er Gilles und runzelte die Stirn. Sollte er ihn etwa auf der Straße in Begleitung Plantels oder Gérardine Elois gesehen haben?

Je näher der Augenblick herankam, an dem Gilles an der Reihe war, um so besorgter schien der Arzt zu werden. Er hatte langes, braunes, nach hinten gekämmtes Haar, ein bewegliches Gesicht, außerordentlich lebhafte Augen, die gar nicht zuließen, daß er unbemerkt blieb. Auch Gilles Vater hatte diese innere Flamme im Blick gehabt, und deshalb wandte er so oft den Kopf ab oder beeilte sich zu lächeln.

»Der Nächste bitte . . .«

Gilles trat ein, etwas beklommen, und er hatte den Eindruck, daß sein Gegenüber genauso Angst hatte wie er.

»Ich bin nicht krank . . .« begann Gilles, der mitten im

Sprechzimmer stehengeblieben war, das ebenso ärmlich eingerichtet war wie das Wartezimmer. »Entschuldigen Sie bitte, daß ich Sie störe, aber . . .«

Seine Lippen zitterten derart, daß er Mühe hatte, eine normale Stimme beizubehalten, um seinen Satz zu Ende zu sprechen:

». . . ich bin gekommen, um Sie zu bitten, mir den Schlüssel zurückzugeben . . .«

War es nicht gerade die Einfachheit, mit der diese Bitte ausgesprochen wurde, die den Arzt erschreckte? Entsetzt schaute er um sich, ging zu einer Tür, die er abrupt öffnete, murmelte halblaut, als schäme er sich für das, was er sagte:

»Entschuldigen Sie . . . Es kommt oft vor, daß meine Frau lauscht . . .«

Plantels Sohn hatte Gilles davon erzählt. Seit Jahren war Madame Sauvaget körperbehindert und fuhr mit einem Rollstuhl, den sie selbst betätigte, durch die Wohnung. Ihre Eifersucht hatte allmählich krankhafte Formen angenommen und war so heftig, daß sie stundenlang hinter der Tür zubrachte und auf die Geräusche aus dem Sprechzimmer lauschte.

»Setzen Sie sich bitte. Ich bitte um Entschuldigung . . . Ich . . . Ich habe diesen Schlüssel nicht, glauben Sie mir. Ich verstehe gar nicht, wieso Sie auf den Gedanken gekommen sind.«

»Sie wissen doch, um welchen Schlüssel es sich handelt?«

Sie zitterten beide, der Doktor vor Erregung, Gilles vor Schreck über seine Kühnheit.

»Ich vermute, daß Sie auf den Schlüssel vom Tresor anspielen?«

»Haben Sie nicht heute nacht versucht, ihn sich zu besorgen? Ich habe Ihr Auto vor dem Haus erkannt.«

Der Arzt senkte den Kopf. Man spürte, daß er in der Zwickmühle war. Sollte er es wirklich nicht gewesen sein, der in Gilles Zimmer und dann in das Zimmer Octave Mauvoisins eingedrungen war? Sollte etwa Colette . . .

»Hören Sie, Monsieur, ich weiß nicht, was diese Leute Ihnen erzählt haben . . .«

»Welche Leute?«

Sauvagets funkelnde Augen hefteten sich auf das Gesicht des jungen Mannes. Im Ausdruck seines Gesichts lag Überraschung und auch etwas anderes, noch Unbestimmtes, ein Zögern, vielleicht eine aufkeimende Sympathie?

»Die vom *Syndikat* . . .«

Von neuem ging er zur Tür und vergewisserte sich, daß die Kranke ihren Rollstuhl nicht hierher gefahren hatte.

»Babin, Plantel, der Senator, Notar Hervineau, noch andere . . .«

»Warum sagen Sie *Syndikat,* wenn Sie diese Herren meinen?«

Immer noch dieses Zögern, diese Lust zu sprechen, dieses Sich-Zurückhalten . . .

»Stimmt es, daß Ihre Eltern . . . Varieté-Künstler waren?«

»Es stimmt.«

»Sie verstehen also nichts von Geschäften, und Sie hatten nie mit solchen Kreisen etwas zu tun.«

Ein Zorn stieg hoch, von dem man erriet, daß er zwar dumpf, aber entsetzlich war, ein furchtbarer Groll.

Und der Doktor, mit ineinanderverkrampften Händen:

»Verzeihen Sie, wenn ich Ihnen nichts darüber sagen kann, wenigstens jetzt nicht. Die Situation Ihrer Tante und auch die meine . . . Glauben Sie mir, Monsieur Mauvoisin, wenn ich Ihnen versichere, daß ich diesen Schlüssel nicht habe. Doch ich darf Ihnen versprechen, daß Sie ihn zurückbekommen werden, daß es sich nicht um einen Diebstahl handelt, daß man es weder auf Sie noch auf Ihr Vermögen abgesehen hat. Ihr Onkel war ein Ungeheuer und . . .« Plötzlich änderte er den Ton. Auch Gilles hatte so etwas wie ein Knirschen im Nachbarzimmer vernommen.

»Also einverstanden, Monsieur. Ich werde Ihnen ein Rezept verschreiben . . .«

Sein Blick war fast flehend geworden; es war ganz eindeutig, daß Madame Sauvaget hinter der Tür lauschte.

Der Arzt setzte sich an seinen Schreibtisch, schrieb einige

Worte auf ein Blatt seines Rezeptblocks und hielt Gilles, den er bis zur Tür begleitete, dieses Blatt hin.

»Der Nächste bitte . . .«

Auf der Straße las Gilles die hingekritzelten Zeilen:

*Verzeihung. Man belauschte uns. Ich flehe Sie an, quälen Sie Ihre Tante nicht. Ich werde Sie treffen wo und wann Sie wollen.*

Ob der Doktor, nachdem Gilles gegangen war, eine Möglichkeit fand, mit Colette zu telefonieren? Gilles nahm es an. Als er in das Haus am Quai des Ursulines zurückkam und am Tisch Platz nahm, dauerte es tatsächlich nicht lange, bis seine Tante erschien, blasser und fieberhafter als am Tag zuvor.

»Entschuldigen Sie bitte, daß ich Sie habe warten lassen«, murmelte sie.

Dann legte sie, ohne sich um die Anwesenheit Madame Rinquets zu kümmern, die das Hors-d'œuvre auf den Tisch stellte, einen kleinen flachen Schlüssel neben Gilles Teller.

Erst als sie saß und ihre Serviette auseinandergefaltet hatte, murmelte sie, ohne den jungen Mann anzuschauen:

»Es war nicht recht von Ihnen, daß Sie sich an den Doktor gewandt haben. Er hat nichts damit zu tun. Er war in meinem Zimmer und wußte nicht, was ich tat.«

Sie zwang sich sichtlich zum Essen. Sicherlich erwartete sie Fragen und hatte ihre Antworten vorbereitet. Man spürte, daß sie von derselben hochgradigen Empfindlichkeit war wie gewisse Pflanzen, die sich zusammenziehen, sobald sich ihnen ein Fremdkörper auch nur näherte, und es war Gilles, der seinen Kopf über seinen Teller beugte.

Sie warf ihm mehrere Male flüchtige Blicke zu. Gilles fing einige dieser Blicke auf, und er las darin Verwunderung, so etwas wie eine Versuchung, vielleicht die, zu sprechen.

Sie tat es nicht, und er respektierte ihr Schweigen. Er war ernst und doch war eine Leichtigkeit in ihm, die er seit langem nicht mehr erlebt hatte.

Freudig kehrte er in die Vertrautheit seines Zimmers zurück, denn es war schon sein Zimmer, und lange betrachtete er ein Foto seines Vaters, und dachte, daß dieser, als er jünger war, dem Doktor wohl noch stärker geglichen haben mußte.

Er stellte sich das Paar von damals vor, die beiden jungen Menschen, die noch nicht seine Eltern waren, wie sie unter den Arkaden der Rue de l'Escale standen, nicht weit vom Privatkonservatorium entfernt, das immer Musik durchsickern ließ.

Eine Zahl oder ein Wort mit fünf Buchstaben . . . Der Schlüssel des Tresors war in seiner Hand warm geworden . . . Er ging in das Zimmer seines Onkels hinüber, doch er versuchte vergeblich, den Schlüssel im Schloß umzudrehen.

Auf dem Rollschreibtisch, dem einzigen hellen Möbelstück des Zimmers, stand das Telefon. Gilles rief die Firma Basse und Plantel an. Er hatte Edgar Plantel am andern Ende.

»Hier ist Gilles, Monsieur Plantel . . . Entschuldigen Sie bitte, daß ich störe . . .«

Der andere protestierte, äußerte sein Bedauern über das abgesagte Mittagessen, versicherte ihm seine Ergebenheit, seine . . .

»Ich wollte nur wissen, ob es möglich ist, daß ich Sie morgen in Ihrem Büro treffen kann . . . Nein! Es ist mir lieber, wenn es in Ihrem Büro ist . . . Ich möchte mit Ihnen über das *Syndikat* sprechen . . .«

Ein Hüsteln am andern Ende der Leitung.

»Aber . . . Ich . . . Gewiß . . . Wenn Sie wünschen, daß ich zu Ihnen komme . . .«

Und Gilles sagte noch einmal mit dieser festen Sanftheit, die er sich seit dem Vormittag zu eigen gemacht hatte:

»Es ist mir lieber, wenn es in Ihrem Büro ist . . . Danke, Monsieur Plantel . . .«

Darauf streckte er sich, müde von seiner fast schlaflosen Nacht, auf seinem Bett aus. Er dachte viel an seine Tante und an Doktor Sauvaget. Und jedesmal glaubte er in der Rue de l'Escale das Paar vor sich zu sehen, das sein Vater und seine Mutter früher gewesen waren.

Schlief er? Oder dämmerte er nur vor sich hin? Als er aufstand, brach die Nacht herein, und ohne die Lampe anzuknipsen, sah er zu, wie sich die letzten Lichtstreifen über dem Hafen zerstreuten.

Dann zog er seinen Mantel an, setzte seinen Hut auf. Beinahe hätte er den zu langen Mantel aus Drontheim angezogen und die Fellmütze aufgesetzt, doch im letzten Augenblick besann er sich eines anderen.

»Kommen Sie zum Abendessen zurück?« rief ihm Madame Rinquet aus der halbgeöffneten Küchentür nach, als er durch den Flur ging.

Er spürte an ihrer Stimme, daß sie ihn fast als zum Hause gehörig ansah.

»Sicher . . .«, antwortete er.

Er ging schnell an den Kais entlang, sah die hell erleuchteten Schaufenster wieder, die er sich am Abend seiner Ankunft eingehend betrachtet hatte, das dunklere Schaufenster der Firma Eloi. Beinahe wäre er zu Jaja gegangen. Aber die große Uhr in der Mitte des Turms zeigte fünf Uhr. Er wußte nicht, um wieviel Uhr die Publex-Büros schlossen. Er wußte nicht einmal, was man in diesen Büros tat.

Er war sehr lebhaft, sehr aufgeregt. Kaum stand er an der Place de la Caille am Schaufenster des Uhrmachers, der auch antike Nippsachen verkaufte, als er aus dem Haus gegenüber junge Mädchen herauskommen sah wie Schülerinnen.

Manche fuhren mit dem Fahrrad in alle Richtungen davon. Andere entfernten sich in Gruppen. Drei von ihnen, von denen eine ihr Rad vor sich herschob, gingen durch die enge Rue du Temple, wo Lebensmittelgeschäft neben Lebensmittelgeschäft lag.

Das junge Mädchen, das Gilles als erstes gesehen hatte, als er in La Rochelle an Land ging, war in dieser Gruppe.

Er ging hinterher. Eine blasse Blonde drehte sich um und stieß ihre Freundin mit dem Ellbogen an.

Sie drehten sich alle um und brachen in Gelächter aus.

Das Spiel ging nun so weiter, ohne daß Gilles kehrtmachte. Er folgte ihnen, ernsthaft, hartnäckig, und sie drehten sich um, stießen sich an und lachten immer ausgelassener. Er wußte nicht mehr, wo er war. So halbwegs erkannte er die Rue du Palais und das Kaufhaus Prisunic wieder. Dann kam man durch dunkle Straßen, und etwas weiter wieder zu erleuchteten Schaufenstern.

An der Place d'Armes blieben sie stehen und umarmten sich, immer noch lachend.

Das junge Mädchen vom Kai war die einzige, die sich in Richtung Park entfernte, wo die orangenfarbenen Lampen auf den Alleen und Gehwegen ein Bühnenlicht verbreiteten.

Zuerst ging sie schnell, wobei sie sich in den Hüften wiegte. Dann verlangsamte sie ein wenig den Schritt, vermied es aber, sich umzudrehen. Hörte sie nicht auf das Geräusch von Gilles Schritten? Diese Schritte kamen näher. Genau dort, wo sich die Straße mit einer Allee kreuzt, die in den Park führt, hatte er sie erreicht.

Machte sie wirklich zwei Schritte in diese Allee hinein?

Eine Stimme sagte ganz dicht neben ihr:

»Warum lachen Sie über mich?«

Sie drehte sich langsam um, ohne verwundert zu sein, ein Lächeln in ihrem jungen Gesicht mit den vollen Zügen, und die Augen weit offen, gab sie zur Antwort:

»Ich lache nicht über Sie . . . Ich lache mit Ihnen . . .«

Einen Augenblick lang war es, als schwebten sie in Zeit und Raum. Sie merkten gar nicht, daß die Autos nur drei Meter von ihnen entfernt vorüberfuhren. Etwas weiter, in der Allee, saß ein Liebespaar auf einer grün gestrichenen Bank.

Und auf die natürlichste Weise von der Welt, als sei das seit undenklichen Zeiten beschlossen gewesen, ging das junge Mädchen auf diese Allee zu.

Sie schlenkerte beim Gehen mit den Armen. Wenn im Gras Gänseblümchen gestanden hätten, so hätte sie sicherlich eins gepflückt. Sie vermied es jetzt, ihn anzusehen.

»Warum trugen Sie eine Pelzmütze?«

Und er, ernst, als hätte er mit Monsieur Plantel diskutiert:

»Weil ich aus Norwegen zurückkam.«

»Ich hatte Sie für einen blinden Passagier gehalten.«

Von einem Lichtkreis gelangten sie jetzt in eine Schattenzone, und zum ersten Mal war Gilles Teil eines Paares, wie jene, die er so oft auf der Straße oder in den öffentlichen Gärten gesehen hatte und deren ruhige Gleichmut er immer beneidet hatte.

»Wie nennt man Sie denn?« wagte er zu fragen. »Wenn es Ihnen unangenehm ist, daß ich Sie danach frage, brauchen Sie nicht zu antworten.«

»Alice . . . Und Sie, Sie sind der Neffe von Mauvoisin, nicht wahr?«

»Woher wissen Sie das?«

Sie lächelte wieder, amüsiert.

»Daher!«

»Antworten Sie . . . Woher können Sie das wissen?«

»Raten Sie!«

Sie begegneten einem anderen Paar, das Hand in Hand ging und das sich gerade den Lichtkreis einer elektrischen Straßenlampe aussuchte, um sich zu küssen.

»Sie wohnt neben mir!« kicherte Alice.

»Woher kennen Sie meinen Namen?«

»Macht es Sie neugierig?«

Er wußte noch nicht, daß die andern Liebespaare, denen sie begegneten, sich endlos ebenso unschuldige Fragen stellten.

»Sie machen sich über mich lustig.«

»Aber nein, glauben Sie mir doch. Nur, daß Sie komisch aussahen, als Sie in dem Laden an der Place de la Caille ihre neuen Kleider anprobierten, das müssen Sie doch zugeben. Und Pipi, der sich wie eine Glucke um Sie sorgte!«

»Pipi?«

»Der junge Plantel. Alle nennen ihn Pipi. Er muß anscheinend überall, wo er hinkommt, gleich aufs Örtchen.«

Sie hatte weit geschwungene Lippen, lange, dunkle Wimpern, einen Plisseerock, der bei jedem Schritt eine Blütenkrone bildete.

»Damit weiß ich immer noch nicht, woher Sie wissen . . .«

»Das ist gar nicht lustig. Und ich bin sicher, daß es Ihnen keine Freude machen wird.«

»Warum nicht?«

»Darum nicht.«

Es war ihr Lieblingsausdruck.

»Auf jeden Fall«, sprach sie sehr schnell weiter, »was Georges angeht, mit dem ist Schluß.«

»Welcher Georges?«

»Spielen Sie doch nicht den Naiven. Sie wissen genau . . .«

Als sie am Meer angekommen waren, hatten sie kehrtgemacht, und jetzt näherten sie sich der großen Avenue, die den Park umsäumt. Was hatten sie sich in dieser Zeit sagen können? Im Grunde gar nichts!

Sie war stehengeblieben. Das bedeutete sicherlich, daß sie sich jetzt wohl würden trennen müssen. Um neben ihm nicht zu klein zu erscheinen, stellte sie sich auf die Zehenspitzen.

»Sie dürfen sich Ihre Krawatten nicht von Pipi aussuchen lassen. Außerdem machen Sie den Knoten viel zu klein. Man könnte glatt meinen, ein Schuhsenkel . . .«

Er merkte, daß das Schwierigste sein würde, sich auf Wiedersehen zu sagen. Er suchte nach einer Formel, er wagte nicht, ihre Hand zu ergreifen.

»Sehen Sie, dort!« rief sie plötzlich, der Avenue zugewandt. »Sie haben mich vorhin gefragt, woher ich wüßte . . . Dort kommt mein Papa, der nach Hause geht und . . .«

Hatte sie ihn absichtlich mit den Fingerspitzen berührt, so, als geschähe es versehentlich? Sie lief davon, und er sah unter dem wippenden Rock ihre muskulösen Beine. Mit kindlicher Fröhlichkeit hing sie sich an den Arm eines Mannes, der vorbeiging, und von weitem warf sie Gilles einen letzten Blick zu.

Gilles erkannte den schnurrbärtigen Angestellten, den er hinter dem verglasten Schalter der ehemaligen Kirche gesehen hatte, sein Angestellter im Grunde, der einen so anständigen Eindruck machte und auf den Namen Esprit Lepart hörte.

Er sah, wie sie sich entfernten. Er folgte ihnen von weitem. In einer nahen Straße, die aus kleinen Häusern bestand, von denen eines war wie das andere, einstöckig alle, mit einem Gartentor und einem tischtuchgroßen Gärtchen, betraten sie das Haus Nummer 16.

Auf dem Rückweg versuchte Gilles auf dem blauen Schild den Namen der Straße zu lesen: Rue Jourdan. 16, Rue Jourdan! Alice Lepart!

Die Hände in den Taschen machte er kehrt und ging in Richtung zur Place d'Armes. Und unterwegs ertappte er sich dabei, daß er, zum ersten Mal seit langem, vor sich hinpfiff.

## 6

Als Gilles zum Quai des Ursulines zurückkehrte, war es fast halb acht, und die beiden Gedecke waren unter der Lampe im Eßzimmer aufgelegt. Schweigend wartete er einige Augenblicke, und seine Seele war fern von jeglicher Ungeduld. Um ihn herum nahm eine kleine Welt Gestalt an. Noch schüchterne Beziehungen bahnten sich an. Morgen würde er in aller Frühe Jaja besuchen, gegenüber dem Fischmarkt, und dann würde er, wie abgemacht, zu Monsieur Plantel gehen und anfangen, sich mit den Geschäften seines Onkels vertraut zu machen.

Auf dem Kamin stand eine Bronzeuhr, die eingerahmt war von zwei Kandelabern. Gilles war ganz erstaunt, als er auf einmal sah, daß die Zeiger auf Viertel vor acht standen. Er glaubte, die Uhr sei stehengeblieben. Im selben Augenblick kam Madame Rinquet mit ärgerlichem Gesicht aus ihrer Küche.

»Soll ich Ihnen vielleicht schon auftragen? Madame hat sich verspätet . . .«

»Ist sie ausgegangen?« fragte er zu seiner Überraschung.

In diesem Augenblick hörte man, wie der Schlüssel im Schloß der Eingangstür umgedreht wurde, dann das Abstreifen von Füßen auf der Matte, Schritte auf der Treppe. Madame Rinquet betrachtete Gilles, der zusammengezuckt war, aufmerksam, denn es war offenkundig, daß zwei Personen und nicht eine das Haus betreten hatten. Im Flur der zweiten Etage wandten sich beide nach rechts. Die Tür zu Colettes Zimmer ging auf und wieder zu.

Endlich die leichten Schritte der Tante, die in aller Natürlichkeit erschien, sich kaum Gedanken machte.

»Entschuldigen Sie bitte, daß ich Sie habe warten lassen. Madame Rinquet hätte Ihnen schon auftragen sollen. Dabei bin ich sonst immer so pünktlich . . .«

Sie lächelte still vor sich hin, während sie sich setzte. Madame Rinquet nahm den Deckel von der Suppenschüssel, und der Dampf trennte für einen Augenblick die beiden Gesichter. Als er sich verzogen hatte, bemerkte Gilles, daß seine Tante, anstatt ihm flüchtige Blicke zuzuwerfen, ihm zum ersten Mal lange und gründlich ins Gesicht sah, wie wenn man versucht, sich eine klare Meinung über jemanden zu bilden.

Er wandte die Augen nicht ab. Er stellte fest, daß in ihren Haaren kleine Tröpfchen des Nebels hingen, der draußen herrschte, und er stellte sich seine Tante und den Doktor vor, wie sie Arm in Arm über die Bürgersteige gingen.

»Fragen Sie mich nichts?« erkundigte sie sich schließlich, nachdem sich ihre Finger verkrampft hatten, als hätte sie eine Anstrengung machen müssen, um zu reden.

Warum waren sie beide so aufgeregt? Denn beim Klang der Stimme seiner Tante war Gilles rot geworden. Er hatte einen Löffel Suppe in die falsche Kehle bekommen, und nachdem er in seine Serviette gehustet hatte, antwortete er:

»Warum sollte ich Sie etwas fragen?«

»Sie wissen genau, daß ich nicht allein nach Hause gekommen bin.«

»Das ist Ihr Recht, denn schließlich sind Sie hier zu Hause.«

»Nein, Gilles, ich bin in Ihrem Hause. Ich habe Maurice nur deshalb gezwungen, heute abend hierher zu kommen, weil ich glaube, daß es besser ist, wenn es zwischen uns zu einer Erklärung kommt. Auch wenn Sie das Gegenteil denken mögen, so ist Maurice doch nie hierher gekommen . . .«

Sie begriff, daß er sich an die vergangene Nacht erinnerte, und sie fügte schnell hinzu:

»Ich weiß, was Sie denken. Auch in der letzten Nacht war es mein Wunsch gewesen, denn ich habe gehofft, Schluß damit zu machen . . .«

Gilles hatte das Gefühl, als werfe Madame Rinquet seiner Tante einen tadelnden Blick zu. Natürlich riet sie ihr davon ab, dem jungen Mann Geständnisse zu machen.

»Nachher, nach dem Abendessen, werde ich Maurice herunterrufen, und in seiner Gegenwart werde ich Ihnen alles sagen, was Sie wissen müssen . . .«

Sie sprach mit gleichmäßiger, sachlicher Stimme. Sie hatte ihre Rede lange vorbereitet, ihren Entschluß reiflich überlegt. Und um sie herum war so etwas wie ein Trauerschleier.

»Essen Sie nicht mehr?« fragte sie.

»Ich habe keinen Hunger.«

»Wegen mir?«

War die Situation nicht merkwürdig? Er war neunzehn Jahre alt. Sein ganzes Leben lang hatte er nur Fremdenpensionen gekannt, in denen Varietékünstler und Akrobaten verkehrten.

Was in den Häusern jener Städte geschah, durch die er kam, wußte er nicht, und auch nicht, wie man dort lebte.

Und nun stand er in dem geheimnisvollsten dieser Häuser, lang und mager, den Ellbogen auf den Kamin gestützt, neben der Bronzeuhr, die halb neun anzeigte.

Doktor Sauvaget hatte sich auf einen Stuhl im Halbdunkel gesetzt, die Hände über den Knien gefaltet, den Blick auf Gilles gerichtet.

Colette, ganz in Schwarz und Weiß, sprach, während ihre Finger mit einem feinen Taschentuch spielten, und ohne es zu merken, biß sie sich die Lippe blutig.

»Sie sollen wissen, Gilles, daß Maurice und ich uns seit acht Jahren lieben. Ich suche keine Entschuldigungen für mein Verhalten. Wir sind unvorsichtig gewesen, und Ihr Onkel hat uns überrascht.

Ich habe geglaubt, er würde mir die Freiheit zurückgeben, denn ich kannte ihn noch nicht.

Aber er hat im Gegenteil verlangt, daß das Leben so weitergeht wie bis dahin. Zweimal täglich fanden wir uns an diesem Tisch wieder, zur gleichen Stunde, und haben gemeinsam gegessen. Aber er hat nie wieder das Wort an mich gerichtet.

Ich konnte nicht einmal fliehen, und selbst jetzt noch ist es mir unmöglich, dieses Haus zu verlassen . . .«

Man hörte Madame Rinquet in der Küche hin- und hergehen. Der Doktor starrte ein Muster im Teppich an.

»Ich habe eine alte Mutter, die in der Rue de l'Evescot wohnt. Sie ist mittellos. Sie hat bis zu meiner Verheiratung ein mühsames und schweres Leben gehabt, verrichtete, um mich großzuziehen, alle groben Arbeiten bei anderen Leuten. Ihr Onkel hat ihr das Haus gekauft, in dem sie jetzt wohnt. Er hat ihr eine Rente von tausend Francs monatlich ausgesetzt. Meine Mutter ist heute gelähmt oder fast, und schließlich hat sie ihr Haus, in dem sie ein ziemlich angenehmes Leben führt, nicht mehr verlassen.

Ihretwegen bin ich hiergeblieben und bleibe ich noch . . .«

Gilles wollte sprechen, doch mit einer Handbewegung unterbrach sie ihn.

»Ich kann mir schon denken, was Sie sagen wollen. Glauben Sie mir, daß ich Ihnen das alles nicht erzähle, um Ihr Mitleid zu erregen. Mauvoisin hat alles vorausgesehen. Laut Testament hat er von mir verlangt, daß ich in diesem Hause wohne, und von Ihnen, daß Sie mich ertragen . . . Verstehen Sie warum?

Auf diese Weise hinderte er Maurice und mich daran, eines Tages zusammenzuleben . . .

Maurice ist ebenfalls arm. Er ist der Sohn eines Briefträgers, und er hatte Mühe und Not, sein Studium zu beenden und sich eine Arztpraxis einzurichten.

Wegen Mauvoisin und dem *Syndikat* wird er sich immer mit bettelarmen Patienten und Hausbesuchen zu zwanzig Francs abfinden müssen.

Deshalb habe ich vergangene Nacht, als ich erfahren habe,

daß Sie den Tresorschlüssel haben, und Madame Rinquet mir sagte, Sie hätten ihn auf Ihre Kommode gelegt, versucht, Einsicht in die Unterlagen zu bekommen.«

War diese ruhige Energie bei einem so zerbrechlichen Wesen, das den Eindruck eines kostbaren Porzellanfigürchens machte, nicht erstaunlich?

»Wissen Sie, was in dem Tresor ist?« fragte Gilles.

»Ich weiß es, und alle wissen es . . .«

Ihre Gesichtszüge waren hart geworden, zwei kleine Falten hatten sich auf ihrer Stirn abgezeichnet.

»Haben Sie sich nie gefragt, wie Ihr Onkel, der als Fahrer angefangen hat, sein riesiges Vermögen erworben hat?«

»Nein! Hört man nicht oft von Männern reden, die mit Nichts angefangen haben und schließlich durch ihren Willen in die besten Verhältnisse kamen?«

»Jeder in La Rochelle weiß Bescheid, und es ist besser, Sie wissen es auch. Es sind Dinge, die ich genausowenig wußte wie Sie. Ich wußte zum Beispiel nicht, daß an der Spitze aller großen Geschäftsunternehmen, ob es sich nun um den Fischfang, die Schiffahrt, die Kohlen, den Rohstoffhandel, Bauunternehmen oder öffentliche Unternehmen handelte, stets etwa zehn Leute waren, immer die gleichen, die sich die Gewinne teilten.

Einige von ihnen kennen Sie schon . . .«

»Plantel?« fragte er.

»Plantel, Babin, Penoux-Rataud, Hervineau und noch andere, deren Namen Sie bald wissen werden.

Ihr Onkel hatte bald begriffen, daß diese Leute sich gegenseitig unterstützten und Neuankömmlingen brutal den Weg versperrten. Sie können durchaus ein Geschäft in der Gegend aufziehen, solange Sie nicht eine gewisse Bedeutung erlangen, wird man Sie gewähren lassen. Ist dieser Punkt aber erreicht, wird man Ihnen zu verstehen geben, daß es verboten ist, höher zu steigen. Notfalls wird man Ihnen solche Bedingungen stellen, daß Sie nur noch ein Angestellter Ihres Unternehmens sind.

Die Gruppe mächtiger Männer, das *Syndikat.*

Und Octave Mauvoisin, früher Fahrer des Comte de Vièvre, ist gewissermaßen der Chef dieses *Syndikats* geworden.

Er hatte keine Bedürfnisse. Er lebte wie ein Kleinbürger im zweiten Stock dieses Hauses, in dem er nicht einmal ein Badezimmer einrichten lassen wollte. Er ging nicht aus. Er machte keine Reisen.

Was ihn interessierte, seine einzige Leidenschaft, er wollte immer mächtiger und gefürchteter werden.

Denn es machte ihm Spaß, gefürchtet zu werden. Weit davon entfernt, sich liebenswürdig zu zeigen, war er so unangenehm wie möglich, und er sagte gern:

›Ich bin nicht dumm genug, um gut zu sein. Ich bin böse!‹

Und er war wirklich böse«, schloß sie und holte tief Luft.

»Ich bitte Sie um Entschuldigung, daß ich Ihnen das alles so sage, aber früher oder später hätte man es Ihnen sowieso gesagt.«

Sie sprach über Dinge, über die sie so viele Jahre nachgedacht hatte, daß die Sätze nur so aufeinanderfolgten, klar und präzise, Sätze, denen die Zeit jegliche Leidenschaft genommen hatte.

Sie hatte zehn Jahre lang in diesem fast schrecklichen Haus in Gesellschaft eines Mannes gelebt, der von sich sagte, er sei böse, und der Wert darauf legte, es auch zu beweisen.

Hatte Octave Mauvoisin sie geliebt? Hatte er gelitten, als er erfuhr, daß sie ihn betrogen hatte?

Er hatte sich nichts anmerken lassen. Die Lächerlichkeit war ihm gleichgültig. Er war mächtig genug, sie zu mißachten.

Er hatte sich auf seine Weise gerächt.

»Maurice und ich haben uns auch weiterhin getroffen, und zwar im Haus meiner Mutter, und dort treffen wir uns auch in Zukunft. Vielleicht hätten wir, wenn wir an die Unterlagen im Tresor herangekommen wären, uns verteidigen oder zumindest unsere Ruhe behaupten können. Ich habe einen Fehler gemacht, ich weiß es . . .«

Gilles erinnerte sich jetzt an das sarkastische Lächeln von Notar Hervineau, als er ihm den berühmten Schlüssel aushändigte.

Er erinnerte sich auch an die Blicke, die Plantel und Babin wechselten, und er sah den sabbernden Senator in seinem Sessel wieder vor sich.

»Er hatte sie alle in der Hand, verstehen Sie? Ich weiß nicht, wie er es angestellt hat. Sicher ist jedenfalls, daß es ihm nach und nach gelungen ist, sich über alle Mächtigen mehr oder weniger belastendes Material zu beschaffen.

Und was zu Anfang nur ein Mittel zum Zweck war, ist bei ihm so etwas wie ein Laster geworden.

Sie haben Poineau gesehen, der den ganzen Wagenbetrieb leitet. Poineau ist ein einfacher und ungehobelter Mensch. Er ist verheiratet und hat fünf Kinder. Mauvoisin bezahlte ihn schlecht, grundsätzlich. Er bezahlte alle, die für ihn arbeiteten, schlecht.

Bei der letzten Niederkunft von Madame Poineau war eine kostspielige Operation notwendig geworden, und ihr Mann hatte Mauvoisin um einen ziemlich hohen Vorschuß gebeten.

Mauvoisin hat das abgelehnt.

Gleichzeitig hat er es einzurichten gewußt, daß Poineau große Summen durch die Hände gingen.

Er hat ihn überwacht . . . Er hoffte, der andere würde einen Augenblick schwach werden, und das ist auch geschehen: er hat ihn auf frischer Tat ertappt . . .

Das ist alles . . . Er hat ihn nicht angezeigt . . . Er hat ihn behalten, aber von nun an hatte er ihn fest in der Hand, mit Haut und Haaren. Das ist auch mit andern passiert, mit vielen andern, mit Ihrem Vetter Bob, mit . . .«

»Mit meiner Tante Gérardine?« fragte Gilles.

»Ihre Tante Gérardine ist nicht einmal mehr die Eigentümerin ihres Geschäfts. Mit Darlehen, Hypotheken und verschiedenen Manipulationen hat sich Mauvoisin in seinen Besitz gebracht, und jetzt können Sie von einem Tag auf den andern Ihre Tante auf die Straße setzen . . . Und sie ist nicht die einzige . . . Es wird sogar behauptet, daß Plantel . . .«

Gilles war erstarrt.

»Was haben Sie denn?« fragte Colette. »Sind Sie mir böse, daß ich . . .«

Er schüttelte verneinend den Kopf. Das kam alles zu schnell. Und verursachte ihm Schwindel! Dann war er es also, der von nun an . . .

»Glauben Sie wirklich, daß diese Unterlagen im Tresor sind?« fragte er, nachdem er sich mit der Hand über die Stirn gefahren war.

»Er hat es nie geheimgehalten. Verstehen Sie jetzt, warum ich . . .«

Er war plötzlich total erschöpft. Bis dahin war dieser Tag der erste gute Tag seit dem tragischen Unfall von Drontheim gewesen, und Gilles hatte das Gefühl gehabt, ein neues Leben sei für ihn möglich. Es war noch gar nicht so lange her, seit er mit einem jungen Mädchen durch den Park lief und beide in eindringlichem Ton bedeutungslose Worte sprachen.

Jetzt wurde alles klar: die Art und Weise, wie Babin ihn durch Armandine in seine Gewalt gebracht hatte, die Aufmerksamkeit Plantels, die Aufregung seiner Tante Eloi, der junge Plantel, den man ihm als Mentor beigeben wollte, und Bob, den man eilends aus Paris zurückgerufen hatte . . .

Und auch das Schweigen und die Zurückhaltung Colettes, die ängstlichen Blicke, die sie ihm bei ihren ersten Begegnungen zugeworfen hatte.

Er war der Erbe des Mannes, vor dem alle Angst hatten!

»Kennen Sie die Zahlenkombination des Tresors?«

Sie schüttelte den Kopf, und er starrte mechanisch die feinen Härchen in ihrem Nacken an.

»Nein . . . Ich glaubte, es sei einfach, ich würde sie finden . . . Was ich Ihnen heute abend in Gegenwart von Maurice sagen wollte, ist dies: Ich werde im Haus bleiben, wie das Testament es verlangt, weil ich die Pension brauche, die Sie mir zahlen müssen. Ich werde so wenig Platz einnehmen wie möglich. Ich werde mich bemühen, Sie in nichts zu stören. Auch Maurice wird nicht mehr herkommen, und wir werden uns wie bisher bei meiner

Mutter treffen. Es lag mir daran, daß Sie über alles genau Bescheid wissen, damit Sie sich über gewisse Dinge in meinem Verhalten und meinem Tun nicht wundern.«

Sie lächelte schwach.

»Es ist ehrlicher so, finden Sie nicht?«

Der Doktor war aufgestanden. Er war mehrmals schon versucht gewesen, das Wort zu ergreifen, doch er hatte sich zurückgehalten. Jetzt war er am Ende. Einige Augenblicke lang ging er im Eßzimmer auf und ab, und schließlich blieb er vor Gilles stehen.

»Entschuldigen Sie bitte, daß ich Sie heute morgen ziemlich schlecht empfangen habe«, brachte er hervor. »Ich wußte noch nicht . . .«

Was wußte er noch nicht? Daß Gilles kein Feind war?

»Sehen Sie, Colette und ich, wir . . .«

Nein! Gilles konnte nicht mehr. Er wollte ihre Vertraulichkeiten nicht hören. Er war fassungslos. Er mußte allein sein, nachdenken. Er fuhr sich mit einer fiebrigen Gebärde durchs Gesicht. Man hätte glauben können, er finge an zu weinen. Die junge Frau gab dem Doktor ein unmerkliches Zeichen, der die Hand ausstreckte.

»Guten Abend, Monsieur Mauvoisin . . .«

Ging Gilles als erster aus dem Zimmer? Oder das Paar? Bestimmt konnte er sich nicht mehr daran erinnern. Er ging durch den Flur, stieß eine Tür auf. Es war die zum Zimmer seines Onkels. Etwas später, als er immer noch reglos im Zimmer stand, hörte er das Geräusch eines Autos, das angelassen wurde.

Er lief ans Fenster. Bei seiner Tante brannte Licht. Das Auto des Doktors entfernte sich, und der Lichtstrahl seiner Scheinwerfer leuchtete eine weiße Fassade an, auf der in großen, schwarzen Buchstaben stand: *Weingroßhandlung.*

An der Wand die beiden Porträts in ihrem ovalen Rahmen: das des Großvaters und der Großmutter Mauvoisin.

Weiter unten, am Bett, mit der Blumentapete abschließend, die Metalltür des Geldschranks.

Gilles war so erschöpft, als hätte man ihn halbtot geschlagen. Er ging durch die Verbindungstür und war in seinem Zimmer, wo ihn andere Bilder empfingen, das eines Mannes, der gehofft hatte, einmal ein großer Musiker zu werden, und das einer Frau, die ihm gefolgt war.

Er hatte beide Ellbogen auf den Kamin aufgestützt. Er beugte den Kopf, und seine Stirn berührte den Spiegel.

Und während er das Gefühl hatte, als ströme kühle Frische in seine Schläfen, fingen seine Augenlider gleichzeitig zu brennen an, und er begann zu weinen wie ein Kind.

# *Die Hochzeit von Esnandes*

## I

Gewiß, es gab Wochen, in denen Gilles daran dachte, aber meistens zu solchen Zeiten, wo man keine sehr klaren Gedanken hat, zum Beispiel vor dem Einschlafen. Dann, wenn die Augen geschlossen sind und der Kopf heiß ist, erscheint alles möglich. Doch am nächsten Tag, wenn es hell ist, geniert es einen, daß man so gedacht hat, oder man ist entsetzt, daß man mit einem solchen Plan geliebäugelt hat.

Dieser Plan wurde indes verwirklicht, und als Gilles an diesem Abend über die Kais zurückkam, fühlte er sich zugleich leichter als gewöhnlich und irgendwie beunruhigt; er trällerte beim Gehen vor sich hin, aber auf die Weise wie Kinder in der Dunkelheit vor sich hinträllern, um sich Mut zu machen.

Er stieß die Tür zu Jajas Kneipe auf. Er kam oft um diese Zeit hierher. Sie ging zu ihm hin, während sie sich ihre roten Wurstfinger abtrocknete, und fragte:

»Wie geht's, mein Junge?«

Sie schenkte ihm ohne lange zu fragen ein Glas Apfelmost ein, und er hatte sich allmählich an den Apfelmost gewöhnt. Wenn keine Gäste da waren, setzte sie sich ihm gegenüber, die Ellbogen auf den Tisch aufgestützt.

»Du bist ja noch magerer geworden seit dem letzten Mal. Bist du sicher, daß man dir genug zu essen gibt?«

Eines Abends hatte sie ihm erklärt, nachdem sie ihn lange betrachtet hatte:

»Weißt du, mein Junge, ich weiß, was du zu tun hättest, wenn du schlau wärst. Dann würdest du nämlich diese große, verschimmelte Baracke aufgeben, du würdest dir schöne Anzüge kaufen, ein schönes Auto, dir anderswo ein schönes Leben machen mit deinem Geld, in Paris oder im Süden. Ich habe immer davon geträumt, mich einmal in Nizza zur Ruhe zu setzen. Wenn ich überlege, daß du in deinem Alter von morgens bis abends arbeitest und daß diese Leute sich über dich lustig machen . . .«

Das stimmte. Gilles war mit einer dicken Aktenmappe unter dem Arm von seiner Unterredung mit Edgar Plantel gekommen. Das Treffen war fast komisch gewesen. Plantel, eleganter und mehr Mann von Welt denn je, mit schön geglättetem Haar, eine duftende Zigarre zwischen den Lippen, helle Gamaschen über seinen Schuhen, auf denen kein Staubkörnchen zu sehen war, hatte zunächst in seinem mahagonigetäfelten und mit Schiffsmodellen geschmückten Büro eine große Ungezwungenheit an den Tag gelegt.

»Setzen Sie sich, mein Freund! Wenn Sie wollen, können Sie von Zeit zu Zeit herkommen, um mit mir zu plaudern. Ich werde versuchen, Sie nicht allzusehr zu langweilen. Mit Zahlen wollen junge Leute nichts zu tun haben. Man macht sich übrigens falsche Vorstellungen über die großen Geschäfte. Glauben Sie, Mauvoisin hätte sich persönlich um die Busse gekümmert? Dazu genügt ein Angestellter. Glauben Sie, ich bin jedesmal dabei, wenn ein Fischdampfer gelöscht wird oder wenn die Züge mit den frischen Fischen abgefertigt werden? In einem alten und soliden Geschäft, wo die Räder gut geschmiert sind . . . Rauchen Sie immer noch nicht?«

Die Verblüffung von Monsieur Plantel, als Gilles, der wieder einmal sein charakteristisches Zucken der Lippen zeigte, ihm mit fester Sanftmut erklärt hatte:

»Monsieur Plantel, ich möchte, daß Sie mir die Akte mit allen Geschäften, an denen mein Onkel beteiligt war, aushändigen.«

»Aber mein junger Freund . . .«

Gilles hatte sich nicht abwimmeln lassen. Er war mit seiner Beute an den Quai des Ursulines zurückgekommen.

Im rechten Flügel des Hauses, direkt gegenüber von Colettes

Fenstern, hatte man, zwei Zimmer von seinem Schlafzimmer entfernt, ein Büro eingerichtet.

Immer höflich, immer schüchtern, war Gilles eines Morgens in der riesigen Autobushalle zu Poineau gegangen. Er hatte ihm die Hand gedrückt.

»Sagen Sie mal, Monsieur Poineau, kennt sich Monsieur Lepart in der Buchhaltung aus?«

»Aber gewiß . . . Das ist doch sein Beruf . . .«

»Würden Sie mir das Vergnügen machen, und einen anderen Angestellten einstellen, damit ich mir von Zeit zu Zeit seine Dienste nutzbar machen kann?«

Seitdem wurde Alices Vater, stolz auf seine neue Bedeutung, auch ein wenig beunruhigt, fast jeden Tag zu dem jungen Mann gerufen. Er trug lappige, ärmliche Anzüge. Sorgfältig setzte er die Stahlbrille auf die Nase.

»Setzen Sie sich, Monsieur Lepart . . . Sollen wir uns die Akte Eloi wieder vornehmen? . . . Es liegen da Geschäftsvorgänge vor, die ich mir nicht erklären kann, zum Beispiel die Bürgschaft für die Wechsel von Ducreux . . .«

Und stundenlang arbeitete Gilles, einen Bleistift in der Hand, wie ein Schüler, der Privatunterricht nimmt.

Und stets zur gleichen Zeit, um vier Uhr, erhob er sich.

»Ich danke Ihnen, Monsieur Lepart. Bis morgen.«

Esprit Lepart kehrte in die ehemalige Kirche zurück, wo Poineau, sein direkter Vorgesetzter, ihn erstaunt ansah und nicht auszufragen wagte.

Einige Minuten später ging Gilles an der Bar Lorrain vorbei, und Raoul Babin, wie immer auf seinem Posten, schob den Vorhang ein wenig beiseite.

Im Gegensatz zu anderen Verliebten wartete Gilles nicht am Büroausgang, sondern am Stadtrand, beim Park.

Bis dahin war es um fünf Uhr dunkel.

Jetzt war Februar. Die Tage wurden länger. Manchmal drehten sich Leute um und sahen nach dem Neffen von Mauvoisin, der an der Ecke einer Allee auf der Lauer lag.

Alice tauchte auf, viel von ihren hohen Beinen sehen lassend, das Haar verwirrt, denn sie trug keinen Hut.

»Guten Tag . . .«

Seit einigen Tagen schon mußten sie warten, bis sie sich küssen konnten, denn es war zu hell. Und an diesem Tag regnete es in Strömen, ein langer, kalter Frühlingsregen.

»Bist du schon lange da?«

Es gab so einige Traditionen, darunter dieser Satz, den sie nie ausließ, so wie er nie versäumte, darauf zu antworten:

»Ich bin gerade angekommen . . .«

Dann hing sie sich mit einer mechanischen Gebärde, die ihn entzückte, an seinen Arm, und ein wenig vornübergebeugt, auch ein wenig auf den Zehenspitzen, ging sie in einer Haltung neben ihm her, die er oft bei verliebten Frauen gesehen hatte.

Er hatte keinen Regenschirm. Sie hatte sich über ihn lustig gemacht, als er eines Tages mit einem Regenschirm gekommen war, den er am selben Tag gekauft hatte.

»Du siehst komisch aus mit diesem Ding. Man könnte meinen, du würdest bei der Prozession eine Kerze tragen.«

Sein Regenmantel war durchnäßt. Alice trug Regenkleidung aus durchsichtigem Material, und helle Tropfen glänzten in ihrem Haar.

»Gehen wir zu *unserem* Regenschirm?«

Da sie sich eng aneinanderschmiegten, konnten sie nicht immer die Wasserpfützen vermeiden. Ihr »Regenschirm« war in der Nähe der *Pergola*, am Meer, eine große Schirmkiefer, unter der man einigermaßen geschützt war, außer vor dicken Tropfen, die sich in den Zweigen sammelten und plötzlich herabfielen.

Gilles vermißte die dunkleren und kälteren Abende, unter anderem gewisse Abende im Schnee, so um Weihnachten herum, dann die starken Fröste, die darauf gefolgt waren, wenn Alice ihre Hände tief in die Taschen vergrub, um sie warm zu bekommen, und sie am nächsten Morgen, jeder in seinem Bett, mit aufgesprungenen Lippen erwachten.

Das Wasser der Reede war an diesem Tag ganz gelb, und die

Schiffe kehrten zurück. Bald würde es um diese Stunde hell sein und der Strand mit Badegästen übersät.

»An was denkst du?«

»An nichts . . .«

Er küßte sie genau in dem Augenblick, in dem eine kleine Alte vorbeiging, die sich nach ihnen umdrehte und empört den Kopf schüttelte. Alice lachte laut auf. Sie öffneten beide ihre Regenmäntel und spürten so die Wärme ihrer Körper. Das Wasser, das über ihre Wangen lief, vermischte sich mit dem Speichel ihrer Küsse. Ganz dicht vor sich, riesengroß, sah Gilles die kastanienbraunen Augen des jungen Mädchens.

»Bist du glücklich?«

»Warum fragst du mich das immer? Bist du nicht glücklich?«

»Bist du gestern im Kino gewesen? Mit wem?«

»Mit Linette und Gigi.«

»Hat niemand mit euch gesprochen?«

»Albert, Gigis Verehrer, der sich neben sie gesetzt hat.«

Er war eifersüchtig. Und doch wieder nicht! Es war komplizierter. Er litt bei dem Gedanken, bald dieses tägliche Zusammensein in der Dunkelheit des Parks zu verlieren, nicht mehr Arm in Arm mit Alice dahinzugehen und dabei irgend etwas zu erzählen, nicht mehr plötzlich stehenzubleiben, um sie in seine Arme zu nehmen und lange Küsse auf ihre Lippen zu drücken.

Der Sonntag war sein schlechtester Tag, weil er sie da nicht sehen konnte. Sie ging zusammen mit anderen jungen Mädchen aus. Er wußte, daß die jungen Burschen ihnen folgten.

Mehrere Male hatte er in der Einsamkeit seines Bettes gedacht . . .

»Man könnte meinen, du wärst traurig. Glaubst du nicht, daß du zuviel arbeitest?«

Er war nicht traurig. Er war angstvoll besorgt. Eine Menge Gedanken gingen ihm durch den Kopf, aber er hätte sie nicht näher bestimmen können. Es gab da ein Wort, ein kleines, ganz schlichtes Wort, das genügte, ihn nachdenklich zu machen: das Paar . . .

Und immer schien ihm, als sähe er seinen Vater und seine Mutter in der Dunkelheit der Rue de l'Escale vor sich.

Sie waren gemeinsam in einem Zimmer in Drontheim gestorben, und sie waren gemeinsam dort begraben. Auch seine Tante und der Doktor bildeten ein Paar. Nichts hatte sie trennen können, und wenn es auch vorgekommen war, daß sie sich wochenlang nicht sahen, so wußten sie doch, daß sie zusammengehörten . . .

Dann, plötzlich, während er nach den Schiffen hinüberstarrte, die das schlammige Wasser der Bucht durchpflügten:

»Alice . . .«

»Was?«

»Ich denke, es wäre besser, wenn wir heiraten würden.«

»Was sagst du?«

Sie sah ihn ungläubig mit ihren großen Augen an, die er so gut kannte und deren Gedanken er dennoch nie erraten konnte.

»Sprichst du im Ernst, Gilles?«

Sie hatte ihre Finger in sein Handgelenk gebohrt. Ihre Unterlippe hatte sich nach oben gewölbt. Sie war im Begriff gewesen, aufzulachen. Sie hatte es versucht. Dann war sie im letzten Augenblick, als sich das Lächeln schon fast auf ihrem kindlichen Gesicht abzeichnete, in Tränen ausgebrochen.

»Gilles . . . Ist das wahr? . . . Du . . .«

Nun war es raus! Er war noch wie vom Schmerz betäubt. Ihre Umarmung war mit einem Mal ernster geworden. Sogar ihre Küsse hatten nicht mehr den gleichen Geschmack. Sie waren allerdings salzig von Alices Tränen.

»Deine Tante Eloi wird das nie erlauben.«

»Sie hat nichts zu erlauben oder nicht zu erlauben. Ich bin volljährig.«

»Hast du dir das auch gut überlegt, Gilles? Glaubst du, daß es möglich ist?«

Und während sie Seite an Seite dahingingen, hatte er sich zum ersten Mal ihr gegenüber als Beschützer gefühlt.

»Morgen werde ich mit deinem Vater sprechen. Dann wird

gleich das Aufgebot bestellt. Wir werden uns in der Saint-Sauveur-Kirche trauen lassen.«

Die Entscheidung war gefallen. Es war beschlossene Sache. Der Fall war erledigt. Und da er mit jemand darüber reden mußte, hatte er die Tür zu Jajas Kneipe aufgestoßen.

»Siehst du, mein Junge, sich jung verheiraten ist entweder ganz gut oder ganz schlecht . . .«

»Dann wird es ganz gut werden.«

»Ich wünsche es dir. Das ist deine Sache, nicht wahr? Willst du ein paar Austern mitnehmen, für heute abend?«

Es war eine fixe Idee von Jaja. Sie konnte sich nicht vorstellen, daß Madame Rinquet – Jaja kannte die ganze Stadt! – Gilles so versorgen könne, wie sie es verstand.

»Weißt du, diese Frau ist Köchin von Beruf. Sie hatte bei dem Comte de Vièvre gedient, bevor sie bei deinem Onkel in Dienst getreten ist . . . Man wird mir nie weismachen, daß die so kocht wie Jaja . . .«

Für sie war Gilles so etwas wie ein Küken, das zu anfällig war und das man ständig umsorgen mußte. Sie sah ihn immer noch wie am ersten Morgen, ganz nackt, ganz blaß in seinem Bett, mit den durchlöcherten Socken auf dem Bettvorleger.

»Ich werde dir ein Körbchen mit Marenne-Austern fertig machen.« Dann wieder stopfte sie ihm Fisch oder Muscheln unter den Arm, und Gilles genierte sich, wenn er diese Nahrungsmittel in der Küche am Quai des Ursulines ablieferte.

»Man könnte ja glatt meinen, ich ließe Sie hier verhungern!« protestierte Madame Rinquet. »Was für ein Gedanke, in letzter Minute Fisch anzubringen, wo ich doch kaum die Zeit habe, ihn zu putzen!«

Die Nacht war endlich hereingefallen, und Gilles ging um die Hafenbecken herum, um nach Hause zu gelangen. Er hatte es eilig, Colette seine Pläne anzukündigen. Würde sie dasselbe sagen wie Jaja? Ob sie verstehen würde?

Im Grunde war es fast ihretwegen, daß Gilles . . .

Er beschleunigte seinen Schritt. Er stand vor dem Schaufenster der Witwe Eloi, und plötzlich drehte er den Türknopf um. Er kam selten hierher. Meistens trat er nur ein, um gleich wieder zu gehen, vor allem, wenn Bob da war.

»Guten Abend, Tante.«

»Guten Abend, Gilles.«

Gérardine hatte ihm gegenüber eine reservierte, würdevolle Haltung eingenommen, mit einer Spur von Trauer. Sie erinnerte sich, daß sie eines Tages vor ihm weinen mußte, und daß sie ihm in einem pathetischen Augenblick sogar zugerufen hatte:

»Wollen Sie, daß eine Mutter sich Ihnen zu Füßen wirft?«

Das war zwar inzwischen ein wenig vergessen, aber ein Rest blieb doch noch.

»Wollen Sie Ihren Kusinen guten Abend sagen? Sie sind oben. Sie haben gerade gestern noch von Ihnen gesprochen.«

Nein. Er zog den traulichen Glaskasten vor, von dem aus man den Laden überblicken konnte. Er setzte sich an den gleichen Platz wie der Schiffskapitän, den er am ersten Abend, als er sich auf einen Ankerpfosten am Kai gesetzt hatte, durch die Schaufensterscheiben hindurch gesehen hatte.

»Sie fragen mich gar nicht, wie es Bob geht?«

Gilles empfand keinerlei Sympathie für diesen Vetter, den man ihm zwischen die Beine zu werfen versucht hatte. Er war ein großer Kerl von fünfundzwanzig Jahren, sanguinisch, plump, mit wulstigen Lippen und Augen, die ihm leicht aus dem Kopf standen, so daß er den Eindruck eines allzu gut gefütterten Tieres machte.

Die Beziehungen zwischen den beiden jungen Männern hatten schlecht angefangen.

»Sagen Sie mal, Gilles . . . Sie werden sich einen Wagen kaufen müssen. Sie können auf mich zählen. Ich kenne mich da aus. Morgen sehen wir uns eine Karre an, auf die ich schon lange scharf bin, und ich werde Ihnen das Fahren beibringen . . .«

Gilles hatte keinen Wagen gekauft. Er hatte auch nicht bei seinem Vetter fahren gelernt, der bereits seinen dritten oder vierten

Unfall hinter sich hatte, sondern bei einem Autoschlosser der Renault-Garage.

»Ich werde Sie einigen Freunden und Freundinnen vorstellen. La Rochelle ist zwar nicht sonderlich lustig, aber wenn man so die kleinen Winkel kennt . . . Letzte Nacht zum Beispiel . . .«

»Ich habe keine Lust auszugehen.«

Und Gilles konnte sich denken, daß sich hinter seinem Rücken unangenehme Szenen abspielten, daß die Tante ihrem Sohn Vorwürfe machte, wenn er auf ihn schimpfte.

»Du erschreckst ihn. Du darfst ihn nicht so bedrängen.«

Und nach einer Woche schon die Geschichte mit den zehntausend Francs! Bob behandelte die Sache zuerst von oben herab.

»Könnten Sie mir nicht zehntausend Francs leihen? Ich hatte einen Schwips gehabt und mich dabei zum Pokern verleiten lassen. Wenn ich bis morgen nicht bezahlt habe . . .«

Gilles hatte ihm ohne ein Wort mit eisigem Blick die zehntausend Francs gegeben. Drei Wochen später kam Bob und wollte zwanzigtausend Francs von ihm haben.

»Entschuldigen Sie, alter Junge. Ich habe einen Horror davor, die Leute anzupumpen, aber ich habe im Augenblick eine Pechsträhne. So ein Idiot von Radfahrer ist mir vor die Räder gefahren. Er liegt im Krankenhaus. Er hat eine kinderreiche Familie. Wenn wir die Geschichte nicht gütlich regeln, bekommen wir alle möglichen Scherereien, vor allem, da der Kerl seine Gönner hat . . .«

Gilles hatte abgelehnt, und darauf war Tante Eloi ihm zur Hilfe geeilt, hatte geweint, hatte . . .

Gewiß, sie hatte das Spiel gewonnen.

»Bloß das eine möchte ich Ihnen sagen, Tante«, hatte Gilles gemurmelt, »es wäre mir am liebsten, wenn Bob überhaupt nicht mehr hierherkäme.«

»Sie kennen ihn nicht, Gilles. Er hat ein goldenes Herz. Und gerade weil er ein goldenes Herz hat . . .«

In Gilles Augen lag dennoch eine Spur von Ironie, als er, seine

Tante anschauend und an die beiden Kusinen denkend, die man nacheinander mit ihm zu verheiraten gehofft hatte, begann:

»Ich bin gekommen, um Ihnen eine große Neuigkeit mitzuteilen. Ich will heiraten.«

Um Haltung zu bewahren, griff Gérardine nach ihrer Lorgnette, die immer auf einem aufgeschlagenen Kontobuch lag.

»Oh! . . . Darf man wissen wen?«

»Ein junges Mädchen, das ich kenne. Alice . . . Sie ist die Tochter eines meiner Angestellten.«

»Herzlichen Glückwunsch, Gilles. Ich nehme an, daß Sie Erkundigungen eingezogen haben und daß Sie wissen, was Sie tun. Sie sind zwar noch jung, aber Sie haben sich schnell daran gewöhnt, Ihren Weg allein zu gehen. Obgleich ich die Schwester Ihrer Mutter bin, würde ich mir nicht erlauben . . .«

»Das Aufgebot wird morgen oder übermorgen bestellt. Die Hochzeit wird im engsten Kreise stattfinden. Natürlich möchte ich Sie bitten, daran teilzunehmen.«

Arme Tante! Er war grausam zu ihr, denn er weidete sich an ihrer Verwirrung, und doch kam er nicht umhin, sie zu bedauern.

Seit zehn Jahren, seit ihr Mann tot war, hatte sie sich wie ein Mann durchs Leben geschlagen. Als sie in geschäftlichen Schwierigkeiten war, hatte sie sich an Mauvoisin gewandt, und statt sie zu retten, hatte der sie noch tiefer hineingeritten.

Von der Firma Eloi, die einst so florierte, eine der ältesten von La Rochelle, war im Grunde nur noch die Fassade übriggeblieben. Dazu Bob, der ein Tunichtgut war und manchmal drei Tage lang nicht nach Hause kam, Louise, die schielte und offenbar nicht zu verheiraten war, sowie Germaine, die am besten von den beiden weggekommen war und von der in der Stadt behauptet wurde, sie habe ein Verhältnis mit einem verheirateten Mann.

Immer recht hochnäsig, hielt Gérardine dennoch Geschäft und Familie fest in der Hand, in der sinnlosen Hoffnung, ihre Brut zu retten.

»Und . . . werden Sie am Quai des Ursulines wohnen bleiben? Sie werden das Haus neu einrichten müssen.«

»Ich habe an alles gedacht, Tante. Das Haus wird rechtzeitig fertig sein. Ich muß jetzt gehen, es ist Zeit zum Abendessen.«

»Übrigens, wissen Sie schon das Neueste?«

Sie hatte sich gerade wieder gefangen. Wie hatte sie vergessen können, daß sie eine Antwort auf den Schlag hatte, den Gilles ihr soeben versetzt hatte.

»Nämlich?«

»Hat Ihnen Ihre Tante Colette nichts gesagt? Sie stehen doch noch immer gut miteinander, nicht wahr?«

»Sehr gut . . .«

»Sie muß außer sich sein. Heute morgen ist Madame Sauvaget gestorben. Allerdings hat es unvorhergesehene Komplikationen gegeben, so wird wenigstens behauptet. Guten Abend, Gilles . . . Wenn Sie mich brauchen, vergessen Sie nicht, daß ich die Schwester Ihrer Mutter bin und daß ich, trotz allem . . .«

Sie betonte das »trotz allem«, ohne ihren Satz zu beenden.

Er war kaum weggegangen, als sie sich ans Telefon stürzte.

»Hallo! Sind Sie es, Plantel? . . . Hier ist Gérardine . . . Ja . . . Er ist gerade weggegangen . . . Er heiratet . . . Was sagen Sie? . . . Um so besser? . . . Warum um so besser? . . . Stellen Sie sich vor, daß es . . . Wie, Sie wissen Bescheid? . . . Ach so, ja, die Tochter eines seiner Angestellten, dessen Namen ich vergessen habe . . . Wenn Sie die Sache so auffassen . . .«

Gilles war durchnäßt, als er den Quai des Ursulines erreichte, wo es dunkler war als in der übrigen Stadt. Es war die Zeit, zu der die letzten Autobusse zurückkamen. Man sah die düsteren Massen mit den roten Rücklichtern herumkurven, um, wie riesige Tiere, in die Garage zu fahren.

Er ging weiter ohne stehenzubleiben. Er war kurz vor dem Gartentor, als er jäh stehenblieb, überrascht, seine Tante Colette vor sich zu sehen, ganz klein vor dem Gartentor. Aus ihren schwarzen Kleidern sah nur ihr fahles Gesicht. Und mit einer angstvollen Gebärde packte sie ihn am Arm und rief:

»Gilles! . . .«

»Guten Abend, Tante. Warum stehen Sie hier im Regen?«

»Gilles . . . Kommen Sie . . . Ich werde Ihnen unterwegs alles erzählen. Wenn Sie wüßten . . .«

»Sie ist tot. Ich weiß . . .«

»Das ist nicht alles. Es ist entsetzlich, Gilles! Ich habe mich nicht ins Haus getraut. Heute morgen hat er mich angerufen, um mir die Nachricht mitzuteilen. Ich habe mir keine Gedanken gemacht, und doch war im Ton seiner Stimme, in den Sätzen, die er gesprochen hat, etwas Ungewöhnliches. Man hätte meinen können, es hätte ihn gerade ein furchtbarer Schlag getroffen. Ich habe mich sogar gefragt, ob er sie nicht vielleicht liebte . . .«

Sie hielt ihn immer noch am Arm fest, und mit schnellen Schritten zog sie ihn hinter sich her, am Kanal entlang, ohne sich um den Regen zu kümmern, der immer noch fiel, noch um die Wasserpfützen, die unter ihren Schritten aufspritzten.

Sie gingen über den Steg, um schneller ins Stadtzentrum zu kommen.

»Vorhin ist der Bruder von Madame Rinquet ins Haus gekommen. Sie haben ihn bestimmt schon gesehen. Ein Polizeiinspektor, immer in Zivil. Er arbeitet im Büro des Hauptkommissariats. Es sieht so aus . . .«

Sie biß sich die Lippen blutig, und beinahe hätte er in diesem Augenblick seinen Arm um ihre zerbrechliche Taille gelegt, weil er spürte, wie verzweifelt sie war.

»Man hat es abgelehnt, den Totenschein auszustellen. Maurice darf das Haus nicht verlassen, und vor der Tür steht ein Polizist.«

»Was sagen Sie?«

»Ich schwöre Ihnen, Gilles, daß er sie nicht umgebracht hat. Ich weiß, hören Sie, ich weiß, daß er dazu nicht imstande ist. Daß er so lange Geduld gehabt hat, ist doch der Beweis dafür. Nein . . . Das ist unmöglich. Sie haben das Recht, ins Haus zu gehen. Wenn ich hineinginge, würde das einen Skandal heraufbeschwören. Ich bin durch die Rue du Minage geschlichen. Man hat gerade die Trauerbehänge an der Tür angeschlagen, aber die Leiche wurde in einem Leichenwagen weggebracht.«

»Beruhigen Sie sich, Tante. Ich verstehe nicht . . . Was ist denn passiert?«

»Rinquet hat zu seiner Schwester gesagt . . .«

Sie weinte nicht; sie war am Ersticken, und sie mußte aufhören zu sprechen, um mit offenem Munde, wie ein Fisch auf dem Trockenen, nach Luft zu schnappen. Passanten drehten sich um. Gilles, den das Drama noch nicht gepackt hatte, dachte, daß man sich seltsame Geschichten in der Stadt erzählen würde, wenn einer von ihnen sie erkannt hätte.

»Bevor sie starb, hat Madame Sauvaget ihrer Schwester einen Brief geschrieben. Sie ist die Frau eines Fahrradhändlers in der Rue Dupaty. Um elf Uhr war diese Frau mit dem Brief bereits beim Staatsanwalt. Madame Sauvaget bittet darin, daß man eine Autopsie bei ihr vornimmt, falls ihr etwas zustößt, und sie weist noch darauf hin, daß sie schon seit einiger Zeit den Eindruck hat, das Opfer einer langsamen, allmählichen Vergiftung zu sein. Verstehen Sie, Gilles? Es ist eine Untersuchung angeordnet worden. Zwei Ärzte sind in die Rue du Minage geschickt worden. Sie haben die Ausstellung des Totenscheins verweigert. Der Hauptkommissar ist mit der Untersuchung beauftragt, und so hat Rinquet seiner Schwester Bescheid sagen können. Sie müssen unbedingt Maurice sehen. Wie ich ihn kenne, ist er in seiner Kopflosigkeit imstande . . .«

Sie stolperte auf dem schlechten Pflaster der Rue Villeneuve, aber sie zog ihn immer noch mit schnellen Schritten mit.

»Sagen Sie ihm vor allem, daß ich weiß, daß er das nicht getan hat, daß ich Vertrauen zu ihm habe, daß . . . Ich kann nicht mehr, Gilles! . . . Ich hatte Angst, Sie könnten nicht nach Hause kommen. Ich habe nicht die Geduld aufgebracht, im Haus auf Sie zu warten. Sehen Sie, ich bin sicher, daß diese Frau sich gerächt hat. Sie wußte, daß sie verloren war, und es ist ihr zuzutrauen, daß sie selber Gift genommen hat . . .«

Sie überquerten den Markt, der um diese Stunde menschenleer war, und traten unter die Arkaden der Rue du Minage. Tatsächlich sah man einen Schutzmann in Uniform, der auf und ab ging, und zwei oder drei Gruppen Neugieriger, die miteinander diskutierten.

»Gehen Sie nicht mehr weiter mit, Tante. Man würde Sie erkennen und . . .«

Er sah sich um, wo er sie zurücklassen könnte, während er seinen Besuch bei Doktor Sauvaget machte.

»Sie können nicht auf der Straße bleiben. An der Ecke ist eine Kneipe . . .«

Er machte die Tür auf. Leute spielten Billard. Man sah sie neugierig an.

»Bringen Sie Madame einen Rum oder einen Cognac.«

Und leise:

»Versprechen Sie mir, hierzubleiben und Ruhe zu wahren.«

»Sie glauben mir doch wenigstens, Gilles? Er ist unschuldig, ich schwöre Ihnen. Ich spüre es. Ich weiß es. Ich . . .«

Als Gilles in das Haus des Arztes gehen wollte, kam der Schutzmann zu ihm.

»Wo wollen Sie hin?«

»Zu Monsieur Sauvaget.«

»Sind Sie einer seiner Patienten?«

»Ein Freund . . . Gilles Mauvoisin.«

»Wissen Sie, daß Madame Sauvaget gestorben ist und daß man eine Untersuchung eingeleitet hat?«

»Ich weiß.«

»Wie war noch Ihr Name?«

Gilles sagte noch einmal seinen Namen, und der Polizist schrieb ihn in sein Notizbuch.

»Sie können hineingehen.«

## 2

Bei Tag lag der Flur im Halbdunkel, und die Klinke zum Wartezimmer fand man fast nur tastend. Jetzt am Abend stellte Gilles überrascht fest, wie verwahrlost dieser Flur war. Eine elektrische

Lampe, deren Schirm schwarz vor Dreck war, ließ ihn länger und schmäler erscheinen, und man sah, daß von den schiefen Wänden der Gips abbröckelte. Eine Glastür im Hintergrund ging auf einen Hof, in dem Eimer und Abfallkübel herumstanden.

Gilles bückte sich und hob eine Blume auf. Wahrscheinlich jemand, der nicht Bescheid gewußt hatte und wie für eine gewöhnliche Tote Blumen gebracht hatte.

Die Tür zum Wartezimmer stand weit offen. Es brannte zwar Licht, doch der Raum war leer, und leer war auch das unaufgeräumte Sprechzimmer.

Gilles, beeindruckt von der Stille und dieser häßlichen Einsamkeit, hüstelte, um auf seine Gegenwart aufmerksam zu machen, doch nichts rührte sich. Hingegen fiel sein Blick auf einen lackierten Blechschrank, auf dem sich rote Wachssiegel grell abhoben.

Schließlich erreichte er einen Raum, der weder ein Wohnnoch ein Eßzimmer war, jener Raum, in dem sich Madame Sauvaget die meiste Zeit in ihrem Rollstuhl aufgehalten hatte, der auch noch da stand, und von wo aus sie ihren Mann belauschte. Auch hier herrschte die gleiche Unordnung. Ein Bettlaken lag auf dem Boden. Ein angeschmutztes Kopfkissen auf einem dunklen Ruhebett.

Plötzlich drehte sich Gilles um und sah im Rahmen einer letzten Tür Dr. Sauvaget, der ihn ansah. Er sah ihn so starr an, daß man hätte meinen können, er erkenne seinen Besucher nicht wieder. Seine Haare waren ungekämmt, und er war nicht rasiert. Er trug keinen Kragen, das Hemd war aufgeknöpft, die Füße steckten in braunen Filzpantoffeln, so stand er da, und hinter ihm sah man die ärmliche Einrichtung einer Küche und ein merkwürdiges dickes Mädchen, das ebenfalls den Neuankömmling anstarrte.

»Colette?« fragte der Doktor mit sachlicher Stimme.

»Sie ist mit mir gekommen. Es ist besser, wenn sie das Haus nicht betritt. Sie erwartet mich in einer Kneipe, an der Straßenecke.«

Der Doktor deutete eine schlaffe Gebärde an, als wolle er sagen:

›Treten Sie ein, wenn Sie wollen . . .‹

Er zeigte auf die Küche. Auf dem Wachstuch des Tisches stand eine weißemaillierte Kaffeekanne, zwei Tassen, Brotkrumen lagen herum. Das dicke Mädchen, ein Dienstmädchen, machte einen genauso verstörten Eindruck wie ihr Herr. Sie dachte nicht daran, Gilles einen Stuhl hinzuschieben. Sie stand mit hängenden Armen am Ofen, eine hanffarbene Haarsträhne im Gesicht, und dicke, formlose Brüste füllten prall ihre Bluse.

»Was hat sie gesagt?«

Maurice Sauvaget sprach leise. Er schaute nirgends hin. Und Gilles dachte mit zugeschnürter Kehle, daß dieser Mann nun seit nahezu zehn Jahren Colette wahnsinnig liebte und daß es dieser Mann war, dem Colette eine so wunderbare Liebe entgegenbrachte.

Alles hier verriet ein ärmliches, widerwärtiges Leben, diese dunklen Zimmer, die auf den Hof gingen, dieses Ruhebett, das dem Doktor als Schlafstätte diente, diese Eisentreppe, die zu einem Zwischenstock führte und wo das Zimmer der Toten lag.

Diese körperbehinderte und doch noch junge Frau, die von morgens bis abends in ihrem Sessel hing, und dies verstörte Dienstmädchen, das den Haushalt führte . . .

»Sie weiß, daß Sie das nicht getan haben . . .«

Das Gesicht des Doktors hellte sich nicht auf. Er sah Gilles mit seinen ausdruckslosen Augen an und sagte nur:

»Und Sie?«

»Ich denke genau wie sie . . .«

Und doch war Gilles noch nie so nahe daran gewesen, ein Verbrechen zu verstehen, noch nie hatte er so die Atmosphäre eines möglichen, fast notwendigen Verbrechens gespürt.

»Sie haben alles durchwühlt, das unterste zuoberst gekehrt . . .« fuhr der Doktor fort. »Sie haben meine Korrespondenz mitgenommen, die Schränke versiegelt. Nachher oder morgen werden sie kommen und mich verhaften.«

Das Dienstmädchen ließ einen heiseren Schluchzer hören, der fast wie ein Schluckauf klang und verbarg das Gesicht in der schmutzigen Schürze.

»Glauben Sie, daß man Sie verhaften wird?«

Sauvaget nickte, setzte sich auf einen Stuhl aus weißem Holz und betrachtete nachdenklich seine in Pantoffeln steckenden Füße.

»Ich bin überzeugt, daß sie sich vergiftet hat«, seufzte er. »Ich habe immer gespürt, daß es ein schlechtes Ende nehmen würde. Seit einigen Tagen behandelte sie mich ganz seltsam, sie war ruhiger, fast heiter-gelöst.«

Ein Krampf schüttelte ihn, und er nahm den Kopf in beide Hände, fuhr sich fieberhaft mit den Fingern durchs Haar, beruhigte sich aber ebenso schnell wieder, wie er sich verkrampft hatte.

»Entschuldigen Sie bitte. Diese Herren haben sich nicht die Mühe gemacht, höflich zu sein. Meine Kollegen haben es vermieden, das Wort an mich zu richten. Sie würden besser gehen, Gilles . . .«

Und Gilles begriff, daß der Doktor nicht nur davon sprach, das Haus in der Rue du Minage zu verlassen, sondern auch das vom Quai des Ursulines. Das bewies seine Bemerkung:

»Weshalb mischen Sie sich hier eigentlich ein?«

Es war seltsam: ein unscharfer und doch genauer Eindruck, wie in manchen Träumen . . . Gilles sah in der Dunkelheit der Straßen das geängstigte Paar, das sich suchte, zusammenfand, sich trennte, und er sah sich selber, wie er durch die Stadt irrte, bald am Arm seiner Tante und bald Alice an der Hand haltend . . .

Da waren zwei Paare, und man versuchte sie auseinanderzubringen, von allen Seiten zogen Leute an ihnen. Gérardine Eloi mit einem grausamen Lachen, das ihre langen Zähne bloßlegte, Babin, der an seiner Zigarre herumkaute und Gilles durch die Scheiben der *Bar Lorrain* beobachtete, Plantel als Mann von Welt mit dem feinen ironischen Lächeln, Penoux-Rataud, der sabberte, und der sarkastische Hervineau mit dem Clownsgesicht . . .

»Haben Sie schon einen Anwalt?«

Und der Arzt, mit weit aufgerissenen Augen:

»Sie haben recht. Ich muß mir einen Anwalt nehmen.«

»Kennen Sie einen guten?«

»Ich weiß nicht. Ich weiß überhaupt nichts mehr . . .«

Ein neuer Krampf. Das kam so plötzlich, war so heftig, daß es schon erschreckend wirkte.

Und Gilles sagte ohne rechte Überzeugung:

»Schließlich wird sich Ihre Unschuld herausstellen. Um Sie ins Gefängnis zu stecken, muß man Beweise gegen Sie haben.«

»Ja . . . Natürlich . . . Es ist besser, Sie gehen jetzt zu Colette zurück. Sagen Sie ihr . . . Sagen Sie ihr, was Sie wollen. Daß sie Mut haben soll, daß . . . daß ich . . .«

Er konnte sich nicht mehr länger zusammenreißen, und mit einer Art Schrei floh er aus der Küche und verschwand auf der Eisentreppe. Man hörte, wie er sich oben auf ein Bett warf und wie ein Tier brüllte.

»Ich habe Angst . . .« wimmerte das Dienstmädchen mit verstörtem Blick. »Gehen Sie nicht fort . . . Ich traue mich nicht, allein mit ihm hierzubleiben. Sagen Sie, Monsieur, werden sie ihn wirklich verhaften?«

Gilles wußte nichts zu antworten und entfernte sich, ohne ein Wort zu sagen, durchquerte von neuem die unaufgeräumten Zimmer, ging den langen Flur entlang, an dessen Ende er wieder die Uniform des Polizisten fand.

Ein Mann in Zivil stand bei ihm, von dem Gilles den Eindruck hatte, daß er ihn schon einmal gesehen hatte, doch er achtete nicht weiter darauf. Als Gilles bereits fünfzig Meter zurückgelegt hatte, hörte er eilige Schritte. Er drehte sich um.

»Entschuldigen Sie bitte, Monsieur Mauvoisin. Ich bin der Bruder von Madame Rinquet. Ich weiß, daß Madame Colette Sie an der Ecke erwartet. Ich weiß nicht, ob Sie es ihr sagen sollen, aber es ist noch für heute abend . . .«

»Heute abend?« wiederholte Gilles, ohne zu begreifen.

»Ich erwarte jeden Augenblick den Kommissar. Verstehen Sie? Der Staatsanwalt hat Angst, daß er sich etwas antut. Deshalb wird er . . .«

In der Ecke der Kneipe schwiegen sie, während der Kellner das Wechselgeld herausgab. Die Billardspieler sahen sie mit einer Neugierde an, die sie nicht zu verbergen suchten.

»Kommen Sie, Colette . . .«

Er konnte den herzzerreißenden Blick seiner Tante nicht ertragen, die auf eine Nachricht wartete, auf irgendeine Nachricht. Draußen, in der Dunkelheit einer kleinen Straße, in die er sie mitgezogen hatte, legte er seinen Arm um ihre Schultern, und sie legten schweigend einige Schritte zurück.

»Was hat er gesagt?« stammelte sie schließlich. »Wie geht es ihm?«

»Gut . . .«

Gilles wagte nicht zu sprechen. Er hatte Angst, in Schluchzer auszubrechen. Er spürte seine Tante ganz klein, am ganzen Leibe zitternd neben sich. Und wie vorhin in der Küche des Doktors hatte er den Eindruck, ein Teil des Dramas zu sein. Nicht zu zweit, sondern zu dritt, zu viert wehrten sie sich in der Dunkelheit der feindseligen Stadt.

»Man wird schließlich einsehen müssen, daß er unschuldig ist . . .«

Sie schüttelte verneinend den Kopf.

»Die sind doch überglücklich, daß sie ihn haben, daß sie *uns* haben. Sehen Sie, Gilles, alle, wie sie da sind, hassen sie uns. Ich weiß nicht, wie ich Ihnen das erklären soll . . .«

Plötzlich stellte sie diese unerwartete Frage:

»Hat er wenigstens etwas gegessen?«

»Aber ja, meine kleine Tante. Er ist viel ruhiger, als ich gedacht hätte. Er hat mir gesagt, daß Sie sich keine Sorgen machen sollten, daß . . .«

»Wann werden sie ihn verhaften?«

Sie waren am Kanal angekommen. Man sah nur ein einziges

Licht, im zweiten Stock des Hauses am Quai des Ursulines: es war das Eßzimmer. Die unerschütterliche Madame Rinquet wartete wohl neben dem gedeckten Tisch, unter der Lampe, die einen warmen Lichtkreis zeichnete.

Ein Paar hatte sich gebildet, einfach so, vor langer Zeit, war aus der Stadt geflohen, war von Land zu Land geirrt, um schließlich in einem kleinen norwegischen Hafen ein Ende zu finden ... Und vorhin, im Park, unter der Schirmkiefer, hatte Gilles ein junges Mädchen umarmt, dessen große Augen er ganz nahe vor den seinen sah, und sie gebeten, sich für immer mit ihm zu verbinden ...

Sein Arm drückte die Schultern seiner Tante noch stärker, er wußte nicht mehr, ob er sie umarmte oder ob er Alice umarmte oder seine Mutter ... Es war die Frau, die auf einem unbekannten Weg neben einem Mann geht und die leidet.

Darauf schmiegte er in einem Anflug unüberlegter Zärtlichkeit seine Wange an Colettes Wange; er spürte ihren Flaum auf seiner Haut. Er schmiegte sich fester an sie. Es war eine warme, feuchte Berührung, denn sie weinte still vor sich hin.

»Meine arme kleine Tante.«

Zum Dank drückte sie ein ganz klein wenig seinen Arm mit ihren zarten Fingern und flüsterte hauchend:

»Gilles ...«

Sie aß nichts. Man spürte, daß sie erschöpft war, und doch hatte sie nicht den Mut, die anheimelnde Atmosphäre des Eßzimmers zu verlassen, um sich in ihrem Zimmer einzuschließen. Wenn ihr Blick auf Gilles fiel, bemühte sie sich, ein Lächeln anzudeuten, als wolle sie ihn um Verzeihung bitten, daß sie so traurig, so niedergeschlagen war. Madame Rinquet trug noch lautloser auf als gewöhnlich, und ab und zu hielt sie ein, um die beiden zu beobachten.

»Ich habe eine Neuigkeit für Sie, Tante. Aber glauben Sie deshalb ja nicht, daß ich nur an mich denke ...«

Seine Gedanken waren viel verwickelter und komplizierter,

doch er war unfähig, sie auszudrücken. Er wollte ihr nur deshalb von Alice erzählen, weil er sich durch sie viel näher bei Colette fühlte, weil das Ereignis vom Nachmittag, ein solcher Tag, eine viel stärkere und viel tiefere Resonanz bekam, weil Gilles Liebe sich viel enger mit dem Drama verband, das seine Tante und der Doktor durchlebten . . .

»Ich werde heiraten, Tante . . .«

Madame Rinquet blieb reglos stehen, einen Teller in der Hand. Colette hob langsam den Kopf, und ihre hellen Augen drückten so etwas wie eine traurige Überraschung aus. Das wurde ihr so deutlich bewußt, daß sie versuchte, diesen Eindruck zu verwischen. Sie lächelte, aber ihr Lächeln blieb melancholisch.

»Sie heiraten, Gilles?«

Ihr Blick schweifte durchs Zimmer, in dem sie den ganzen Winter über zusammen gewohnt hatten. Man hätte meinen können, sie versuchte sich hier die Anwesenheit einer neuen Person, eines Eindringlings, vorzustellen.

Und Gilles sagte schnell, weil er unter all dem verworrene, undeutliche Dinge spürte, die ans Licht zu kommen drohten:

»Ich werde die Tochter von Esprit Lepart heiraten. Sie wissen doch, der Angestellte mit den dichten Augenbrauen, der früher am Schalter war und der jetzt kommt, um mit mir zu arbeiten. Sie ist achtzehn Jahre alt . . .«

Colettes Augen wurden feucht. Ihr Gesicht umwölkte sich.

»Sie haben recht, Gilles«, seufzte sie, wobei sie ihre Serviette zurückschob und aufstand.

Es fiel ihr immer noch schwer, wegzugehen.

»Ich bin erschöpft. Ich glaube, es ist besser, wenn ich mich ausruhe. Gute Nacht, Gilles. Gute Nacht, Madame Rinquet.«

Aber die protestierte:

»Ich gehe mit Ihnen. Ich muß Sie zu Bett bringen.«

Es war unheildrohend, wie eine fahle Winterlandschaft, wenn man den Eindruck hat, daß die Sonne nie wieder scheinen wird. Die Zeitung war schlecht gedruckt, mit Zeilen, die durcheinanderzufallen drohten, die Druckerschwärze war blaß und das Papier armselig.

Schwerer Giftskandal in La Rochelle

Alle Wörter, alle Sätze gaben dem Drama einen häßlichen, schonungslosen Charakter.

*Eine folgenschwere Vergiftungsgeschichte, die nur diejenigen in Erstaunen versetzen mag, die über einen seit langem dauernden Skandal nicht Bescheid wußten . . .*

Maurice Sauvaget wurde zum *in unserer Stadt bestens bekannten Dr. S . . .*

Colette war *die Gattin einer der wichtigsten und angesehensten Honoratioren von La Rochelle, der kürzlich verstorben und dessen Nachlaß Gegenstand zahlreicher Kommentare gewesen ist . . .*

Es war ebenso grell wie manche Schwarz-Weiß-Zeichnungen mit heftigen Kontrasten und allzu hartem Strich.

*Das heutige Drama ist nur der Ausgang eines Dramas, das früher . . .*

*Noch ist die unerwartete Hochzeit einer der reichsten Persönlichkeiten unserer Stadt mit einer Platzanweiserin nicht vergessen . . .*

*Zwei Jahre nach dieser Hochzeit nun mußte der Ehemann die schmerzliche Entdeckung machen . . .*

Alles geriet zu einer erschreckenden Vulgarität. Das Haus des Doktors . . . Seine sich in Eifersucht verzehrende, unglückliche, kranke Frau . . .

Die Liebenden, die nicht mehr die Geduld hatten, auf ihren Tod zu warten, und die kalt und überlegt die Stunde dieses Todes vorverlegten . . .

*Es scheint erwiesen, daß der Doktor, dem dazu alle Mittel zur Verfügung standen, seiner Frau wochenlang Tag für Tag kleine Mengen Arsenik verabreicht hat, wobei er das Gift so dosierte, daß . . .*

Es war zehn Uhr morgens. Der Himmel war an diesem Tag klar, das Licht ganz besonders rein, und man hörte die Schiffssirenen auf eine sehr große Entfernung. Gilles sah von seinem Fenster aus, wie ein Mann, der einen braunen Mantel trug, vor dem Gartentor stehenblieb und den Balgen eines riesigen Fotoapparats auszog.

Bald würde man sich das Haus am Quai des Ursulines wie eine Sehenswürdigkeit anschauen.

Gilles drehte sich automatisch dem Fenster seiner Tante zu und erblickte sie hinter dem Tüllvorhang stehend. Auch sie hatte den Fotografen gesehen.

Er lief in die Küche. Auf dem Tisch lag eine Zeitung, die gleiche, die er gerade gelesen hatte.

»Sie haben sie ihr doch hoffentlich nicht gegeben?« sagte er zu Madame Rinquet.

»Leider hat sie sie selbst aus dem Briefkasten geholt . . .«

»Was hat sie gesagt?«

»Nichts. Man hat ihn verhaftet. Mein Bruder war heute morgen hier. Madame hat ihm einen Brief für den Doktor mitgegeben. Er hat anscheinend Rechtsanwalt Causel als Verteidiger genommen. Das ist einer der besten. Was wird nun geschehen, Monsieur Gilles?«

Er ging hinaus, ohne zu antworten, lief die Treppe hinunter und betrat die ehemalige Kirche. Er spürte, daß alle ihn neugierig ansahen.

»Wollen Sie bitte mit heraufkommen, Monsieur Lepart?«

Der Angestellte raffte seine Papiere zusammen, nahm seine Stahlbrille, seinen Federhalter, seinen roten und blauen Drehbleistift.

»Sofort, Monsieur Gilles.«

Wenn man ihn ansprach, machte er stets ein Gesicht, als würde man ihn bei einem Fehler ertappen.

Gilles ging mit ihm hinauf in das Büro, das er sich neben seinem Schlafzimmer eingerichtet hatte.

»Sollen wir an der Akte Eloi weiterarbeiten?«

»Nein, Monsieur Lepart. Ich habe Sie nicht zur Arbeit hierher gebeten. Monsieur Lepart, ich habe Ihnen eine sehr wichtige Frage zu stellen . . .«

Gerade wegen der Ereignisse wollte Gilles nicht warten.

»Monsieur Lepart, wären Sie bereit, mir Ihre Tochter zur Frau zu geben?«

Der Angestellte sah ihn mit ausdruckslosen Augen an, bemühte sich dann zu lächeln.

»Warum stellen Sie mir eine solche Frage, Monsieur Gilles? Sie kennen sie doch gar nicht und außerdem . . .«

»Was außerdem?«

»Ich weiß nicht. Es ist unmöglich, daß Sie . . .«

»Monsieur Lepart, ich bitte Sie offiziell um die Hand Ihrer Tochter Alice und gestehe Ihnen auch, daß ich sie den ganzen Winter über jeden Tag heimlich getroffen habe.«

»Ach!«

Das war seine ganze Reaktion. Er war wie versteinert.

»Als ich gestern Alice gefragt habe, ob sie meine Frau werden wolle, konnte noch niemand wissen, daß unsere Firma durch die Zeitungen gezogen würde. Überlegen Sie es sich, Monsieur Lepart. Wollen Sie erst mit Ihrer Frau sprechen? Wollen Sie mir Ihre Antwort heute nachmittag geben?«

»Ja . . . Ja . . . Ich werde . . .«

Und er ging hinaus, wobei er gegen den Türrahmen stieß.

Im Flur erblickte Gilles Monsieur Plantel, der hinter Madame Rinquet herging.

»Störe ich?«

»Kommen Sie herein. Ich habe gerade meinen Heiratsantrag gemacht.«

Plantel machte eine Handbewegung, als wolle er sagen:

›Das ist unwichtig. Darum geht es jetzt gar nicht.‹

Es war das erste Mal, daß er Gilles' Büro betrat, und er lächelte bitter, als er die hellen Holzregale sah, auf denen die Ordner mit den Mauvoisin-Akten standen.

»Gestatten Sie?« sagte er und setzte sich . . . »Zwei Stockwerke, das ist schon hoch. Ich nehme an, daß Sie die Zeitung gelesen haben.«

»Ich habe sie gelesen.«

»Sie sind gestern abend in der Rue du Minage gewesen, nicht wahr?«

»Ich bin dort gewesen.«

»Nun, im Augenblick weiß das schon die halbe Stadt, und es wird behauptet, daß Sie sich mit Ihrer Tante einig waren . . .«

»Worüber einig und wozu?«

»Hören Sie, Gilles. Sie sind jung. Sie haben den ganzen Winter über so gelebt, wie es Ihnen paßte, ohne auf die Ratschläge zu hören, die ältere Menschen Ihnen gaben, und noch gestern abend habe ich erfahren, daß Sie beschlossen haben, sich mit irgendeinem jungen Mädchen aus der Stadt zu verheiraten. Das ist Ihre Sache. Ich bin leider gezwungen, Sie daran zu erinnern, daß Sie der Erbe Ihres Onkels Mauvoisin sind, der mein Freund war. Sie sind hier in seinem Haus. Sie kennen das Verhalten seiner Frau. Unter diesen Umständen wäre es skandalös, wenn Sie, vor allem nach dem, was gerade geschehen ist, für sie eine Sympathie an den Tag legten, die falsch ausgelegt werden könnte. Ich habe heute morgen mit Ihrer Tante Eloi gesprochen. Sie ist ebenfalls Ihr Vormund. Sie kennen vielleicht das Gesetz nicht, aber der Angestellte, den Sie sich als Berater ausgesucht haben, wird Ihnen sagen können, daß es Maßnahmen gibt, die wir vielleicht zu ergreifen gezwungen wären für den Fall, daß Sie . . .«

Er stand auf, ließ die Asche seiner Zigarre fallen und nahm seinen Hut, den er langsam aufsetzte.

»Das ist alles, was ich Ihnen sagen wollte, mein Freund. Ich hoffe, daß Sie verstehen . . .«

## 3

Man hätte meinen können, daß die Kirche sie gar nicht erwartete. Sie war leer, als würde sie nicht mehr benutzt. Nur vor einem Votivbild, hinter einem Pfeiler, brannten einige Kerzen. Das Licht war ein Alltagslicht, dasselbe wie auf der Straße, wie überall, und die Schritte hallten ebenso hohl wider wie in einem Haus, das seit langem verlassen ist.

Niemand sagte ihnen, was sie tun, wohin sie gehen sollten, und Gérardine, die sich in Kirchen auskannte, führte sie zu den ersten Bänken der rechten Empore.

Sie waren nur eine kleine Gruppe. Gérardine und Bob vertraten allein Gilles' Familie, denn die beiden Töchter Eloi waren hinten in der Kirche geblieben. Von der Seite der Leparts waren Monsieur und Madame Lepart anwesend sowie ein Bruder von Madame Lepart, ein alter, völlig tauber Onkel, den man hatte einladen müssen, um ihm nicht wehzutun, zumal er versprochen hatte, Alice einmal sein Häuschen zu hinterlassen.

Der Chor war leer. Man konnte sich fragen, ob man nicht am falschen Tag gekommen war. Auf der anderen Seite des Mittelgangs war eine andere Gruppe, wahrscheinlich auch eine Hochzeit, die wartete, und die beiden Hochzeitsgesellschaften fingen an, sich gegenseitig zu mustern, als wollten sie in Erfahrung bringen, wer als erste an die Reihe käme.

»Ich wette, das ist ihre Tochter!« flüsterte Alice Gilles ins Ohr.

Und sie konnte sich nicht zurückhalten, in der leeren Kirche in ein Gelächter auszubrechen. Das Paar von gegenüber war in der Tat schon über vierzig. Wahrscheinlich ein Paar, das schon lange in wilder Ehe zusammenlebte, und das Mädchen mit dem Pickelgesicht war sicher ihre Tochter. Was hatte sie wohl dazu gebracht, ihr Verhältnis zu legalisieren? Die erste Kommunion der Kleinen?

Gilles drehte sich mehrmals um. Von Zeit zu Zeit knarrte nämlich die Tür im Hintergrund, und man hörte Schritte auf den Steinfliesen, einen Stuhl, den man verrückte. Von weitem erkannte er Jaja, die er zum ersten Mal mit einem Hut auf dem Kopf sah, und die vor dem Votivbild kniete. Vielleicht hatte sie die Kerzen für ihn angezündet?

Er war noch am Vortag bei ihr gewesen. Nie war er so oft zu ihr gegangen wie seit dem Tag, an dem er beschlossen hatte zu heiraten. Jaja hatte sich vor ihn gesetzt, die Ellbogen auf dem Tisch, so wie sie sich immer zu ihm setzte.

»Du wirst morgen bei der Feier gut aufpassen müssen. Ich habe was läuten hören, daß man dir einen Streich spielen will.«

»Wer? Was könnte man denn anstellen?«

»Ich weiß nicht, mein Junge. Ich höre nur, was so getuschelt wird, und ich möchte dich warnen. Du hättest besser auf mich gehört und wärst mit deiner Kleinen, wenn du schon nicht von ihr lassen willst, nach Nizza gegangen oder sonstwohin.«

Doktor Sauvaget war seit drei Wochen im Gefängnis, trotz aller Bemühungen seines Anwalts, seine provisorische Freilassung zu erwirken. In dieser Hinsicht spielte sich etwas Geheimnisvolles ab, das Gilles verwirrte und ihn ärgerte, gerade, weil er es nicht begriff.

Anstatt mit der Zeit das Interesse an der Angelegenheit zu verlieren, erregte sich die öffentliche Meinung immer mehr, doch leider immer in dieselbe Richtung, nämlich gegen den Doktor. Und jetzt suchten sich die Leute sonntags zum Beispiel den Quai des Ursulines als Ziel ihres Spaziergangs aus, wo sie sich das Haus der *Geliebten des Giftmörders* wie eine Sehenswürdigkeit ansahen.

Man hätte meinen können, geheimnisvolle Parolen würden ausgegeben, unaufhörlich neue Nachrichten in Umlauf gesetzt werden, um die öffentliche Meinung aufzubringen . . .

. . . Endlich ging auf der linken Seite des Querschiffs eine Tür auf. Ein Ministrant, der unter seinem roten Gewand und seinem gestärkten Chorhemd genagelte Schuhe trug, stieg die Altarstufen hinauf und zündete zwei Kerzen an. Insgeheim hoffte Gilles, er würde sie alle anzünden. Gewiß, er hatte darum gebeten, im engsten Kreis getraut zu werden, doch diese beiden blassen

Flammen, die einen ärmlichen Eindruck machten, hatte er nicht gewollt.

Wieder vergingen einige Augenblicke, dann kam der Ministrant zurück, hinter ihm der Priester. Gleichzeitig tauchte hinten in der Kirche der Kirchendiener auf.

»Wir sind die ersten . . .« hauchte Alice, als der Kirchendiener sich ihnen näherte.

Sie war nicht aufgeregt. Sie trug ein helles Kleid, das sie sich in La Rochelle hatte machen lassen, einen Stadtmantel, neue Schuhe sowie einen neuen Hut, denn gewöhnlich ging sie barhäuptig. Esprit Lepart, ganz in Schwarz, mit steifem Oberhemd, war der feierlichste von allen, und seine Frau, eine kleine, rundliche Person, die sich gern ungezwungen gab, mußte sich während der ganzen Feier die Nase putzen.

Gilles sah starr den Priester an, dessen Lippen sich bewegten, da er rituelle Gebete murmelte, und ohne zu wissen warum, dachte er an Colette.

Sie war nicht da. Er hatte sie nicht einzuladen gewagt, denn ihre Anwesenheit hätte einen Skandal heraufbeschworen. Er hatte es auch nicht gewagt, das Hochzeitsessen am Quai des Ursulines zu geben, denn in diesem Falle wäre es schwergefallen, sie am Erscheinen zu hindern. Tante Eloi aber weigerte sich, mit ihr zusammenzutreffen.

»Wir machen das Essen bei mir«, hatte sie erklärt.

Das hatte Gilles abgelehnt, denn er wußte, daß sich seine künftigen Schwiegereltern im Haus am Quai Duperré nicht wohl fühlen würden.

In dem kleinen Häuschen in der Rue Jourdan konnte man genausowenig feiern. Und schließlich konnte man das Mittagessen auch nicht in einem Restaurant in der Stadt einnehmen.

Das war der Grund, weshalb man die Mahlzeit in einem Gasthaus in Esnandes bestellt hatte, zehn Kilometer von La Rochelle entfernt.

»Wollen Sie, Gilles Mauvoisin, die hier anwesende . . .«

Gilles sagte ja, mit einem fast traurigen Ernst. Alice schmetterte ihr Ja wie ein Scherzwort heraus und wandte sich sogleich lächelnd Gilles zu.

»Wenn ich die Herrschaften bitten darf, mir in die Sakristei zu folgen . . .« murmelte der Kirchendiener, während das zweite Paar bereits seinen Platz verließ.

Als Gilles von neuem durch die Kirche ging, stellte er fest, daß mehrere Personen, vor allem Frauen, gekommen waren, um seiner Hochzeit beizuwohnen. Madame Rinquet kniete neben einem Pfeiler. Jaja machte Gilles ein aufmunterndes Zeichen, und später sagte sie zu ihm:

»Wenn du gesehen hättest, wie bleich du warst, mein Junge . . .«

Er war in der Tat aufgeregt, aber nicht so, wie er es geglaubt hätte. Er sagte sich immer wieder:

›Jetzt sind wir verheiratet . . . Wir bilden ein Paar . . .‹

Was fehlte zu seiner Freude? Und warum dachte er schon wieder an Colette, die in den letzten drei Wochen so viel geweint hatte und die jetzt allein am Quai des Ursulines war?

Dabei hatte sie sich am Morgen, als sie ihm die Krawatte knotete, zu einem Lächeln gezwungen.

»Meine herzlichsten Glückwünsche, Gilles. Mögen Sie immer glücklich sein.«

Es war ein zitterndes Lächeln, wie Sonne vor dem Regen. Bei den letzten Silben war ihre Stimme heiserer geworden.

»Bis heute abend . . .«

Als die kleine Gruppe sich dem Ausgang näherte, vernahm Gilles draußen einen Schrei, und er fragte sich, ob Jaja recht gehabt hatte.

Auf dem Kirchenvorplatz hatten sich einige Personen zusammengefunden, die gleichen, die man bei allen Ansammlungen zu erkennen glaubt. Gilles wußte nicht, daß es sich so bei allen Hochzeiten verhielt. Er glaubte, man habe ihn persönlich aufs Korn genommen. Übrigens fing das laute Rufen wieder an.

Es war ein Zeitungsverkäufer von etwa zwanzig Jahren, der auf und ab lief und aus vollem Halse rief:

»Kaufen Sie den *Moniteur* . . . Sensationelle Wende im Falle des Giftmörder-Arztes . . . Wird Octave Mauvoisin exhumiert werden? . . .«

Gilles war jäh stehengeblieben. Er suchte den Verkäufer mit den Augen. Jemand packte ihn am Arm: er merkte, daß es seine Tante Eloi war, die ihn in den Wagen schob.

In dem Auto, das Gilles im Winter gekauft hatte, saßen das Paar und die Eltern Lepart. In Bobs Wagen fuhr dieser mit seiner Mutter und seinen Schwestern hinterher. Die Stimme des Zeitungsverkäufers verfolgte sie:

»Wird Octave Mauvoisin exhumiert werden? . . .«

Dieses Essen hatten alle so sehr gefürchtet, daß Gilles schon den Vorschlag gemacht hatte, überhaupt kein Essen zu geben.

»Das ist unmöglich!« hatte seine Tante Eloi entgegengehalten. »Die Eltern deiner Frau würden glauben, es wäre ihretwegen, weil du sie mißachtest. Ach, du kannst mir wirklich keine Vorwürfe machen! Du hast es gewollt.«

Das Merkwürdige war, daß sie ihn duzte, seit er ihr von der Heirat erzählt hatte, als ob diese Heirat gleichzeitig auch andere Familienbande fester knüpfte.

Sie hatte auch von einer Hochzeitsreise gesprochen, doch Gilles hatte sich nicht dazu entschließen können, Colette in einem solchen Augenblick allein zu lassen.

Es war ein schöner, sonniger Tag, und hin und wieder wehte ein lauer Wind, der den Frühling ankündigte. In Esnandes hielten die beiden Autos hintereinander vor dem Hotel du Port.

Der Wirt und die Wirtin erwarteten sie freudestrahlend an der Tür, und ein kleines Mädchen überreichte der neuen Madame Mauvoisin einen Blumenstrauß.

»Ich möchte nur wissen, was sie haben . . .« murmelte der Wirt ein wenig später und kehrte an seinen Herd zurück.

Auf jeden Fall hatten sie sich linkisch in dem Speisesaal niedergelassen, der für sie reserviert war. Der Raum war eher schlicht als rustikal, aber das Restaurant galt als das beste in der Gegend, und im Schankraum konnte man die Fischer hören, die ihre Schoppen Wein bestellten.

»Geben Sie mir Ihren Mantel, Pa . . .«

Es entstand eine kurze Pause.

»Papa . . .«

Esprit Lepart war am meisten überrascht und vor allem verlegen, daß er so genannt wurde.

»Aber ich bitte Sie, Monsieur Mauvoisin . . .«

»Vergessen Sie nicht, daß ich Ihr Schwiegersohn bin und daß Sie mich Gilles nennen müssen . . .«

Gilles zwang sich. Dieses »Papa« war ihn hart angekommen. Für den Zeitraum einer Sekunde hatte er das Gesicht seines richtigen Vaters wieder vor sich gesehen, wie er auf dem Totenbett lag, wobei sich die langen, gewachsten Schnurrbartspitzen von dem Weiß des Lakens abhoben.

Gérardine, die beschlossen hatte, alles zu tun, was notwendig war, hatte sich um Alice bemüht.

»Sind Sie nicht allzu aufgeregt gewesen?«

»Warum denn? Es war doch überhaupt nicht aufregend, oder? Ich dachte an das andere Paar, das wartete und . . .«

»Werden Sie sich jetzt in Paris einkleiden?«

»Vielleicht. Ich weiß nicht. Ich habe mit Gilles noch nicht darüber gesprochen.«

»Meine Töchter stehen Ihnen zur Verfügung, wenn Sie Ratschläge brauchen.«

Alice hatte sich derart in der Gewalt, daß sie bei diesem Vorschlag daran dachte, Gilles zuzuzwinkern, der stammelte:

»Wir könnten vielleicht ein Glas Portwein trinken, oder?«

Man hätte einen Stimmungsmacher gebraucht, einen Spielführer gewissermaßen. Der Wirt war ganz mit seiner Küche beschäftigt und kümmerte sich nicht um sie. Die Wirtin warf ab und zu einen Blick herein, und der Kellner, der bediente, war ein ausgesprochener Schmutzfink.

Während die Gesellschaft noch herumstand, trat Gilles zu seiner Tante:

»Haben Sie gehört, was er ausgerufen hat?«

»Leider . . .«

»Was hat er damit gemeint?«

»Genau das, was er gesagt hat. Plantel hat mir vor zwei Tagen davon erzählt. Die Sache war noch nicht ganz sicher. Jetzt übrigens auch noch nicht. Senator Penoux-Rataud hat sie von seinem Freund, dem Staatsanwalt erfahren.«

»Aber warum?«

Er bemerkte, daß sich die Finger seiner Tante aufgeregt bewegten, daß sie den Hals vorstreckte und die Lippen verzog, so, als fehlte es ihr an der rechten Sicherheit.

»Mein armer Gilles, ich habe es dir nur deshalb nicht früher gesagt, weil ich dich nicht am Tag vor deiner Hochzeit beunruhigen wollte. Ich möchte dir an einem Tag wie heute keine Vorwürfe machen. Aber erinnere dich . . . Du bist hier angekommen, ohne etwas von der Stadt, etwas vom Leben zu kennen. Wenn meine arme Schwester dir nicht die Erziehung geben konnte, die du gebraucht hättest, so ist das bestimmt nicht ihre Schuld. Wir haben alle versucht, dir zu helfen, dir Ratschläge zu geben. Edgar Plantel hat dich fast wie einen Sohn angesehen. Du hast ihn tief gekränkt, als du seine Mitarbeit abgelehnt und die Herausgabe aller Akten verlangt hast, die er in seinem Gewahrsam hatte. Aber reden wir von was anderem. Wie wär's, wenn wir uns zu Tisch begäben?«

Einige Minuten lang verdeckte eine Wolke die Sonne, und der Raum erschien wirklich als das, was er war, ein ländlicher Speisesaal mit gekalkten Wänden, nicht sehr sauberen Ecken und Gegenständen von einer tristen Gewöhnlichkeit.

Auf dem Tisch standen Austern, Muscheln und Krabben, und aus der Küche kam der warme Duft der Mouclade. Doch die Gabeln waren aus Eisen und das Geschirr angeschlagen.

Als hätte man sich gemeinsam darauf geeinigt, sprach man nicht mehr von der Exhumierung Octave Mauvoisins, aber es war ganz offensichtlich, daß ein jeder daran dachte, außer Alice, die genau dieselbe war wie schon bei ihren Rendezvous im Park.

Die Töchter Eloi ließen ein höfliches und herablassendes Lächeln über das Gesicht huschen. Esprit Lepart war so beeindruckt, daß er sich nicht zu bedienen wagte. Bob hingegen, der am andern Ende des Tisches saß, kämpfte gegen die Langeweile, indem er kräftig dem weißen Landwein zusprach.

›Das also‹, sagte Gilles zu sich selber, ›ist nun der wichtigste Tag meines Lebens, der Tag, der über mein ganzes übriges Leben entscheiden wird! In dreißig, vierzig Jahren wird man immer noch seinen Jahrestag feiern. Und wenn wir Kinder haben werden, ist es wiederum dieser Tag, dem ein ganzes Geschlecht im Grunde seine Entstehung verdankt, der zu anderen Familien, anderen Paaren, anderen Hochzeiten führen wird . . .‹

Und nun war alles ganz dumm, ohne die geringste Feierlichkeit. Als er seine Frau zum ersten Mal vor allen Leuten geküßt hatte, in der Sakristei, hatte er gehofft, seine Hand würde zittern, seine Lippen würden zucken, in seinen Augen stände Feuchtigkeit.

Aber nein! Alice hatte ihm mit einer Gebärde des heimlichen Einvernehmens die Fingerspitzen gedrückt, und er fragte sich, ob er ihr deswegen nicht böse war.

»Woran denkst du, Gilles?«

»An nichts . . .«

Leider dachte er doch! Er dachte viel zuviel. Nie hatten ihn so viele Gedanken gleichzeitig überfallen. In seinem Kopf sah es aus wie in einem kleinen Gebüsch mit vielen ineinanderverwachsenen kleinen Zweigen, und er versuchte vergeblich, sich darin zurechtzufinden.

Da Jaja ihn schon am Abend zuvor gewarnt hatte, mußte es also Absicht gewesen sein, daß man den *»Moniteur«* ausgerufen hatte, als die Gesellschaft aus der Kirche kam. Wer mochte den Zeitungsverkäufer wohl geschickt haben?

Und wieder war es Jaja, die seit Monaten immer wieder zu ihm gesagt hatte, ohne zu hoffen, daß er auf sie hören werde:

»Am besten würdest du dir schöne Kleider kaufen, ein schönes Auto und würdest nach Paris fahren oder in den Süden, um dich dort zu amüsieren. Hier *ist nicht der richtige Platz für dich.*« Sie hatte ihm nie offen den Grund dafür erklärt.

»Du hast nichts mit ihnen zu schaffen, verstehst du?« sagte sie, ohne ihm allerdings je genau zu sagen, wen sie mit *ihnen* meinte.

Oder auch:

»Das ist kein Beruf für dich. *Sie* werden dich schließlich doch hereinlegen.«

Er hatte nicht daran geglaubt. Er weigerte sich immer noch, daran zu glauben. Und doch begann er die Möglichkeit einer heimtückischen Verschwörung ins Auge zu fassen.

»Haben Sie alles, was Sie brauchen?« erkundigte sich der Wirt hin und wieder.

»Oh doch . . .«

»Dann ist ja alles in Ordnung.«

Und er kehrte in die Küche zurück, wo er verkündete:

»Ich habe Leichenfeiern erlebt, bei denen es lustiger zuging als bei dieser Hochzeit.«

Weil niemand das Gespräch anregte, aß man zuviel, um Haltung zu bewahren, und Bob trank so viel, daß er am Ende der Mahlzeit krebsrot war und ihm die Augen aus dem Kopf standen.

»Ich ziehe jetzt Leine!« verkündete er und stand auf.

Seine Mutter mußte hinter ihm herlaufen und ihm leise Vorhaltungen machen, worauf er sich wieder an seinen Platz setzte und brummte:

»Verstanden!«

Gilles ließ Champagner bringen, weil man das so tut. Dann ging er in den Nachbarraum, um die Rechnung zu begleichen. Schon um vier Uhr war alles vorbei. Er fand noch die Gelegenheit, einige Worte mit seiner Tante Eloi zu wechseln:

»Glauben Sie wirklich, Tante, daß mein Onkel Mauvoisin vergiftet worden ist?«

Sie zuckte zusammen, lächelte, zerbiß die Luft mit ihren großen Zähnen:

»Was soll ich dir dazu sagen, mein Junge? Jeder weiß, daß du *für sie* bist. Dein Onkel war genauso kräftig gebaut wie dein Vater, es waren Bauernjungen aus Nieul. Er ist innerhalb weniger Monate gestorben. Er ist zusehends dahingeschmolzen. Es gibt Leute, die sich an gewisse Einzelheiten erinnern. Du bist frei, zu tun und zu lassen, was dir gefällt, das hast du mir gesagt. Aber du darfst mir dann nicht eines Tages Vorwürfe machen, daß ich dich nicht rechtzeitig gewarnt habe.«

Alle standen, die Tür war offen. Bob betätigte die Hupe seines Wagens.

Das Auto Eloi fuhr als erstes ab, nachdem man sich einige Höflichkeitsfloskeln abgequält hatte.

Esprit Lepart, der gewöhnlich die Farbe der Papiere hatte, über die er sich sein ganzes Leben lang gebeugt hatte, war im Gesicht rosig angehaucht, und am Ende der Mahlzeit hatte seine Frau ihm ein Glas Cognac weggenommen, das er gerade trinken wollte.

Gilles machte einen Umweg über die Rue Jourdan, um seine Schwiegereltern zu Hause abzusetzen, und Esprit machte den Vorschlag, während sich die Vorhänge an den Nachbarhäusern bewegten:

»Kommt ihr noch einen Augenblick mit rein? Aber doch . . . Kommt schon, damit wir noch ein Glas Armagnac trinken.«

»Aber sieh doch, Esprit! Du weißt genau, daß Gilles und Alice . . .« Ihm grauste vor diesem Blick, den sie ihnen zuwarf und der nur allzu deutliche Anspielungen verriet.

»Aber nein . . . Wir haben schon noch einen Augenblick Zeit«, sagte er.

Er tat es wegen der Nachbarn, um Esprit einen Gefallen zu erweisen, damit das Auto vor der Tür stehenblieb, damit man wußte, daß Mauvoisin es nicht unter seiner Würde fand, sich in dem kleinen Haus in der Rue Jourdan an den Tisch zu setzen.

»Aber es ist doch alles noch unaufgeräumt! Wir waren heute morgen so in Eile!«

Alles war winzig in diesem Haus, der Flur, die Türen, das Wohnzimmer mit den vier Stühlen und dem vergoldeten Sofa, der Couchtisch im Stil Louis XV, das Eßzimmer, das man praktisch nie benutzte, weil es einfacher war, in der Küche hinter der Glastür zu essen.

»Sie dürfen nicht so genau hinsehen, Gilles . . .«

Sie räumte herumliegende Gegenstände fort, Wäsche, ein Paar Schuhe und sogar eine Brennschere, die auf dem Tisch im Wohnzimmer lag, wo auch der beste Spiegel des Hauses hing.

»Ich weiß nicht, warum mein Mann Sie hereingebeten hat. Er ist es eben nicht gewohnt, etwas zu trinken, und ich glaube, heute hat er des Guten zuviel getan. Übrigens war die Mouclade etwas zu stark gepfeffert. Das Huhn dagegen . . .«

Als sie die Rue Jourdan verließen, fiel der Abend herein, und Kinder standen um das Auto herum. Es war die Stunde, zu der sie sich sonst am Parkeingang getroffen hatten und auf der Suche nach den dunkelsten Winkeln durch die Alleen irrten. Heute hatten sie den Wagen dabei. Sie brauchten nur wenige Minuten, bis sie den Quai des Ursulines erreichten. Alice hatte ganz natürlich ihre Hand unter Gilles Arm geschoben, der am Steuer saß.

Wahrscheinlich hatte man einen Posten vor die alte Kirche gestellt, der aufpassen sollte, denn als das Auto hielt, erschienen am Eingang der Garage Mauvoisin etwa zehn Personen, allen voran Poineau, und eine alte Angestellte überreichte Alice einen Blumenstrauß.

»Im Namen des Personals der Firma Mauvoisin sehe ich es als meine Pflicht an . . .«

Mit unstetem Blick und Ringen unter den Augen leierte Poineau, so gut er konnte, seine Glückwünsche herunter.

Zu Hause wurde das Paar von Madame Rinquet empfangen, zusammen mit Marthe, einem kleinen Dienstmädchen, das sie für die junge Familie eingestellt hatte. Eine Frage brannte Gilles auf den Lippen:

»Und meine Tante?«

Sie verstand seinen Blick. Er hatte den Eindruck, daß sie ihm in ihrer stummen Sprache antwortete:

›Sie ist oben. Es geht ihr nicht besser.‹

Sie gingen in die erste Etage hinauf, die Gilles in den letzten Tagen so gut es ging hatte herrichten lassen. Die Zimmer waren geputzt und gelüftet worden. Den linken Flügel des Hauses hatte man in eine altmodische, aber gemütliche Wohnung umgeändert.

Das Wohnzimmer stand voller Blumen. Es waren Körbe und Sträuße, und Alice ging von einem zum andern, um die Namen auf den Karten zu lesen: Raoul Babin, Edgar Plantel, Penoux-Rataud, Comte de Viève, Maître Hervineau . . . Und noch viele andere, alle Lieferanten, alle Kunden der Firma Mauvoisin.

»Ich frage mich, wo wir die alle hintun!« murmelte Alice. »Das ist ja für ein paar tausend Francs. Leider werden sie in zwei, drei Tagen alle verwelkt sein.«

Wenn er auf sich gehört hätte, so hätte er sich gar nicht erst in der ersten Etage aufgehalten, sondern wäre sofort in den zweiten Stock hinaufgestürzt, um Colette zu sehen.

Sie war diskreterweise nicht heruntergekommen. Am Tag zuvor hatten sie sich über diese Frage fast gestritten. Da sie nun mal im gleichen Haus wohnten, hätte Gilles es gern gesehen, wenn das Leben so weitergegangen wäre wie bisher.

»Aber nein, Gilles! Eine junge Frau ist gern allein mit ihrem Mann, und wenn ich als dritte bei allen Mahlzeiten dabei bin . . .«

Er war hartnäckig geblieben. Das einzige, was sie erreicht hatte, war, daß sie an diesem Abend nicht mit ihnen zu Abend aß.

»Glauben Sie mir, sie wäre Ihnen böse und würde mich hassen, wenn ich ihr dieses erste Abendessen unter vier Augen stehlen würde.«

»Entschuldigst du mich für eine Sekunde, Alice? Ich muß . . .« Er schaute zur Decke. Sie verstand.

»Meinst du nicht, daß es besser wäre, wenn ich mit dir ginge?« Was sollte er darauf antworten? Daß er darauf brannte, einen Augenblick allein mit seiner Tante zu sein? Er gestand es sich nicht einmal ein.

»Warte eine Sekunde, bis ich gekämmt bin. Ich bin ihr in der Stadt so oft begegnet, aber ich bin ihr nie vorgestellt worden.«

»Gut, mein Liebling.«

»Ist es dir unangenehm?«

»Nein . . . Wieso?«

Er machte sich Vorwürfe. Er hätte eigentlich nur an seine Frau denken dürfen.

Sie gingen hinauf. Auf dem Treppenabsatz im zweiten Stock fragte sich Gilles, ob er Alice mit in das Zimmer seiner Tante nehmen oder ob er die Tante bitten sollte, zu ihnen ins Eßzimmer zu kommen.

»Wo ist es?«

Er brauchte keinen Entschluß zu fassen. Man hörte kleine Schritte. Es war Colette, die das Halbdunkel im Flur nutzte, um sich ein letztes Mal mit einer flüchtigen Handbewegung über die Augen zu fahren. Tapfer trat sie mit ausgestreckter Hand heran:

»Guten Tag, Madame. Darf ich Sie umarmen?«

Dann wandte sie sich an Gilles, doch sie blieb unbeweglich, und es war Gilles, der sie in seine Arme nahm und der zum ersten Mal ihre beiden Wangen mit seinen Lippen berührte.

Er spürte, wie sie von Kopf bis Fuß zitterte.

»Meine herzlichsten Glückwünsche . . .« stammelte sie. »Gilles, ich wünsche Ihnen von ganzem Herzen . . .«

Er wandte den Kopf ab. Eine plötzliche Hitze war ihm ins Gesicht geschossen. Er hatte den Eindruck, daß er sehr rot geworden war, während er in Wirklichkeit ganz blaß war.

»Kümmern Sie sich heute abend bitte nicht um mich, ja? Ich danke Ihnen beiden, daß Sie heraufgekommen sind. Ich wäre heruntergekommen, aber ich wollte Sie nicht stören und . . .«

Sie entfernte sich so schnell in Richtung Eßzimmer, daß Gilles begriff, daß sie keine Gewalt mehr über ihre Nerven hatte.

»Was hat sie denn?« fragte Alice, als sie wieder hinunter in ihre Wohnung gingen.

Und als sie schließlich unter den Blumen die ihrer ehemaligen Arbeitskolleginnen vom *Publex* entdeckte, rief sie:

»Menschenskind! In große Unkosten haben die sich auch nicht gestürzt . . .«

## 4

Das Telefon stand auf einem Nachttisch auf Gilles Seite. Noch ganz schlaftrunken, ließ Alice es mit geschlossenen Augen lange läuten, ehe sie sich der Art des Geräusches bewußt wurde, dann dachte sie daran, daß sie verheiratet war, daß Gilles da war, daß er den Hörer abnehmen und antworten würde, und schließlich setzte sie sich plötzlich auf und rieb sich die Augen.

Sie hatte gerade mitgekriegt, daß niemand mehr neben ihr lag, daß das Bett kalt war und daß das Telefon weiterläutete. In Richtung zur Badezimmertür rief sie:

»Gilles . . . Bist du da?«

Stehend, mit bloßen Füßen, eine Brust vom Pyjama entblößt, nahm sie den Hörer ab, und bevor sie ihn ans Ohr brachte, hörte sie eine klangvolle Stimme, die, in der Hörmuschel dröhnend, im ganzen Raum zu vernehmen sein mußte.

»Bin ich mit Monsieur Gilles Mauvoisin verbunden?«

»Ja, Madame.«

»Dann geben Sie mir bitte Monsieur Gilles.«

»Wer ist am Apparat?«

Ganz La Rochelle kannte die Trompetenwirkung von Gérardine Elois Stimme am Telefon. Man konnte den Hörer hinlegen, im Zimmer auf und ab gehen und sie immer noch hören.

»Spreche ich mit seiner Frau? . . . Wollen Sie ihn bitte rufen? Ich möchte mit ihm persönlich reden . . . Wie? . . . Sie wissen nicht, wo er ist? . . .«

In diesem Augenblick trat Gilles, von der großen Treppe kommend, ins Zimmer, und er schien verlegen zu sein, daß er Alice schon wach fand.

»Es ist deine Tante.«

»Hallo, Tante . . . Ja, ich bin's . . . Wie? . . . Ich soll unbedingt am frühen Nachmittag bei Ihnen vorbeikommen? . . . Ja . . . Gut . . . Wenn es unbedingt sein muß . . . Können Sie es mir nicht am Telefon sagen?«

Auf dem Bettrand sitzend fragte Alice, die gar nicht daran dachte, ihre Brust zu bedecken, weil sie sie gern zeigte, als erstes:

»Wo warst du denn?«

»Ich war einen Augenblick hinaufgegangen . . . Ich konnte nicht mehr schlafen . . . Um dich nicht zu wecken, bin ich in mein Büro gegangen.«

Er log. Er schlief schon seit Stunden nicht mehr und lag mit offenen Augen im dunklen Zimmer. Und als der Tag endlich mit feinen, weißen Strahlen durch die Jalousien drang, war er geräuschlos aufgestanden.

Er mußte nach oben gehen, mit Colette sprechen. Er hatte sie im Eßzimmer nicht angetroffen, und Madame Rinquet hatte einigermaßen erstaunt gefragt:

»Schon auf, Gilles. Es ist kaum halb neun . . . Brauchen Sie etwas?«

Nein. Er brauchte nichts. Er ging im Eßzimmer hin und her, betrat die Küche, goß sich eine Tasse Kaffee ein. Er trug seinen Pyjama und einen Morgenrock. Durchs Fenster sah er nach dem Fenster am Ende des rechten Flügels und war erstaunt, es geöffnet zu finden. Dann entdeckte er auf einem Tablett die Reste eines Frühstücks. Erst jetzt wagte er zu fragen:

»Ist meine Tante schon auf?«

»Madame ist schon vor einer halben Stunde ausgegangen.«

Es regnete an diesem Morgen. Die Straßen waren glatt und meergrün, der Tag trüb.

»Ich glaube, daß ich unten das Telefon höre . . .«

Er hatte es ebenfalls gehört, doch er hatte nicht darauf geachtet. Es war ihm noch nicht ganz klar, daß »zu Hause« das erste Stockwerk war. Er ging hinunter und fand Alice am Apparat.

Und diese nackte Brust, die sie so natürlich zeigte, störte ihn. Es störte ihn auch, daß sie das Dienstmädchen rief, das so in die Intimität des unaufgeräumten Schlafzimmers drang.

»Das Frühstück, Marthe. Du hast doch noch nichts gegessen, Gilles? Dann auch das Frühstück für Monsieur.«

Sie streckte sich. Sie war zufrieden. Sie ging die Jalousien öffnen und rief:

»Sieh da! Es regnet . . .«

Dann, von einem Gedanken zum andern springend:

»Hast du deine Tante gesehen?«

»Sie ist ausgegangen.«

»Meinst du nicht auch, daß es nicht immer lustig sein wird, wenn sie ihre Mahlzeiten mit uns einnimmt?«

Er hätte gern die Tür zum Badezimmer abgeschlossen, um seine Toilette zu machen, aber er wagte es nicht. Und Alice schaute ihn an. Sie sagte:

»Sieh an! Du hast ja einen Schönheitsfleck auf dem linken Schulterblatt. Ich habe hier einen, auf dem Schenkel, aber er ist kleiner. Schau her . . .«

Sie war ganz einfach Frau geworden. Das amüsierte ihn.

»Was werden wir heute morgen tun?«

»Ich muß zuerst einen Augenblick hinunter ins Büro . . .«

»Man könnte meinen, daß du dir Sorgen machst. Denkst du immer noch an diese Geschichte mit dem Doktor?«

Ja . . . Ja und nein . . . Es war viel komplexer und vor allem war es eine unbestimmte Angst . . . Vielleicht hatte er zuviel nachgedacht während der Zeit, wo er nicht schlafen konnte? . . . Vielleicht war es falsch gewesen, daß er sich manche Fragen allzu schonungslos stellte? . . .

»Bin ich glücklich?«

Und vor allem:

»Liebe ich sie?«

Jetzt wußte er es nicht mehr. Schon als kleiner Junge hatte er die Liebespaare mit Augen voller Neid angesehen, vor allem gewisse Liebespaare, bei denen man spürt, daß sie mit sich selbst beschäftigt sind und daß der Rest der Welt für sie nicht mehr existiert.

Das erste, was er gesehen hatte, als er in La Rochelle an Land ging, war ein engumschlungenes Liebespaar, und eine Hitzewelle war ihm ins Gesicht gestiegen, er hatte den heftigen Wunsch verspürt, einen Menschen an sich zu drücken, der sich voller Vertrauen hingeben würde.

Der tägliche Anblick seiner Tante, die nur ihrer großen Liebe lebte, hatte in ihm das wachgehalten, was dann zu einem Bedürfnis geworden war.

Alice stieg in die Wanne und murmelte:

»Du schaust mich nicht einmal an . . .«

Er wurde nett und freundlich, fast ganz natürlich. Aber wenn er sie jetzt nicht mehr lieben würde? Wenn er nicht glücklich wäre und sie nicht glücklich machen würde? Sie ahnte nichts. Sie dachte nicht nach. Nachdem sie von einem Tag zum andern Frau geworden war, spielte sie die Frau so wie sie das junge Mädchen gespielt hatte und wie sie früher mit ihren Puppen gespielt hatte.

»Ich komme gleich wieder, ja?«

Warum hatte er sich gestern den ganzen Tag lang dabei ertappt, an seine Tante zu denken, und zwar unaufhörlich, sogar in der Kirche, sogar in dem Augenblick, als er auf die rituellen Fragen des Priesters antwortete.

Er schritt durch den Hof, betrat mit eingezogenen Schultern, wegen des Regens, die immer eisige Halle, wo die Frachtstücke nebeneinander standen und wo man einen Bus reparierte, der am Tag zuvor einen Unfall gehabt hatte.

Esprit Lepart hatte bescheiden seine Ärmelschützer aus Lüster übergestreift und seinen Platz in dem Glaskasten wieder eingenommen, wo er seinen Chef genauso respektvoll begrüßte wie an den anderen Tagen.

»Sagen Sie mal, Monsieur Poineau . . .«

Als dieser ihn ansah, wurde Gilles klar, daß etwas nicht stimmte, doch er tat so, als merke er es nicht.

»Von heute an gehört mein Schwiegervater nicht mehr zum eigentlichen Büropersonal, sondern wird den ganzen Tag über bei mir oben arbeiten. Treffen Sie also bitte Ihre entsprechenden Anordnungen und . . .«

»Ich muß mit Ihnen reden, Monsieur Gilles.«

»Ich höre.«

Der Werkmeister blickte umher, um sich zu vergewissern, daß man sie nicht hören konnte. Ein Motor, den man gerade angelassen hatte, überdeckte zum Teil seine Stimme.

»Also . . . Ich sehe mich gezwungen, Sie zu verlassen.«

»Wieso denn das? Sie wollen die Firma Mauvoisin verlassen?«

»Ich bitte Sie um Entschuldigung, aber es fällt mir schwer, anders zu handeln.«

»Darf ich den Grund wissen?«

»Ich wäre ja lieber geblieben, Monsieur Gilles . . . Seit einigen Tagen geschehen hier Dinge, die nicht ganz klar sind. Erst gestern ist wieder ein Polizeiinspektor zu mir gekommen und hat mir einen Haufen Fragen gestellt. Andere Polizisten warten nach Feierabend auf die Fahrer und die Angestellten.«

Gilles hatte jetzt begriffen, aber er wollte mehr wissen.

»Ich habe zur Zeit Ihres Onkels hier angefangen, und ich kann sagen, daß ich immer sein Vertrauensmann gewesen bin. Ich bin in einer heiklen Lage. Bei all dem, was man über seinen Tod erzählt . . .«

»Und was werden Sie tun, Monsieur Poineau?« fragte Gilles und trug ein gleichgültiges Gesicht zur Schau.

»Ich weiß noch nicht . . .«

Er spürte, daß sein Gesprächspartner log und bohrte weiter.

»Sind Sie da ganz sicher? . . . Ich habe nicht vergessen, daß Sie eine kinderreiche Familie haben und daß häufige Krankheiten Ihnen nicht erlaubt haben, Ersparnisse zu machen . . .«

»Ich denke doch, daß ich Arbeit finden werde . . .«

»Und Sie haben schon welche gefunden, nicht wahr?«

»Das heißt, man hat mir da was angeboten . . .«

»Wer?«

Sie standen immer noch in der schlecht erleuchteten Halle, und der Werkmeister drehte sich zur Tür um und stammelte:

»Monsieur Babin. Ich wußte schon seit langem, daß er mich gern nehmen würde, um seine Transporte zu leiten.«

»Wann haben Sie ihn das letzte Mal gesehen?«

Angesichts dieser klaren, präzisen Fragen konnte Poineau nicht lügen.

»Gestern.«

»Sie haben also Ihren Arbeitsplatz verlassen?«

»Kaum eine Viertelstunde.«

»Hatte er Sie angerufen?«

»Er hat mich nur gebeten, in der Bar Lorrain vorbeizukommen. Ich bin hingegangen. Er hat mir zu verstehen gegeben . . .«

»Sind Sie der einzige, der die Firma Mauvoisin verläßt?«

Diesmal war Poineaus Verlegenheit nicht mehr zu überbieten.

»Ich glaube, daß zwei oder drei Autoschlosser, und zwar von denen, die am längsten hier arbeiten, zur gleichen Zeit bei Monsieur Babin anfangen werden wie ich. Sehen Sie, unter den gegebenen Umständen wollen alle, die jahrelang bei Monsieur Octave gearbeitet haben . . .«

Darauf sagte Gilles nur einfach:

»Sehr gut, Monsieur Poineau. Ich werde meinem Schwiegervater Bescheid sagen.«

»Der ahnt wahrscheinlich schon was.«

»Bis heute abend werden Ihre Papiere fertig sein.« Esprit Lepart hatte der Unterhaltung von weitem, durch die Glasscheiben hindurch, beigewohnt. Als Gilles die Kabine betrat, stand er verlegen auf.

»Was werden Sie tun, Monsieur Gilles?«

»Sie sind doch in der Lage, den Busverkehr und den Güterverkehr eine Zeitlang zu leiten, nicht wahr?«

»Ich werde mein Mögliches tun . . . Am meisten fehlt mir wohl Autorität . . . Aber wenn es nur vorübergehend ist . . .«

»Machen Sie die Abrechnung fertig für die, die gehen wollen. Ich versuche niemanden zurückzuhalten. Sagen Sie mal . . . Haben *sie* zu Ihnen nichts gesagt?«

Lepart begriff, daß es sich nicht um Poineau und die Autoschlosser handelte, und er nickte mit dem Kopf.

»Babin?«

»Nein. Wissen Sie, meine Frau näht für einige Leute in der Stadt Wäsche. Madame Plantel hat ihr zu verstehen gegeben . . .«

»Wann?«

»Vor einer Woche!«

So hatte man bereits vor der Hochzeit versucht, Esprit Lepart, der niemand etwas davon erzählt hatte, zu beeinflussen!

Gilles hielt ihm die Hand hin und drückte sie fester als gewöhnlich.

»Danke.«

Er blieb gut zehn Minuten auf der Schwelle der ehemaligen Kirche stehen, sah zu, wie der Regen fiel und fragte sich, wo seine Tante wohl so früh hingegangen sein mochte.

Endlich ging er mit einem Seufzer wieder in seine Wohnung hinauf. Alice, immer noch im Bademantel, die Füße in hübschen Pantoffeln, saß auf einer Kante des Küchentischs. Am gleichen Tisch putzte das Dienstmädchen das Gemüse. Beide lachten. Was mochte Alice wohl gerade dem Dienstboten erzählen?

»Bist du es, Gilles? Ich habe . . . Ich habe gerade Anweisungen für das Mittagessen gegeben.«

Als er um halb drei im Laden seiner Tante ankam, war er überrascht, daß er sie nicht in dem Büro vorfand, wo sie den ganzen Tag zubrachte. Dafür war Bob da, der sich nur selten um die Geschäfte kümmerte, und unterhielt sich mit einem Mann, der eine Seemannsmütze trug.

»Ist meine Tante da?«

»Sie wartet oben . . .«

Er stieg die Wendeltreppe hinauf, die im Hintergrund des Ladens nach oben führte. Als er im Stockwerk ankam, ging eine Tür auf. Da es sehr dunkel war, fragte eine Stimme:

»Bist du es, Gilles? Komm herein.«

Er betrat das Wohnzimmer und wunderte sich kaum darüber, Monsieur Plantel in einem Sessel sitzend anzutreffen. Der Reeder, wie immer geschniegelt und gebügelt, stand nicht auf und hielt ihm nachlässig eine Hand hin.

»Setzen Sie sich, mein Freund.«

Es entstand eine Stille, dann murmelte Gérardine:

»Gib mir deinen Mantel, Gilles. Er ist klatschnaß.

Die Tante und Plantel wechselten einen Blick. Plantel steckte das Ende seiner Zigarre in eine Zigarrenspitze aus Bernstein, stäubte etwas weiße Asche von seinem Revers und begann, nachdem er die Beine übereinandergeschlagen hatte:

»Ich muß Ihnen zu meinem Bedauern mitteilen, daß die Staatsanwaltschaft heute morgen die Exhumierung Ihres Onkels Mauvoisin angeordnet hat . . .«

Gilles sah ihm ins Gesicht. Wegen des Regenwetters war das Zimmer schlecht beleuchtet, und man hörte die Wassertropfen auf ein Vordach aus Zink trommeln.

»Glauben Sie, daß man ihn vergiftet hat, Monsieur Plantel?«

Diese schlichte Frage brachte den Reeder für einen Augenblick aus der Fassung.

»Darüber steht mir keine Meinung zu. Mauvoisin hat uns, Ihrer Tante und mir, als er starb, eine gewisse Rolle anvertraut. Bisher ist es uns wegen Ihres offensichtlich schlechten Willens schwergefallen, unseren Auftrag zu erfüllen . . .«

»Du mußt zugeben, Gilles«, schaltete sich Gérardine ein, »daß du nichts getan hast, um . . .«

Mit einer Handbewegung gebot ihr Plantel zu schweigen.

»Mein Freund Mauvoisin wußte sicherlich was er tat, als er testamentarisch seine Anordnungen traf. Nach der Vergiftung von Madame Sauvaget hat sich die öffentliche Meinung geregt. Neue Anklagen sind vorgebracht worden. Man hat sich die Frage gestellt, ob der Mann, der kaltblütig seine Frau umgebracht hat, nicht auch fähig gewesen ist, auf die gleiche Weise den Mann seiner Geliebten beiseite zu schaffen. Nichts wird von nun an den Skandal aufhalten können . . .«

»Als die Wahrheit!« sagte Gilles.

Und Plantel zuckte leicht mit den Schultern.

»Es gibt keine Wahrheit, sondern so viele Wahrheiten, wie man erfinden will. Sie haben darauf bestanden, sich zu verheiraten, und wir haben Sie gewähren lassen müssen. Sie haben sich mit Ihrer Tante in der Öffentlichkeit zeigen wollen, und Sie sehen jetzt, was dabei herausgekommen ist. Gestern sind die ältesten Mitglieder Ihres Personals zu meinem Freund Babin gekommen und haben ihm ihren Entschluß mitgeteilt, nicht mehr länger bei Ihnen arbeiten zu wollen.«

»Babin hatte sie zuvor angerufen.«

Plantel tat, als höre er nicht.

»Sie sind jung. Sie kennen nichts vom Leben und noch weniger von den Geschäften. Sie sind in Ihrer Sorglosigkeit sogar so weit gegangen, daß Sie nach dem Tod von Madame Sauvaget ihren Mann aufgesucht haben, während Ihre Tante in einem Lokal in der Nähe auf Sie wartete. Alles das ist bekannt, junger Mann. Alles das flüstert man sich zu, erzählt man sich, wird morgen vielleicht veröffentlicht. Gott weiß, wieviel die bösen Zungen noch reden werden, wenn sie erst einmal dem, was man schon die Affäre Mauvoisin nennt, auf die Spur gekommen sind. Ihr Verhalten hat bereits anonyme Anzeigen ausgelöst, und jetzt ist die Exhumierung Ihres Onkels angeordnet worden. Ihre Tante Eloi und ich haben beschlossen . . .«

Er stand auf und ging zum Kamin, wo er die Asche seiner Zigarre abstreifte.

». . . wir haben beschlossen, sagte ich, daß alles getan werden muß, um zu vermeiden, daß der Skandal noch größere Ausmaße annimmt. Wir sind uns alle mehr oder weniger einig. Ihre Heirat, nachdem nun einmal eine Heirat stattgefunden hat, bringt die Dinge einigermaßen ins Lot. Es ist in der Tat üblich, daß die Jungvermählten eine Hochzeitsreise an die Côte d'Azur oder nach Italien machen. Sie werden so lange wegbleiben, wie nötig, und wenn Sie zurückkommen, wird, so hoffe ich, von dieser Frau und ihrem Liebhaber nicht mehr gesprochen werden.«

Gérardine las die Antwort ihres Neffen auf seinen Lippen ab und ergriff schnell das Wort:

»Antworte nicht zu schnell, Gilles. Es ist ernster als du glaubst. Nimm dir Zeit zum Nachdenken . . .«

»Ich habe alles bedacht. Ich bleibe.«

Plantel sah seine Freundin an und sein Blick bedeutete: ›Habe ich es Ihnen nicht gesagt?‹

Dann, wie jemand, der seine Worte abwägt:

»Hören Sie mir gut zu, junger Mann. Ich bin es nicht gewohnt zu drohen. Ich war in jeder Hinsicht bereit, Ihnen im Leben zu helfen, in Erinnerung an meinen alten Freund Mauvoisin. Von den ersten Tagen an haben Sie sich eher wie ein Feind verhalten. Ich weiß nicht, ob es dieser plötzliche Reichtum ist, auf den Sie ja nicht gefaßt sein konnten, der Ihnen den Kopf verdreht hat. Sicher ist jedenfalls, daß Sie weder Ratschläge noch Meinungen hören wollten, und daß Sie darauf bestanden haben, so zu leben, wie es Ihnen paßt.«

Gilles war aufgestanden und hatte seinen Mantel genommen, der über der Lehne eines Sessels hing.

»Ich will hier nicht sentimental werden. Sie werden eines Tages verstehen, wie ungerecht, um nicht zu sagen schändlich, Ihr Verhalten gewesen ist. Und jetzt erkläre ich Ihnen folgendes: wir sind einige Leute, die das Andenken unseres Freundes Mauvoisin verteidigen, und sei es auch gegen seinen Erben. Wir haben Ihnen unsere Hilfe angeboten. Wir bieten sie Ihnen immer noch an. Sie lehnen ab: gut! Das bedeutet also Krieg . . .«

»Gilles!« rief Gérardine noch. »Hör auf das, was Plantel dir sagt, und verrenne dich nicht in eine Haltung, die . . .«

»Lassen Sie, liebe Freundin. In einigen Tagen wird er es sein, der uns anflehen wird.«

Gilles hatte seinen Mantel angezogen, seinen Hut genommen. Mit dem üblichen Zucken seiner Lippen fragte er gereizt:

»Ist das alles, was Sie mir zu sagen haben?«

»Das ist alles.«

Und als er kehrtmachte, um zur Tür zu gehen, konnte Monsieur Plantel dem Wunsch nicht widerstehen, ihm nachzurufen:

»Sie sind ein Kindskopf, Monsieur Mauvoisin!«

# 5

In dem Augenblick, in dem Gilles den Schlüssel ins Schloß steckte, erhob sich der Wind, die Flut schlug zurück, die Schiffe im Außenhafen drehten sich langsam um ihre Ankerketten, und eine Regenbö traf Gilles, die ihn von Kopf bis Fuß durchnäßte.

Er runzelte die Stirn, denn diese Wasserohrfeige, der fade Geschmack auf den Lippen und ein dünner Wasserstrahl, der ihm in den Nacken lief, riefen eine Erinnerung in ihm wach. Aber welche Erinnerung? Es war im Norden oder in Mitteleuropa . . .

Während er immer noch überlegte, schloß er sorgfältig die Tür, wischte sich die Füße ab und betrat das Treppenhaus, das immer etwas schimmlig roch. Kurz bevor er im ersten Stock angelangt war, hörte er Alices Stimme, und er blieb automatisch stehen, ohne daran zu denken, daß er vielleicht eine Indiskretion beging.

». . . Ja . . . ja . . . Wie? . . . Nein, es ist eher lustig . . . Was sagst du, Kleines? . . . Das habe ich nie versprochen . . . Das wirst du ja selber sehen . . . Gilles? . . . Eine Seele von Ehemann . . . Ja . . . Stell dir vor, ich laufe jetzt immer noch im Morgenrock herum . . . Wie? . . . Richtig, gib ihnen einen Kuß von mir . . . Ob ich am Sonntag mit euch ins Kino gehe? . . . Das ganz bestimmt nicht! . . . Vielen Dank! . . .«

Gilles hatte wohl Lärm gemacht und sie hörte ihn.

»Auf Wiedersehen, Kindchen . . . Ich glaube, da kommt er . . .«

Der Hörer wurde aufgelegt. Die Wohnzimmertür war halb offen geblieben, und Alice lief ihrem Mann entgegen, warf ihm die Arme um den Hals.

»Meine Freundinnen haben mich angerufen«, erklärte sie ihm mit einem ganz kleinen Anflug von Verlegenheit.

Und er deutete ihre Worte so, daß sie ihre Freundinnen von der Firma *Publex* angerufen hatte.

»Hoffentlich keine schlechten Nachrichten?«

»Nicht allzu schlecht, nein.«

»Du bist ganz naß. Zieh schnell deinen Mantel aus. Marthe! Bringen Sie die Schokolade und den Kuchen.«

Sie hatte beides auf einem kleinen Tischchen anrichten lassen. Er bemerkte auch, daß sie mehrere Gegenstände umgestellt hatte und daß auf dem Tisch orientalische Zigaretten lagen, die dort noch nicht lagen, als er weggegangen war. Sicherlich hatte sie sie von dem Dienstmädchen kaufen lassen?

»Macht es dir was aus, wenn ich rauche?«

»Aber nein, mein Liebling . . .«

»Selbst wenn es dich viel Geld kostet? . . . Weißt du, ein Päckchen kostet zweiundzwanzig Francs fünfzig . . .«

Und während er ihr zusah, wie sie die Dame spielte, hatte er Gewissensbisse. Er war gegen sich aufgebracht, daß er ihr nicht mehr Freude, mehr Zärtlichkeit entgegenbrachte und machte sich Vorwürfe sogar wegen seiner geheimen Besorgnisse.

»Ich habe weder die Lampen anzünden noch die Läden schließen lassen. Ich mag es, wenn es regnet und man zu Hause im Warmen ist. Und du?«

Sie kuschelte sich auf ein Sofa, und er folgte ihr. Es war übrigens die Stunde, zu der sie sich mehr als drei Monate lang jeden Tag im Park getroffen hatten.

»Kannst du dir vorstellen, Gilles, wie lustig das bei diesem Wetter wäre? Bist du wenigstens froh?«

»Ich bin froh.«

Und er blieb an sie geschmiegt. Er spürte ihr warmes Fleisch an seiner Wange. Sie hatte sich parfümiert, und er wagte es noch nicht, ihr zu gestehen, daß er Parfüms nicht mochte.

Marthe goß in einer weißen Schürze die Schokolade ein und schob den Teewagen heran.

»Warte. Ich werde noch das Lämpchen anzünden, das auf dem Klavier steht. Mit dem rosa Lampenschirm wird es dann noch intimer werden.«

Sie erhob sich mit der Lebhaftigkeit eines jungen Tieres. In jeder ihrer Bewegungen entdeckte sie ihren jungen, ungeduldigen Körper.

»Viel Schokolade? Ein Stück Sahnetorte oder ein Stück trokkenen Kuchen?«

Und als sie wieder in seinen Armen lag und ihre Haare seine Wangen kitzelten, ließ er seinen Blick durchs Wohnzimmer schweifen. Die Möbel waren alt und glänzend, die Farben des Teppichs und der Stofftapeten waren verblichen. Er erinnerte sich an ganz ähnliche Wohnzimmer, die er manchmal im Winter in den Städten flüchtig gesehen hatte, zu der Stunde, wo die Fensterläden noch nicht geschlossen sind. Er warf einen flüchtigen Blick hinein und kehrte in sein Hotelzimmer zurück oder in die zugigen Kulissen irgendeines Varietés.

»Du sagst ja gar nichts«, bemerkte sie.

»Ich fühle mich wohl . . .«

Es stimmte. Er dachte wieder. Er dachte immer. Schon als er ganz klein war – er war ein blasser, magerer Junge, der jedoch nie krank gewesen war – sagte man von ihm:

›Er denkt zuviel . . .‹

Das war nicht seine Schuld. Mit wem hätte er wohl spielen sollen? Wenn seine Eltern einmal zufällig mehrere Monate in einer Stadt blieben und man ihn zur Schule schickte, verstand er meistens die Sprache seiner Schulkameraden nicht. Er war anders angezogen als sie. Er hatte andere Lebensgewohnheiten. Er war der Fremde.

Dann brach man wieder auf, und alles begann anderswo von neuem. Er kam immer nur mit Erwachsenen zusammen. Und es waren keine Erwachsenen wie die andern, die ein Haus haben, die eine Familie bilden, die nach bestimmten Regeln leben.

Man sprach über Verträge und Impresarios. Vor allem über Impresarios, jene Leute, die lügen und die Künstler betrügen, sie bestehlen und zu denen man auch noch liebenswürdig sein muß . . .

»Woran denkst du?«

»An dich . . .«

Es stimmte beinahe. Er dachte auch an Alice . . . Weil er immer arm gewesen war, weil er immer vom Geld hatte reden hören, hatte er geglaubt, ein armes Mädchen wäre gewissermaßen von derselben Art wie er.

Er hatte zum Beispiel gemeint, daß er sich abends in dem kleinen Haus in der Rue Jourdan sehr wohl fühlen würde, wie zu Hause. Er war am Tag zuvor dagewesen, und er hatte sich fremd gefühlt, ebenso fremd wie bei seiner Tante Eloi.

Vorhin hatte Alice Worte gesagt . . . *»Es ist eher lustig . . . Eine Seele von Ehemann . . .«*

Er gab sich Mühe, nicht darüber schockiert zu sein. Im Grunde hatte er unrecht. Sie war wie sie war. Und er hatte sie geheiratet.

»Wann hast du denn eine Geige gekauft? Du hattest doch noch keine, als du von dem norwegischen Frachter an Land gegangen bist, nicht wahr? Ich habe vorhin im Wandschrank eine gesehen.«

Nein! Es war nicht die Geige seines Vaters, die er zusammen mit anderen Gegenständen in Drontheim hatte verkaufen müssen, um das Begräbnis bezahlen zu können. Diese hier hatte er vor zwei Wochen gekauft, und er hatte erst ein einziges Mal darauf gespielt, oben in seinem Zimmer.

»Willst du mir nicht etwas vorspielen, Gilles?«

Er tat es, und im Halbdunkel betrachtete sie ihn mit einer ganz neuen Bewunderung.

»Spielst du auch Klavier?«

»Und Klarinette . . . Und sogar Saxophon . . .«

Er holte die Instrumente, die er sich gekauft hatte. Er spielte Zirkusmelodien, jene Melodien, die den Musikclowns lieb und teuer sind oder als Begleitmusik bei den Auftritten der Jongleure dienen. Als er noch klein war, hatte er mehrmals, wenn eine Lücke im Programm entstanden war, in einem Matrosenanzug mit großem, weißem Kragen auftreten dürfen.

Er konnte auch noch andere Dinge. Nicht solche, die man gewöhnlich den Kindern beibringt. So kannte er fast alle Taschenspielerkunststücke seines Vaters, und seine langen, blassen Hände kamen ihm dabei wunderbar zustatten.

»Schau her. Ich nehme diesen Löffel. Er ist in meiner Hand, nicht wahr? Bist du ganz sicher? Nein, eben nicht! Meine Hand ist leer, und der Löffel liegt hinter dir auf dem Sofa . . .« Er lachte. Er hatte ein wenig Röte auf den Wangen, wie die Kinder, die so von ihrem Spiel gefesselt sind, daß sie nichts mehr um sich herum wahrnehmen. Alice hatte ihn noch nie so gesehen.

»Noch eins . . .«

»Dazu bräuchte ich ein Kartenspiel.«

»In der Schublade im Eßzimmer ist eins.«

Während sie es holen ging, spielte er Klarinette, eine leidenschaftliche Melodie, die alle Clowns der Welt kennen. Er war glücklich, und doch hatte er Tränen in den Augen, Tränen, die jedoch keine Tränen der Trauer waren.

»Weiter!«

»Such dir eine Karte aus. Zeig sie nicht. Leg sie selber in das Päckchen zurück und misch dann. So, und jetzt wette ich, daß die Karte, die du ausgesucht hast, in deinem Pantoffel ist . . .«

In ihrer Begeisterung küßte sie ihn mit vollen Lippen ab, dann stopfte sie sich voller Kuchen und rief:

»Weiter! . . . Spiel mir jetzt was auf dem Klavier vor . . .«

Manchmal rüttelte ein heftiger Windstoß an den Fensterläden. Das Wasser im Hafenbecken war in einer wilden Brandung aufgewühlt und spritzte bis zu den Kais. Die Seite an Seite ankernden Schiffe stießen gegeneinander, und die Passanten machten den Rücken krumm, versuchten ihre Regenschirme gegen den Wind zu halten.

Zwei Stunden lang dachte Gilles weder an seinen Onkel Mauvoisin noch an seine Tante Colette. Hingegen dachte er an seinen Vater und an seine Mutter, an Zimmer, in denen sie gewohnt hatten, und plötzlich war die undeutliche Erinnerung wieder da, die ihm gekommen war, als er vorhin die Tür aufgeschlossen hatte.

Es war in einer kleinen holländischen Stadt mit ziegelgepflasterten Straßen gewesen, und die hintereinander vertäuten Schleppkähne waren fast ebenso hoch wie die Häuser. Es war dunkel. Seine Mutter hielt ihn an der Hand. Sie waren in eine Metzgerei gegangen, und so wie man ihm anderswo ein Bonbon gegeben hätte, hatte die Metzgersfrau dem Knaben ein kleines Stück rohen Speck hingehalten.

»Spiel mir wieder das Klarinettenstück vor, du weißt doch, welches ich meine . . .«

Er hatte gerade damit angefangen, als es schüchtern an die Tür klopfte. Er unterbrach jäh sein Spiel. Die Tür ging auf und Colette kam herein. Sie kam von draußen, von der Straße, ihre Trauerkleidung klebte ihr am Leib, ihre Schuhe und ihre Strümpfe waren mit Dreck bespritzt.

»Verzeihung . . .« murmelte sie. »Ich störe Sie, nicht wahr?«

»Aber nein.«

»Es ist halb acht und ich habe gedacht . . .«

»Mein Gott! Und ich bin immer noch nicht angezogen! Sie sind mir doch nicht böse, Madame? Ich weiß nicht einmal, ob das Abendessen fertig ist.«

Die Hausordnung war noch nicht endgültig. Bis dahin hatte man beschlossen, daß die Tante zu den Mahlzeiten mittags und abends herunterkäme. Gilles war jedenfalls nicht wohl bei dem Gedanken, daß sie dort oben ganz allein essen müsse, und nachmittags kam Madame Rinquet herunter, um dem neuen Dienstmädchen etwas zur Hand zu gehen.

»Legen Sie bitte ab, Tante.«

Sie schaute erstaunt auf die Musikinstrumente, die Spielkarten, die verstreut auf dem Tisch herumlagen, den Zylinder, den Gilles für die Taschenspielerkunststücke aufgesetzt hatte. Auf dem Teewagen standen noch leere Tassen und Kuchen. Die Sofakissen zeigten noch die Spuren der Körper.

»Wollen Sie wirklich, daß ich bleibe?«

In dem Blick, den sie Gilles zuwarf, spürte man, daß sie gern mit ihm gesprochen hätte, daß sie es aber nicht in Gegenwart von Alice zu tun wagte.

»Ich werde nachsehen, ob gedeckt ist . . .« rief Alice und stürzte sich in die Küche.

Darauf sagte er halblaut zu ihr:

»Sind Sie den ganzen Tag über weggewesen?«

Es war nicht nur eine Frage. In seiner Stimme war so etwas wie der Schatten eines Vorwurfs, weil sie schon früh am Morgen weggegangen war, ohne ihm etwas zu sagen, und weil sie so lange außer Haus geblieben war.

»Ich bin in Nieul gewesen«, erklärte sie, während sie ihren Mantel auszog und ihren Hut ablegte.

»Wir können zu Tisch gehen«, verkündete Alice, die zurückkam.

»Das Dienstmädchen wollte gerade melden, daß angerichtet ist.«

Es war die erste Mahlzeit, die sie alle drei zusammen einnahmen, da Colette zum Mittagessen nicht erschienen war. Das Eßzimmer war geräumiger als das im zweiten Stock, auch prächtiger ausgestattet. An den Wänden sah man Ahnenporträts, und zwar die des Comte de Viève, denn Octave Mauvoisin hatte die Villa in dem Zustand aufgekauft, in dem sie war, und dazu gehörten auch die Familienbilder.

»Bitte, Madame . . .«

»Sie hatten mir versprochen, Tante zu sagen.«

»Bitte, Tante . . .«

Alice gab sich Mühe, nett zu sein, und Gilles war ihr dafür dankbar.

»Bedienen Sie sich. Aber doch, ich will, daß Sie sich als erste nehmen . . . Man könnte meinen, daß sie trotz des schlechten Wetters über Äcker und Felder gelaufen sind.«

»Ich bin in Nieul-sur-Mer gewesen«, sagte sie noch einmal. Sie zögerte. Sie schien Gilles zu fragen, ob sie sprechen sollte.

»Die ganze letzte Nacht«, sagte sie schließlich, »habe ich immerfort an den Tresor gedacht . . .«

Und Gilles erklärte seiner Frau:

»Es handelt sich um den Tresor, der im ehemaligen Schlafzimmer meines Onkels ist. Ich habe zwar den Schlüssel dazu, doch wir kennen die Kombination nicht.«

»Was ist denn drin?«

»Das wissen wir auch nicht genau. Sicherlich wichtige Unterlagen und Dokumente. Wenn wir diese Dokumente hätten, wäre es vielleicht möglich, gewisse Personen dazu zu bewegen, ihr Verhalten zu ändern . . .«

»Aha!«

Die Sache interessierte sie nicht. Gilles gab seiner Tante ein Zeichen weiterzusprechen.

»Ich habe mich erinnert, daß Mauvoisin fast jede Woche mit dem Wagen aufs Land fuhr. Er nahm nie jemanden mit, höchstens Jean, seinen Fahrer, der jetzt einen Bus fährt. Ich bin schon ziemlich früh hinuntergegangen, um Jean auszufragen. Ich habe die größte Mühe gehabt, ihn zum Sprechen zu bringen . . .«

Octave Mauvoisin, der selten ausfuhr, hatte nur ein altes Familienauto, und da er sich selber nicht mehr ans Steuer setzte, mußte er Jean in Anspruch nehmen.

»Ich habe schließlich herausbekommen, daß Mauvoisin in Nieul eine seiner Kusinen besuchte, die in dem Haus wohnt, in dem er geboren wurde . . .«

Gilles betrachtete mit bewunderndem Erstaunen diese so zerbrechliche Frau, die eine solche Energie entwickelte, um ihren Geliebten zu retten.

Und obwohl sie fast sicher war, daß sie schlecht aufgenommen werden würde, war sie nach Nieul gefahren und . . .

»Warum haben Sie mir denn nichts gesagt, ich hätte Sie im Auto hingefahren.«

Das hätte er nicht sagen dürfen, denn Alice warf ihm einen ungehaltenen Blick zu.

»Es war nicht der geeignete Tag, Ihre Dienste in Anspruch zu nehmen. Ich habe den Autobus genommen. Die Kusine heißt nicht Mauvoisin, sondern Henriquet. Sie ist die Frau des Briefträgers.«

Alice drückte auf die elektrische Klingel, damit weiter aufgetragen wurde, und starrte gelangweilt auf die Tischdecke. Gilles dagegen war nach dem kurzen Zwischenspiel dieses Spätnachmittags wieder von dem Drama erfaßt, in das er sich seit seiner Ankunft in La Rochelle verwickelt sah.

Auch er hatte schon mehrmals nach Nieul fahren wollen, wo sein Vater herstammte. Noch am Tag zuvor waren sie auf dem Weg von und nach Esnandes durch das Dorf gefahren.

»Sie ist eine brave Frau«, fuhr Colette fort. »Sie hat mich sofort wiedererkannt. Trotzdem hat sie mich hereingebeten und mir ein Glas Pineau angeboten. Anscheinend hatte ihr Mauvoisin immer versprochen, ihren Kindern Geld zu hinterlassen. Sie hat sechs.«

Alice strengte sich an, ihre Ungeduld nicht merken zu lassen. Alle diese Mauvoisin-Geschichten langweilten sie. Doch Gilles war allzusehr mit seinen Gedanken beschäftigt, um etwas davon zu merken. Oft hatte er sich abends in das Schlafzimmer seines Onkels gesetzt, auf dessen Platz vor dem Schreibtisch. Dort hatte er sich stundenlang bemüht zu verstehen.

Niemand hatte ihm ein Bild Octave Mauvoisins, der die Fotografen verabscheute, zeigen können. Das einzige, was er gefunden hatte, war bei seiner Tante Eloi ein Gruppenbild der beiden Mauvoisins, Octave und Gérard, auf dem der Ältere etwa zehn Jahre alt war. Das Foto war verblaßt, die Gesichter unscharf. Gilles Vater war der größere von beiden, doch an dem massigen Gesicht und der untersetzten Gestalt erkannte man damals schon, daß Octave der willensstärkere war.

Wie mochte das Leben dieses Mannes in Wirklichkeit gewesen sein? Gilles' Eltern waren ihr ganzes Leben lang hinter ein wenig Geld, hinter der täglichen Nahrung hergelaufen, besessen von Problemen wie etwa Schuhen, die zu besohlen oder Kleidern, die zu kaufen waren.

Er, allein in seinem Haus am Quai des Ursulines . . .

Welchem Gefühl hatte er gehorcht, als er Colette heiratete? Welcher Art waren ihre Beziehungen gewesen? Hatte es je eine echte Vertrautheit zwischen ihnen gegeben?

Gilles wandte den Blick ab. Würde es diese Vertrautheit eines Tages zwischen ihm und Alice geben?

Seine Tante fuhr fort:

»Langweile ich Sie auch nicht, Alice?«

»Aber nein, Tante . . .«

»Mauvoisin kam tatsächlich jede Woche zu seiner Kusine Henriquet, und diese hatte sich oft gefragt warum. Sie bewohnt ein ziemlich verfallenes Haus auf dem Weg zum Meer. Die Leute im Dorf kannten das Auto, das am Weg hielt, wobei Jean am Steuer sitzen blieb und eine Zeitung las. Mauvoisin ging ins Haus und gab sich, wie es scheint, nie die Mühe, den Kindern einen Kuß zu geben. Man hätte meinen können, er sähe sie gar nicht. Nur wenn sie zuviel Krach machten, runzelte er die Stirn, und ihre Mutter jagte sie nach draußen. Er brachte keine Bonbons, keine Schokolade, kein Spielzeug mit, nicht einmal um Weihnachten herum . . .«

Gilles konnte sich die Szene lebhaft vorstellen. Er vergaß darüber das Essen, und zum ersten Mal zeigte Alice das resignierte Lächeln einer Ehefrau.

»Er sagte, wenn er hereinkam: ›Wie gehts, Henriette?‹ Und er setzte sich vor den Kamin, in einen mit Bindfäden reparierten Korbsessel. Offensichtlich war es der ehemalige Sessel seines Vaters, der nicht durch einen anderen ersetzt werden durfte. Er steckte sich seine Pfeife oder eine Zigarre an. Seine Melone behielt er auf dem Kopf.

Wenn seine Kusine Anstalten machte, ihre Arbeit wegzulegen, befahl er ihr:

›Mach ruhig weiter . . .‹

Es war eine Gewohnheit geworden. Einige Male war niemand im Haus, als er gekommen war. Trotzdem fand ihn Madame Henriquet an seinem Platz, als sie zurückkam, denn er kannte das Fenster, das auf den Garten geht und schlecht schließt . . .

Er sprach fast nie. Manchmal stellte er ganz einfache Fragen: ›Wie viele Bohnen hast du dieses Jahr geerntet?‹

Oder er interessierte sich für die Kaninchen . . .

Ich habe mich gefragt, ob er denn nie von seinen Geschäften sprach, Gilles. Ein Mensch, der mit niemandem spricht, das gibt es ja kaum . . .«

Waren das nicht auch die gleichen Gedanken, die Gilles beschäftigten, wenn er sich in das Zimmer seines Onkels setzte? Auch er hatte das Gefühl, daß in diesem unmenschlichen Klotz einfach ein Sprung sein mußte.

Selbst seine Sucht nach Geld oder nach der Macht, die es verleiht, erklärten in seinen Augen nicht diese ungesellige Einsamkeit, dieses Fehlen jeglicher Entspannung, jeglicher Gelöstheit.

Jetzt kannte man also, dank Colettes Intuition, die Entspannungen und Zerstreuungen Mauvoisins. Er fuhr nach Nieul, in die Baracke, in der er zur Welt gekommen war und in der er seine Kindheit zugebracht hatte. Er setzte sich in den Sessel seines Vaters, und er sagte nichts, er tat nichts, er nahm ein oder zwei Stunden am Leben einer ärmlichen Familie teil.

Doch einmal hatte er gesagt, Henriette erinnerte sich noch daran, obgleich sie es nie so ganz begriffen hatte:

»Schade, daß deine Kinder nicht Mauvoisin heißen . . .«

Denn wahrscheinlich hätte er sie zu seinen Erben gemacht, anstatt sein gesamtes Hab und Gut einem Neffen zu hinterlassen, den er nie gesehen hatte . . .

»Und hier, Gilles, nichts Neues?«

»Nichts Wichtiges.«

»Die Exhumierung?«

»Ich glaube, sie wird stattfinden.«

Sie waren fertig mit dem Abendessen. Die Tante hatte sich erhoben.

»Ich bitte um Entschuldigung, daß ich Sie einfach so gestört habe. Glauben Sie mir, Gilles, es wäre besser, wenn ich meine Mahlzeiten oben einnehmen würde, wie früher. Ich bin so daran gewöhnt, allein zu sein!«

Doch Gilles schüttelte eigensinnig den Kopf.

»Sie hatten sich so gut amüsiert, als ich gekommen bin! Gut! Es ist Zeit, daß ich nach oben gehe. Guten Abend, Alice . . . Guten Abend, Gilles . . .«

Er wartete auf den Augenblick, in dem er ihre immer ein wenig fiebrige Hand in der seinen hatte. Als sie dann gegangen war, entstand eine Stille. Alice seufzte. Sie stand mitten im Eßzimmer und sah ihn an, und vielleicht fühlte sie undeutlich, daß er in Gedanken seiner Tante ins Treppenhaus folgte, daß er schon oben war, daß ihn seine Mauvoisin-Geschichten wieder hatten.

»Machst du mir noch ein wenig Musik?«

Er stürzte sich auf die Gelegenheit, setzte sich ans Klavier, ließ seine langen Finger über die Tasten irren, und bald ertönten im Wohnzimmer melancholische oder leidenschaftliche Klänge Chopins.

Diesmal wagte er nicht, vor seiner Frau aufzustehen, und da er schon früh wach wurde, lag er lange da und starrte die fahlen Schlitze der Fensterläden an, an denen immer noch der Wind rüttelte. Er hörte, daß es an der Haustür klingelte, daß Marthe öffnete, daß der Besucher jedoch direkt ins obere Stockwerk ging, wo er nur einige Augenblicke blieb.

Alice streckte im Halbschlaf endlich die Hand aus, stieß auf den Körper ihres Mannes und lächelte.

»Du bist ja da!« stammelte sie voller Dankbarkeit.

Dann wurde sie völlig wach.

»Mach Licht, Gilles. Es sieht so aus, als hätte das Unwetter immer noch nicht aufgehört. Was meinst du, sollen wir im Bett frühstücken? Ich habe immer davon geträumt, im Bett zu frühstücken, aber mein Vater war dagegen. Oder ich mußte wirklich krank sein. Würdest du bitte Marthe klingeln?«

Er brachte es nicht über sich, sie zu enttäuschen. Dennoch störte es ihn, daß ihn dieses Mädchen, das er nicht kannte, mit seiner Frau zusammen im Bett sah.

»Was tun wir heute? Weißt du, was ich gedacht habe, als ich einschlief? Wir nehmen den Wagen und fahren alle Geschäfte ab. Ich habe schon eine Liste aufgestellt mit Gegenständen, die fehlen.«

Er hörte Madame Rinquet über seinem Kopf hin- und hergehen.

»Wer hat denn vorhin geklingelt?«

»Der Briefträger, Monsieur, mit einem Einschreibebrief für Madame Mauvoisin.«

Sie merkte, daß es zu einer Verwechslung kommen könnte und setzte naiv hinzu:

»Für die Madame Mauvoisin von oben . . .«

Erst eine halbe Stunde später, als Alice bei ihrer Toilette war, konnte Gilles zu seiner Tante hinaufgehen. Sie hatte ihn schon erwartet. Sie hielt ihm den offiziellen Umschlag hin, den sie heute morgen bekommen hatte.

Der Untersuchungsrichter setzte sie davon in Kenntnis, daß die Exhumierung Octave Mauvoisins beschlossen worden sei, daß sie am darauffolgenden Tag um zehn Uhr auf dem Friedhof stattfinden würde, und ferner, daß sie berechtigt sei, daran teilzunehmen oder sich vertreten zu lassen.

## 6

Da es am Sonntagnachmittag immer noch regnete – man hatte gemeldet, daß das Unwetter erst bei Vollmond aufhören würde–, waren Gilles und Alice ins Kino gegangen. Die Mädchenschar, wie Alice ihre Freundinnen nannte, saß zwei Reihen vor ihnen, und junge Männer, die dahinter saßen, stützten sich mit den Ellbogen ungezwungen auf die vorderen Stuhllehnen.

Georges, der zur Gruppe gehörte, drehte sich oft nach dem Paar um. Er hatte Pomade im Haar, schwarze Augenbrauen, einen matten Teint und den dümmlich aggressiven Blick eines Schönlings. Wollte Alice wegen des endlosen Kusses am Hafenbecken der Fischkutter um Verzeihung bitten, weil sie ihre Hand in die ihres Mannes schob?

Colette war zu ihrer Mutter in die Rue de l'Evescot gegangen. Gilles hatte die Mutter seiner Tante ein einziges Mal gesehen, als sie im Milchladen ihre Milch kaufte. Es war eine riesige Frau mit verschwommenen Konturen, die mit schwebenden Bewegungen dahinging, die wassersüchtigen Beine waren von dicken Binden umwickelt. Das Gesicht war rund und fahl, die Haare vom gleichen Weiß, die Augen waren klar wie Kinderaugen, und ihre weichen Lippen waren zu einem seligen Lächeln erstarrt.

»Bist du mir immer noch böse?« fragte Alice.

»Wegen was?«

»Wegen Georges. Du weißt doch, es war nur, weil ich ihn Linette ausspannen wollte.«

Und die andern, vor ihnen, machten einen Riesenspektakel. Man hörte Lachen. Im Halbdunkel erriet man die Gesichter, die sich einander zuwandten, vernahm das Getuschel. Sie lachten über nichts. Sie drehten sich nach dem Paar um, und so entdeckte Gilles zu seiner Überraschung, was seine Frau einige Tage zuvor noch gewesen war.

»Liebst du mich?« hauchte sie, als sie einen langen, zärtlichen Druck seiner Hand spürte.

»Ich liebe dich . . .«

Als die Menge, sich gegenseitig schubsend, aus dem Kino strömte, gingen Gilles und Alice ins Café de la Paix, wo sie nur mit Mühe zwei Plätze fanden, denn es war die Zeit des Aperitifs. Alice war sehr aufgekratzt. Zum ersten Mal zeigte sie sich vor sovielen Leuten mit ihrem Mann, und sie spürte, daß man sie ansah, daß man Kommentare über sie abgab.

»Ich trinke ein Glas Portwein. Die Mädchen und ich, wir haben jeden Sonntag nach dem Kino ein Glas Portwein getrunken.«

Die Frauen trugen meist Mäntel mit Pelzbesatz. Die Männer im Sonntagsstaat fühlten sich selbstsicherer als an den anderen Tagen. Aber es war niemand von denen da, die Gilles kannte, keiner der wichtigen Persönlichkeiten der Stadt.

Die zeigten sich nicht im Café. Sie lebten in ihren Villen, und vielleicht gingen sie gar nicht ins Kino?

Die Leute, die man hier sah, waren kleine Geschäftsleute, Buchhalter, Verkäufer, Handlungsreisende, Versicherungsagenten, und mehrere Angestellte der Firma Mauvoisin erhoben sich halb von ihren Plätzen, verlegen, um ihren Chef zu grüßen.

Gegen sieben Uhr ging das Paar Arm in Arm, sich im Regen

eng aneinanderschmiegend, in das Haus am Quai des Ursulines zurück. Als sie an der Bar Lorrain vorbeigingen, bewegte sich der kremfarbene Vorhang. Dann, als Gilles und seine Frau noch einige Schritte zurückgelegt hatten, ging die Tür auf und eine Stimme rief:

»Monsieur Mauvoisin . . .«

Es war Raoul Babin, der auf der Schwelle stand, eine schwarze Zigarre zwischen den Zähnen. Er verbeugte sich vor der jungen Frau, die immer noch am Arm ihres Mannes hing.

»Entschuldigen Sie bitte, Madame . . .«

Dann wandte er sich an Gilles, und ohne ihn aufzufordern, hereinzukommen:

»Ich wollte Ihnen folgendes sagen. Es könnte sein, daß Sie mich heute abend sprechen müssen. In diesem Falle werden Sie mich bis Mitternacht bei Armandine finden. Erinnern Sie sich noch an die Adresse? 37, auf der Promenade . . .«

Und nach einem Gruß, den Gilles ironisch fand, ging er ins Lokal zurück, das ihm als Hauptquartier diente.

»Was hat er damit sagen wollen?«

»Ich weiß es nicht.«

Einige Augenblicke später steckte Gilles sorgenvoll, irgendwie beunruhigt, den Schlüssel in das Schloß am Quai des Ursulines. Alice prustete, und während sie die Treppe hinaufging, nahm sie ihren Hut ab, von dem sie die Wassertropfen abschüttelte.

Madame Rinquet erwartete sie auf dem Treppenabsatz der ersten Etage.

»Monsieur Gilles . . .«

Sie zögerte, vor der jungen Frau zu sprechen, die in Richtung Schlafzimmer weiterging, um sich ihrer nassen Kleider zu entledigen.

»Ich möchte Ihnen etwas sagen, bevor Madame Colette zurückkommt. Ich habe vorhin einen Brief von meinem Bruder bekommen. Wegen seiner Stellung bei der Polizei zieht er es vor, nicht mehr hierher zu kommen, weil ihm das Unannehmlichkeiten einbringen könnte. Er möchte Sie gern sehen. Er hat Ihnen wichtige Neuigkeiten mitzuteilen. Er fragt, ob Sie heute abend zu Ihren Schwiegereltern gehen wollen. Da er ebenfalls in der Rue Jourdan, zwei Häuser von ihnen entfernt, wohnt, wird es ihm ein leichtes sein, Sie dort zu treffen, ohne gesehen zu werden. Am Schluß schrieb er noch, daß er Monsieur Lepart Bescheid gesagt hat und daß der Sie erwartet. Ich meine, daß es besser ist, wenn Sie Madame Colette nichts davon sagen, sie ist so schon nervös genug.«

Colette kam um halb acht nach Hause, und man begab sich zu Tisch. Das Haus hatte allmählich seine Gewohnheiten. Um die junge Frau nicht mit ihren Angelegenheiten zu langweilen, richtete Colette das Wort an Alice und ließ sich den Film erzählen, den sie am Nachmittag gesehen hatte.

Und als seien sie schon ewig verheiratet, zog sich das Paar an und ging aus. Sie gingen durch die von Wind und Regen gepeitschte Stadt. Der Regen hatte wegen der hohen Brandung einen salzigen Nachgeschmack. Anstatt zu klingeln, klopfte Alice an den Briefkasten, wie sie es getan hatte, als sie noch ein kleines Mädchen war, und ihr Vater öffnete ihnen.

Vor dem Kleiderständer aus Bambus legten sie ihre Mäntel ab, und sogleich stürzte Alice in die Küche, deren Glastür man am Ende des Flurs sah, während Gilles ins Wohnzimmer geführt wurde.

Obgleich sie erst spät von diesem Besuch verständigt worden waren, hatten die Leparts doch ein Tablett mit Likören, goldgeränderten Gläsern und Gebäck bereitgestellt. Esprit war ganz schwarz gekleidet, wie jeden Sonntag, mit gestärkter Hemdbrust, und sein kahler Schädel leuchtete unter der Lampe, während seine dichten Brauen und sein dicker Schnurrbart vergeblich versuchten, ihm sein Aussehen eines bescheidenen, arbeitsamen braven Mannes zu nehmen.

»Monsieur Rinquet hat mich gebeten, an seiner Tür zu klopfen, sobald Sie da sind. Setzen Sie sich bitte. Und bedienen Sie sich, ja?«

Man hörte das Lachen Alices in der Küche, dann ging die

Haustür auf, die Lepart nur angelehnt hatte, und Paul Rinquet, der Polizeiinspektor, trat ohne Hut und Mantel ins Wohnzimmer.

Er war groß und schlaff, farblos. Er gehörte zum gleichen Menschenschlag wie Esprit Lepart, zu den kleinen Leuten, die ihre einzige, mit Bitterkeit versetzte Freude in der Pflichterfüllung finden, im Bewußtsein ihrer gewissenhaften Ehrlichkeit.

Dieses geheime Treffen machte ihn unsicher. Er schämte sich deswegen. Er versuchte, eine Entschuldigung dafür vorzubringen.

»Meine Schwester, wissen Sie, würde sich für Madame Colette umbringen lassen. Deshalb bin ich, trotz des Berufsgeheimnisses . . .«

Lepart wollte sich diskret zurückziehen und zu seiner Familie in die Küche gehen.

»Bleiben Sie, Papa«, sagte Gilles zu ihm. »Es gibt nichts, was Sie nicht wissen dürften. Nicht wahr, Monsieur Rinquet?«

Rinquet, der gern eine gewisse Feierlichkeit in sein Verhalten legte, deutete eine Handbewegung an, die bedeutete:

›Das zu beurteilen ist allein Ihre Sache . . .‹

Er wagte nicht, sich auf die kleinen, vergoldeten Stühle zu setzen.

»Darf ich Ihnen ein Glas Likör einschenken?«

Und Lepart füllte die winzigen Gläser, weil sich das so gehört, wenn man Besuch hat. Es dauerte einige Minuten, bis man Platz genommen hatte und die Atmosphäre etwas aufgelockert war.

»Also folgendes, Monsieur Mauvoisin. Sie wissen, daß die Autopsie der Leiche ihres Onkels von Doktor Vital vorgenommen worden ist. Jeder wird Ihnen sagen können, daß Doktor Vital ein Freund von Monsieur Plantel ist, bei dem er jeden Freitag zu Abend ißt. Allerdings war der Anwalt von Monsieur Sauvaget anwesend. Ich weise gleich darauf hin, weil damit gewisse Hypothesen ausgeschlossen werden.

Die Eingeweide wurden, wie Sie wissen, an das gerichtsmedizinische Institut nach Paris geschickt. Der amtliche Bericht ist noch nicht im Besitz der Staatsanwaltschaft von La Rochelle. Aber dafür haben wir bei der Polizei einen Anruf erhalten . . .«

Er hielt sein Gläschen mit dem Goldrand in der Hand und wußte nicht, wo er es abstellen sollte, nachdem er die Lippen hineingetaucht hatte.

»Ich war gerade im Büro des Kommissars, als dieser Telefonanruf kam. Es lag mir viel daran, Ihnen gleich Bescheid zu sagen. Die Analyse der Eingeweide, Monsieur Mauvoisin, hat starke Spuren von Arsen ergeben . . .«

Esprit Lepart sah starr auf den Boden. Man hörte immer noch Alices Geplapper in der Küche.

»Sie wollen damit also sagen«, fragte Gilles, »daß mein Onkel tatsächlich vergiftet worden ist?«

»Das geht aus der Analyse hervor. Man hat uns deshalb als erste benachrichtigt, weil aufgrund dieser Tatsache die Untersuchung ein neues Ausmaß bekommt . . .«

Einen Augenblick lang hatte Gilles die zarte Silhouette seiner Tante vor Augen. Einen Augenblick lang zweifelte er, und das Blut wich aus seinen Wangen.

»Ich verstehe nicht, wie das möglich ist.«

»Ich auch nicht. Madame Colette wird sicherlich schon morgen verhört werden. Wir haben bei der Polizei den Auftrag erhalten, genau zu rekonstruieren, was Octave Mauvoisin in den Tagen vor seinem Tod alles getan und unternommen hat. Leider sind seitdem mehr als sechs Monate vergangen. Es wird also eine schwierige, wenn nicht gar illusorische Arbeit sein. Auf jeden Fall ist es unmöglich, daß Doktor Sauvaget Ihren Onkel persönlich vergiftet hat, denn der Doktor hat keinen Fuß mehr in das Haus am Quai des Ursulines gesetzt und hatte keinerlei Beziehung zu Mauvoisin . . .«

Und Paul Rinquet fuhr fort:

»Gestatten Sie mir, Monsieur Gilles, daß ich Ihnen sage, was ich dazu meine? Ich bin zwar nur ein kleiner Polizeiinspektor und habe keine besondere Schulbildung. Aber ich kenne La Rochelle gut. Ich suche Orte auf, wo Sie nie hinkommen, kleine

Kneipen, Bistros, Märkte, überall, wo gesprochen wird, und man nimmt in meiner Gegenwart kein Blatt vor den Mund . . .

Bis heute abend habe ich geglaubt, daß man versucht, Sie zu vergraulen.«

»Mich zu vergraulen?« wiederholte Gilles und versuchte zu verstehen.

»Das ist ein Ausdruck aus dem Sport. Wenn man über einen Gegner nicht anders Herr wird, bereitet man ihm so viele kleine Gemeinheiten, verhält sich ihm gegenüber so, daß er seine Selbstbeherrschung verliert, daß er sich empört und schließlich aufgibt. Sie wissen doch, nicht wahr, daß es in La Rochelle eine Reihe von Personen gibt, denen es lieber wäre, wenn Sie anderswo wohnten . . .«

Lepart hob den Kopf, sah die beiden Männer verlegen und peinlich berührt an. Sein ganzes Leben lang war er ein bescheidener Angestellter gewesen, und nun sah er sich plötzlich in die Angelegenheiten der großen Chefs verwickelt.

Der Inspektor dagegen beschloß, noch ein Schlückchen Likör zu trinken.

»Sehen Sie, Monsieur Mauvoisin, Ihrem Onkel war es gelungen, in den geschäftlichen Unternehmen dieser Gegend einen wichtigen, vielleicht einen zu wichtigen Platz einzunehmen. Ich weiß nicht, ob ich mir erlauben darf . . .«

»Aber bitte.«

»Alle haßten ihn, sowohl die Großen wie die Kleinen. Sie hätten in der ganzen Stadt nicht einen Menschen gefunden, der etwas Gutes über ihn gesagt hätte. Die Kleinen konnten nichts tun. Dabei gab es genug, die uns anonyme Briefe geschrieben haben, in denen sie behaupteten, Ihr Onkel sei ein Dieb und gehöre ins Gefängnis.«

Lepart hätte viel darum gegeben, wenn er in diesem Augenblick bei seiner Familie in der Küche gewesen wäre, und er begriff die Kühnheit des Inspektors nicht, der nur ein einfacher Mann war wie er und sich erlaubte, so zu reden.

»Als er zum Beispiel in den Bussen die Fahrpreise erhöhte, ist es fast zu einem Aufstand gekommen, und das Haus am Quai des Ursulines mußte vierzehn Tage lang von der Polizei bewacht werden. Auf der Straße nach Lauzière hat man einen Bus umgestürzt und versucht, ihn in Brand zu stecken. Nur . . .«

»Nur?«

»Es ist schade, daß Sie La Rochelle nicht besser kennen. Es gibt Dinge, über die ich lieber nicht sprechen möchte. Die Leute aber, die Ihren Onkel am meisten haßten, weil sie Angst vor ihm hatten, waren die Leute vom *Syndikat*. Haben Sie davon schon gehört?«

Gilles nickte mit dem Kopf. Dann, nach kurzem Schweigen:

»Glauben Sie, daß diese Herren vom *Syndikat* sich meines Onkels entledigt haben?«

»Ich bitte Sie, Monsieur Mauvoisin, legen Sie mir nicht Worte in den Mund, die ich nicht gesagt habe. Monsieur Plantel ist sicherlich unfähig, ein Verbrechen zu begehen. Monsieur Babin auch . . . Monsieur Penoux-Rataud ist Senator, und der Präfekt ist sein bester Freund. Maître Hervineau ist der Sohn von . . . Sehen Sie, ich weiß nicht, wie ich mich ausdrücken soll . . . Wenn ich dem Glauben schenken darf, was man sich in manchen kleinen Kneipen erzählt, sind Sie da hineingeplatzt wie die Faust aufs Auge, wenn Sie mir den Ausdruck gestatten.

Anscheinend haben Sie nichts verstehen wollen, weil Sie ein *Original* sind. Und die Leute hier mögen keine *Originale*. Sogar Ihre Heirat . . .«

Er versuchte, seinen Ausrutscher wiedergutzumachen, wandte sich Esprit Lepart zu und stammelte:

»Entschuldigen Sie bitte, Monsieur Lepart. Ich wollte eigentlich nur sagen, daß man schon Ihren Onkel haßte. Und daß Sie, als Sie hier angekommen sind, um seine Nachfolge anzutreten und dabei den Anspruch erhoben, nach Ihrer Art zu leben, ohne die Ratschläge dieser Herren zu befolgen . . . Sie sind mir doch nicht böse, daß . . .«

»Aber ich bitte Sie.«

»Ich bin fast fertig. Ich habe geglaubt, daß diese Exhumierungsgeschichte und alle diese Gerüchte, die man in Umlauf setzte, nur dazu da waren, sich Ihrer zu entledigen. Um Sie zu vergraulen, wie ich vorhin schon sagte. Wenn Sie mit Ihren Millionen irgendwohin gegangen wären, hätten diese Herren . . . Na gut! . . . Sie verstehen mich. Deshalb bin ich so verblüfft gewesen, als dieser Telefonanruf aus Paris kam. Wenn Ihr Onkel wirklich vergiftet worden ist . . .«

Man müßte natürlich einen Schuldigen finden! Und Octave Mauvoisin war nicht jemand, wie die Frau von Doktor Sauvaget, der sich langsam selbst zerstörte!

Gilles begriff jetzt das plötzliche Auftauchen Babins an der Tür der Bar Lorrain und seine geheimnisvollen Worte. Babin wußte bereits Bescheid. Aber wie? Hatte ihn der Kommissar unterrichtet? Hatte er in Paris jemanden sitzen, der ihm noch vor den Behörden von La Rochelle alles berichtete?

»Man müßte Madame Colette vielleicht darauf vorbereiten, was sie morgen erwartet. Sehen Sie, Monsieur Gilles, meine Schwester ist eine Frau, die sich nicht oft irrt. Sie ist vielleicht nicht gebildeter als ich, aber schon als ich klein war, hatte es keinen Zweck, sie anzulügen. Und meine Schwester behauptet nun, Madame Mauvoisin habe nicht . . .«

Lepart war von allen dreien am niedergeschlagensten, und seine Gedrücktheit wurde zum Stumpfsinn. Er, der während so vieler Jahre in ruhiger, stiller Hartnäckigkeit hinter seiner Glaswand gearbeitet hatte, er, der seine Arbeitgeber immer respektiert hatte, wer sie auch waren, aus dem einfachen Grund, weil sie Chefs und Arbeitgeber waren, er, der sich weigerte, daran zu glauben, wenn er mit eigenen Augen nicht ganz saubere Dinge sah, war nun plötzlich, in dem Augenblick, in dem seine Tochter eine glänzende Heirat machte . . .

Rinquet wagte es nicht, seine gebogene Pfeife mit dem Hornmundstück, die er in der Hand hielt, anzuzünden.

»Glauben Sie meiner Erfahrung, Monsieur Mauvoisin. Das ist eine Geschichte, die noch weite, sehr weite Kreise ziehen wird. Vielleicht noch weiter, als wir alle glauben. Das hat Madame Sauvaget nicht geahnt, als sie sich vergiftete – denn einige von uns sind überzeugt, daß sie sich vergiftet hat –, welche Folgen ihre Handlung haben würde. Sie wollte sich an ihrem Mann rächen. Sie war verrückt oder fast, auf jeden Fall unglücklich . . .

Die andern haben sich dieser Affäre gegen Sie bedient. Der Herr Senator Penoux-Rataud, der sonst nur bei großen Prozessen plädiert, hat den Vorschlag von Madame Sauvagets Schwester, die Zivilklage zu vertreten, angenommen. Vielleicht hat er sich sogar selber vorgeschlagen, denn diese Leute sind nicht reich.

Dann ging das Geflüster los. Dinge, die nie gesagt worden waren, sind an die Oberfläche gekommen.

Man hat gespürt, daß die Firma Mauvoisin getroffen war, und man fing an, keine Angst mehr vor ihr zu haben.

In den letzten Tagen haben wir Dutzende anonymer Briefe bekommen. Es sind welche darunter . . .«

Er schwieg und bedauerte, schon zuviel gesagt zu haben.

»Sprechen Sie, Monsieur Rinquet . . .«

»Ich bitte um Entschuldigung, aber es ist vielleicht besser, wenn Sie Bescheid wissen . . .«

Ein verlegener Blick zu Esprit Lepart.

»Es sind welche darunter, in denen behauptet wird, man habe abends Lichter gesehen.«

»Was für Lichter?«

»Sie kennen die Provinz nicht, Monsieur Gilles. Was man nicht weiß, erfindet man. Lichter, die von Ihrem Zimmer zum Zimmer Ihrer Tante gingen. Mit einem Wort, es wird behauptet, daß Sie und Ihre Tante . . . Und daraus werden Schlußfolgerungen gezogen. Sehen Sie, Sie sind der Erbe Octave Mauvoisins. Und sobald man die Gelegenheit für günstig gehalten hat, Sie anzugreifen . . .«

»Und was raten Sie mir? Was soll ich tun?«

»Ich weiß es nicht. Nein, ich weiß es nicht.«

Aber er sagte das wie jemand, der bereits eine bestimmte Vorstellung hat. Und das zeigte sich auch gleich darauf, als er, nach einigem Zögern und nachdem er, um sich Haltung zu geben, seine Pfeife angezündet hatte, ohne jemanden anzusehen, zu bedenken gab:

»Es ist ganz offensichtlich, daß, wenn *diese Herren wollten* . . . Da hat doch jeder den andern in der Hand. Die haben doch alle Einfluß aufeinander, nicht wahr. So kann ich Ihnen enthüllen, daß der Staatsanwalt heute abend bei Monsieur Penoux-Rataud zu Abend ißt, und daß Notar Hervineau sich trotz seiner Gicht die Mühe gemacht hat . . .«

»Wenn mein Onkel umgebracht worden ist . . .«

»Ich glaube, daß er umgebracht worden ist.«

»Ist es dann nicht das Einfachste, den Mörder herauszufinden?«

Monsieur Rinquet rutschte auf seinem Stuhl hin und her. Er seufzte. Er tat einige Züge aus seiner Pfeife. Er hatte annähernd eine Stunde lang umsonst geredet! Gilles hatte nichts begriffen! Und dabei hatte der Inspektor wirklich versucht, das Tüpfelchen aufs i zu setzen.

Er stand plötzlich auf.

»Gewiß. Aber wird es auch der wirkliche Mörder sein, den man herausfindet? . . . Ich muß jetzt gehen. Manchmal ruft mich abends mein Chef an. Wenn ich dann nicht zu Hause bin . . . Selbstverständlich bleibt das alles unter uns, nicht wahr, Monsieur Mauvoisin? Wenn ich etwas Neues erfahren sollte, werde ich keinen Brief mehr zum Quai des Ursulines bringen lassen, denn das wird zu gefährlich, sondern ich werde Monsieur oder Madame Lepart Bescheid sagen . . .«

»Noch ein Gläschen?« bot der Schwiegervater automatisch an.

»Aber doch! Er ist nicht stark . . .«

Gilles und Alices Vater blieben einen Augenblick lang allein in dem kleinen Wohnzimmer und wußten nicht, was sie sich sagen sollten. Dann machte Gilles ein Stück die Tür auf.

»Alice!«

Sie lief aus der Küche herbei. Ihre Mutter folgte ihr.

»Wieder Unannehmlichkeiten?«

»Ich weiß nicht . . .«

Ein Blick zu Esprit hinüber, um ihm zu empfehlen, den Mund zu halten.

»Ich muß noch einen Gang machen. Ich werde in einer Stunde zurück sein.«

»Es regnet in Strömen.«

»Das ist ohne Bedeutung.«

Es nieselte nur noch, als er auf der Promenade ankam, und er erinnerte sich nicht mehr an das Haus Armandines, in dem er nur ein einziges Mal gewesen war, und zwar an Allerheiligen, als ihn die junge Frau gewissermaßen am Friedhofsausgang entführt hatte. Er mußte Streichhölzer anzünden, um nach den Hausnummern zu sehen. Die Hausnummer 37 war eine kleine, schmucke, neuerbaute Villa, und man sah Licht hinter den rosafarbenen Vorhängen in der ersten Etage.

Er hatte kaum auf die Klingel gedrückt, als auch schon die Tür aufging, als hätte man auf ihn gelauert. Im Halbdunkel rief die herzliche, übertrieben herzliche Stimme Babins:

»Kommen Sie, Monsieur Mauvoisin. Ich habe Sie erwartet.«

Eine helle Gestalt hatte sich in der ersten Etage über das Geländer gebeugt.

»Geben Sie mir Ihren Mantel und Ihren Hut.«

Und Babin half ihm aus dem Mantel.

»Sie kennen den Weg, nicht wahr? Kommen Sie. Unsere Freundin hatte nicht zu Bett gehen wollen, ohne Ihnen guten Abend gesagt zu haben.«

In dem Salon mit dem gedämpften Licht erhob sich Armandine, in einem aufreizenden Negligé, halb aus dem Sessel.

»So besuchen Sie also Ihre Freunde? Haben Sie vergessen, Monsieur Mauvoisin, daß ich die erste gewesen bin, die Sie in La Rochelle empfangen hat?«

Gilles hatte einen Horror vor dieser Treibhausatmosphäre. Auch hier hatte man wieder Getränke bereitgestellt. Es waren Cocktails, die man ihm geradezu aufzwang.

Dann stand die junge Frau, nach einem Blick des Reeders, auf und streckte eine gepflegte Hand mit blutroten Fingernägeln aus.

»Ich lasse Sie allein, meine Herren. Zigarren stehen auf dem Kamin, und den Whisky finden Sie in diesem Schrank.«

Babins Augen lachten. Er rauchte wie immer eine sehr schwarze Zigarre, die seinen Schnurrbart versengte. Die Hände in den Ärmelausschnitten seiner Weste, ging er auf und ab, warf seinem Besucher kleine, ironische Blicke zu und sagte endlich mit tiefer Befriedigung:

»Na?«

Darauf antwortete Gilles, dessen Lippe wie immer zuckte, wenn er sich anstrengte, seine Schüchternheit zu überwinden:

»Ich war darauf gefaßt, alle Herren hier zu finden.«

»Nicht schlecht, mein Freund, nicht schlecht. Bloß, diese Herren sind eben nicht hier, aber ich kann Ihnen Brief und Siegel geben, daß ich nicht die Absicht habe, mit ihnen über diese Unterredung zu sprechen. Setzen Sie sich.«

Gilles tat nichts dergleichen.

»Wie Sie wollen. Von wem haben Sie die Neuigkeit?«

Mauvoisin schwieg.

»Gut! Gut! Das ist auch nicht wichtig. Morgen früh werde ich es sowieso erfahren.«

Er lachte wieder, goß sich zu trinken ein, durchmaß den Salon.

»Immer noch Feind?«

»Ich verstehe nicht, was Sie damit sagen wollen.«

»Schade. Sie sind ein intelligenter Junge, und wir hätten etwas aus Ihnen machen können. Ich beobachte Sie jetzt schon seit vier Monaten, Monsieur Mauvoisin. Soll ich Ihnen ganz offen meine Meinung sagen? Nun gut, Sie werden sich die Flügel verbrennen, weil Sie nicht auf die Ratschläge einiger Leute hören wollen, die Sie für Feinde halten. Ich weiß, daß Ihnen das egal ist. Sie sind in dem Alter, in dem man für nichts und wieder nichts, und selbst für eine gewöhnliche Liebschaft, Selbstmord begeht. Dummerweise gehen dabei aber auch andere mit drauf, die vielleicht gar keine Lust haben zu sterben . . .«

Darauf brachte Gilles in höchster Spannung die Frage heraus:

»Wissen Sie, wer meinen Onkel vergiftet hat?«

Die grauen Augen des Reeders hefteten sich voller Neugier auf ihn.

»Nicht schlecht ... Nicht schlecht ...« machte er von neuem und spielte mit seiner Uhrkette.

Dann ging er zu einer Tür, die er öffnete, und Gilles sah kurz den halbnackten Körper Armandines, die bei ihrer Toilette war.

»Ich bitte um Verzeihung, liebe Freundin ...«

Er schloß die Tür sorgfältig hinter sich und ließ sich in einen Polstersessel fallen, dessen Seide ganz fein knitterte.

»Setzen Sie sich, Mauvoisin. Tun Sie, was ich Ihnen sage. Entspannen Sie sich doch, zum Teufel, sonst gehen Ihnen noch die Nerven durch ... So! ... Ganz lieb! ... So, ja! ... Vor mir ... Eine Zigarre? ... Nein? ... Eine Zigarette? ... Dann eben nicht! ... Und jetzt hören Sie mir gut zu, und versuchen Sie nicht mehr, den Dummen zu spielen ...«

## 7

Im Badezimmer hörte man immer noch die Geräusche von laufendem Wasser und Glas, das gegeneinander stieß, so daß man den Eindruck hatte, im Salon sei noch immer so etwas wie gepflegtes, rosiges Fleisch, etwas von der vorhin erspähten Nacktheit, irgend etwas Intimes, Warmes, sehr Köstliches und zugleich sehr Freies, das an die fleischliche Liebe erinnerte, für die dieses Haus gebaut worden war. Das stieg zu Kopf, während der Körper in einer wohligen Mattigkeit erschlaffte.

Gilles versank in seinem für ihn zu niedrigen, zu weichen Sessel, die Knie, im spitzen Winkel, standen höher als sein Gesicht, und er sah starr auf den Mann, der vor ihm rauchte.

Er sah ihn so starr an, wie es die Kinder im Spiel tun, daß er nur noch seine Zigarre sah, nur ein wenig Rot unter der weißen Asche. Dann zeichnete sich nach und nach um diesen Mittelpunkt herum ein anderes Gesicht ab, dickere Lippen als die Babins, eine Knollennase, krauses Haar über einer niederen Stirn: Karensky, der Impresario, der ebenfalls ständig an einer Zigarre herumkaute, und dessen Silhouette, die Hände hinter dem Rükken, die Melone immer nach hinten geschoben, in allen Theatern Europas berühmt war.

Karensky verdankte Gilles die erste große Enttäuschung seines Lebens. Er war zehn Jahre alt. Sein Vater mit seiner lächelnden Melancholie, sein Vater, der so viele Instrumente spielte und der mit den kleinsten Gegenständen Wunder vollbrachte, erschien ihm als einer der zauberhaftesten Menschen von der Welt, und gewiß hätte er, wenn er gewollt hätte . . .

Sie waren in Kopenhagen. Karensky führte eine Truppe mit einem vollständigen Varieté-Programm von Stadt zu Stadt. Gilles hatte nicht so recht begriffen, warum sich sein Vater ärgerte, daß er als erster nach dem Hochgehen des Vorhangs auftreten mußte.

Er erinnerte sich an die eiskalten Kulissen dieses Theaters, an die Eisentreppe, wo er sich beinahe ein Bein gebrochen hätte, an die Garderobe, die man sich mit zwei Zwillingsschwestern teilen mußte, die sich zum Verwechseln ähnlich sahen. Er sah Karensky wieder vor sich, im Frack, die Melone auf dem Kopf – wenn man Karensky ist, kann man sich kleiden wie man will –, wie er mit seiner ganzen Masse durch die engen Flure strich, und um ihn herum herrschten Demut und Schrecken.

Eines Abends hatte man, ohne ihm vorher Bescheid zu sagen, Gérard Mauvoisins Nummer weggelassen, als dieser sich schon anschickte, die Bühne zu betreten. Gilles Vater war ganz blaß geworden.

»Ich werde mit ihm reden!« hatte er verkündet.

»Glaubst du wirklich, daß das klug ist, Gérard? In dem Zustand, in dem du bist?«

Einige Minuten später hatte Gilles seinen Vater zum ersten Mal an der Theke gesehen, wie er Zug um Zug mehrere Gläser Schnaps leerte und ihn dann, das eine Schnurrbartende nach oben gerichtet, das andere auf seine Lippen herabfallend, in Karenskys Büro gehen sehen. Niemand kümmerte sich um das Kind. Es blieb beeindruckt vor der schlecht gestrichenen Tür stehen, hörte laute Stimmen. Plötzlich ging die Tür auf. Sein Vater kam rückwärts heraus. Karensky ging auf ihn zu, sein Gesicht berührte fast das des Vaters, wobei er schreckliche Worte ausstieß, und in dem Augenblick, in dem er heftig die Tür zuschlug, spuckte er seine Zigarre Mauvoisin mitten ins Gesicht. Gilles Vater hatte nicht mit der Wimper gezuckt. Zum Glück hatte er den Jungen nicht bemerkt. Er war in seine Garderobe hinaufgegangen und hatte sich auf einen Stuhl fallen lassen.

»Na?«

»Nichts.«

Gilles hatte an diesem Abend vieles begriffen. Er hatte begriffen, daß es Menschen gibt, die andern ihre Kippe ins Gesicht spucken können und Menschen, die sich nur rückwärts und erblassend zurückziehen dürfen . . .

Babin erschien ihm jetzt riesengroß, aus härterem, mächtigerem Stoff als irgendwer, und Gilles hielt sich instinktiv an den Lehnen des Sessels fest, als müsse auch er rückwärts gehen.

Doch die Worte, die aus den rauchgeschwärzten Schnurrbarthaaren des Reeders kamen, waren nicht die, die er erwartet hatte.

»Wissen Sie, Mauvoisin, daß ich Sie mag? Vielleicht werden Sie mir nicht glauben, und doch ist es so. Ich sehe Sie jeden Tag vorbeigehen. Ich weiß so ziemlich alles, was Sie tun. Sie machen sich jeden Tag noch ein wenig steifer, um allem, was Sie umgibt, Trotz zu bieten, um zu verstehen, was Sie nicht verstehen. Sie haben Angst, und trotzdem gehen Sie weiter vorwärts . . .

Das Leben ist wunderlich. Ich habe auch einen Sohn. Von meinen Töchtern will ich gar nicht reden. Es sind langweilige, dumme Gänse. Genau wie ihre Mutter. Aber wenigstens mein Sohn hätte mir gleichen können. Er ist ein Waschlappen, ein Schwächling, der in Paris in einem Kreis junger Kretins lebt . . .

Sie versuchen wenigstens seit drei Monaten, ganz allein, ein Mann zu werden . . .

Aber sehen Sie, Mauvoisin, Sie sind der Sohn Ihres Vaters und nicht der Sohn Ihres Onkels. Verstehen Sie das?

Wenn ich Sie so vorbeigehen sehe, tut mir das oft weh.

Deshalb habe ich Ihnen auch den Rat gegeben, herzukommen. Ich wollte Ihnen sagen, daß Sie nicht die Statur haben, daß Sie *unweigerlich* zermalmt werden . . .«

Manchmal hatte Gilles Augenblicke der Abwesenheit. Er hörte zwar immer noch die Worte, doch diese hatten keinen Sinn mehr für ihn, und sein Gesprächspartner, vor ihm sitzend, die erloschene Zigarre zwischen den Zähnen, berührte ihn am Knie, um ihn an die Wirklichkeit zu erinnern.

»Sehen Sie mich an. Dann haben Sie ein ungefähres Bild Ihres Onkels. Er hat als Fahrer angefangen. Ich habe als Dockarbeiter angefangen. Verstehen Sie, daß wir nicht wie Erstkommunikanten gebaut sein durften, um das zu erreichen, was wir erreicht haben? Ihr Onkel war ein Schuft, noch schuftiger als ich. Deshalb hat er bald alle Leute am Ort zum Zittern gebracht, die Großbürger wie die Plantels, die Penoux-Ratauds und alle die andern, die schon seit mehreren Generationen reich sind.

Sie mußten ihn ertragen, weil er stärker war als sie, weil er härter zubiß.

Solange Mauvoisin gelebt hat, haben sie so getan, als sähen sie ihn als einen der ihren an, so wie sie heute so tun, als sähen sie mich als einen der ihren an.

Aber wenn ich morgen abkratze . . .

Und da tauchen Sie auf einmal hier auf, Sie mit Ihren neunzehn Jahren, mit Ihrer langen Gestalt in Trauerkleidern, mit Ihren Augen, die alles zu verstehen suchen, mit Ihren schwachen, angespannten Nerven und Ihrer reizbaren Empfindlichkeit.

Sie sind nicht vom gleichen Schlag, glauben Sie mir! Sie gehören zu den Schafen und nicht zu den Wölfen. Sie können tun, was Sie wollen, Mauvoisin, die andern werden Sie kleinkriegen, und das haben sie auch schon.

Ich sage es noch einmal, ich bin nur deshalb so hartnäckig, weil ich Sympathie für Sie empfinde. Wer Ihren Onkel umgebracht hat, ist unwichtig, so wie es unwichtig ist, ob Ihre Tante Colette es war oder ob sie es nicht war.«

»Sie war es nicht!« brachte er hervor.

»Das ist gut möglich. Aber das Ergebnis ist das gleiche. Ob sie nun verurteilt wird oder ob sie es nicht wird, die Festung Mauvoisin ist erschüttert. Alle, die Mauvoisin haßten, und das sind alle, werden sich erbittert gegen Sie stellen. Was wollen Sie eigentlich erreichen? In den Unternehmen der Stadt den Platz Ihres Onkels einnehmen? Die Leute nach Ihrer Pfeife tanzen lassen, wie Plantel, wie ich, wie der Senator und andere? Sie kennen ja nicht einmal die Spielregel! Sie wissen überhaupt nichts! Und als Lehrmeister suchen Sie sich ausgerechnet Ihren Schwiegervater aus, diesen braven Mann, der zeit seines Lebens ein blökendes Schaf gewesen ist und es auch bleiben wird ...«

Babins Gesicht heiterte sich zu einem Lächeln auf, in dem fast Güte lag. Der Reeder erhob sich.

»Tun Sie, was ich Ihnen sage, junger Mann. Gehen Sie zu Plantel. Oder schreiben Sie ihm, wenn Ihnen das lieber ist. Sagen Sie ihm, daß Sie gern mit Ihrer Frau verreisen möchten, und daß Sie ihn bitten, die Leitung Ihrer Geschäfte zu übernehmen. Das ist noch die beste Möglichkeit, Ihre Tante zu retten, soweit sie überhaupt gerettet werden kann.

Ich weiß nicht, was geschehen ist, und vielleicht liegt in allem nur eine Reihe von Zufällen. Ein Zufall zum Beispiel, daß Madame Sauvaget, diese arme Irre, sich vergiftet hat, um sich an ihrem Mann zu rächen! Ein Zufall, den man allzuschnell gegen Sie ausgenützt hat.«

»Was wollen Sie damit sagen?«

»Nichts. Daß man nicht weiß, was nach oben kommt, wenn man im Schlamm rührt. Und wahrscheinlich sind einige, die ich kenne, heute ein wenig entsetzt. Ein Giftmord kam ihnen zupaß. Ein zweiter Giftmord, angezeigt von Gott weiß wem, gibt der Angelegenheit unvermutete Ausmaße, und wie weit das noch führen wird, weiß niemand. Da die öffentliche Meinung Ihre Tante beschuldigt, wird sie wahrscheinlich die Zeche bezahlen müssen, ob schuldig oder unschuldig. Suchen Sie keinen geheimen Sinn hinter meinen Worten . . .

Das *Syndikat*, denn es gibt ein *Syndikat*, hatte Angst vor Ihrem Onkel. Das *Syndikat* hat geglaubt, es hätte nun seine Ruhe, als ein neunzehnjähriger Junge ganz bescheiden in La Rochelle an Land gegangen ist, um die Nachfolge anzutreten.

Ich habe herzlich gelacht, als ich gesehen habe, wie diese Herren um Sie herum scharwenzelt sind, und ich habe fast Beifall geklatscht, als Sie sie enttäuscht haben.

Heute sieht die Lage verwickelter aus. Jemand hat Ihren Onkel Octave Mauvoisin umgebracht, und ich versichere Ihnen, so wahr ich Babin bin, daß ich darüber nicht mehr weiß als Sie.

Bloß sollte man bei dem Spiel kein Risiko eingehen. Wenn es in einer Kneipe zu einer Schlägerei kommt, weiß man nie, wohin die Tische und Flaschen fliegen werden, und deshalb sorgt man dafür, daß die Frauen und Kinder aus der Schußlinie kommen.«

»Sprechen Sie von meiner Tante?«

»Von Ihrer Tante, von Ihnen, von Ihrer Frau, diesem Kind . . .

Was soll's, mein kleiner Gilles? Sie wissen nichts, Sie werden nie etwas wissen, nicht einmal, wo die Schläge herkommen. Hat denn Ihr Onkel selbst etwas davon geahnt, daß ihn jemand vergiftete? Nur der Inhalt des Tresors könnte uns darüber Aufschlüsse geben, das ist alles. Tun Sie, was Ihnen Spaß macht. Gehen Sie zu Ihrer Frau zurück, die auf Sie wartet, und versuchen Sie nachzudenken.«

Ohne sich noch weiter um seinen Gesprächspartner zu kümmern, ging Babin und öffnete eine Tür. Man sah eine lachsrosa Nachttischlampe, ein großes, ganz seidiges Bett, einen nackten Arm, Armandines Gesicht, das sich über ein Buch beugte.

»Schon im Bett? Unser junger Freund wollte Ihnen gute Nacht sagen. Kommen Sie herein, Mauvoisin.«

Als Gilles wieder auf der Straße stand, war er so verwirrt, daß er beinahe vergaß, daß Alice ihn bei ihren Eltern erwartete, und daß er an der Rue Jourdan vorbeiging. Er mußte umkehren. Er sah seinen Vater wieder vor sich, blaß vor ohnmächtiger Wut über die angetane Demütigung, als ihm die Zigarre des Juden ins Gesicht flog. Und mit geballten Fäusten durch den Regen gehend, stieß er mit lauter Stimme hervor:

»Ich werde nicht nachgeben!«

Bei den Leparts erwartete man ihn im Eßzimmer.

»Was hat er gesagt?« fragte seine Frau, die Gebäck knabberte.

»Nichts Neues. Wir sehen uns morgen, Papa. Es ist Zeit, daß wir nach Hause gehen.«

Die ganze Stadt, die sie eng aneinandergeschmiegt durchquerten, kam ihm an diesem Abend anders vor. Diese kleinen Häuser, ganze Viertel mit kleinen Häusern, von denen sich das eine kaum vom andern unterschied . . . Auf Türen und Fenstern frischere Farbe . . . Ein etwas größerer Vorgarten . . . Manchmal ein Balkon . . . Die Leute, die ein Wohnzimmer hatten, und die, die keines hatten . . . Alle diese Menschen, neben denen sie in dem dunklen Kino gesessen hatten, und die hinterher so stolz waren, daß sie in ihren Sonntagskleidern im Café de la Paix ihren Aperitif trinken durften . . . Die Schafe, wie Babin zynisch sagte.

Hier und da ein großes Privathaus, eine Festung, eine seit langem reiche und mächtige Familie . . .

Schließlich die Männer wie Octave Mauvoisin und wie Raoul Babin, wütend gewordene Schafe, Leute, die von unten kamen und die sich an die Festungen herangewagt hatten und denen man widerwillig einen kleinen Platz eingeräumt hatte . . .

»Wie ist sie, diese Frau?« fragte Alice im Gehen.

»Welche Frau?«

»Armandine. Es scheint, daß sie die schönste Frau von ganz La Rochelle ist. Ich habe sie nur ein einziges Mal kurz gesehen. Sie kauft ihre Kleider in Paris und . . .«

Als sie von weitem das Haus am Quai des Ursulines erblickten, stellte Gilles fest, daß in dem früheren Schlafzimmer seines Onkels Licht brannte. War es nicht seine Tante, die, beunruhigt, auf seine Rückkehr wartete?

Er hatte es eilig, sie zu sehen, wieder bei ihr zu sein. Sie war am stärksten bedroht. Morgen würde man sie wahrscheinlich vor den Untersuchungsrichter laden, und wer weiß, ob sie dort wieder frei herauskäme?

»Gehst du nicht gleich zu Bett?«

»Ich muß Colette noch etwas sagen . . .«

»Bleib aber nicht zu lange. Ich bin müde.«

Er lief die Treppe hinauf, wobei er immer drei Stufen auf einmal nahm, und als er in das Zimmer von Octave Mauvoisin trat, war er außer Atem. Colette, die in dem alten Sessel saß, drehte langsam den Kopf nach ihm.

»Es steht schlecht, nicht wahr, Gilles?«

»Was hat man Ihnen erzählt?«

»Ich habe Madame Rinquet gefragt. Sie hat versucht, mich anzulügen. Schließlich hat sie mir alles gestanden. Ich habe mir gedacht, daß Sie heraufkommen würden.«

»Ich wollte mit Ihnen sprechen, ja.«

»Ihre Frau wird bestimmt auf Sie warten, Gilles. Ich war hierhergekommen, um neue Kombinationen auszuprobieren, aber der Tresor geht immer noch nicht auf.«

Sie hatten miteinander Listen zusammengestellt mit Fünf-Buchstaben-Wörtern und hatten sie vergeblich durchprobiert.

»Sie müssen auch zu Bett gehen, Tante.«

Es war seltsam. Als er die Treppe hinaufgestiegen war, hatte er das Gefühl gehabt, daß er seiner Tante viel zu sagen hätte, und jetzt stand er vor ihr und fand nichts. Wieder einmal hatte ihn eine dumpfe Angst gepackt, ein unbestimmtes Unbehagen. Er hatte Lust zu bleiben und Lust zu fliehen.

»Ich werde zu Bett gehen, ja«, seufzte sie und stand auf. »Morgen werde ich wahrscheinlich einen harten Tag haben, nicht wahr?« Sie wollte sich immer noch tapfer zeigen. Mit einem Lächeln dankte sie ihm für seine Fürsorge.

»Wann wird das nur alles vorbei sein?« stammelte sie dennoch und schüttelte dabei den Kopf. »Warum stürzen sie sich so hartnäckig auf mich? Was habe ich ihnen nur getan?«

Ihre Stimme versagte. Sie gab sich Mühe, nicht schwach zu werden, bevor sie allein war.

Als sie aus dem Zimmer ging, drehte Gilles mechanisch den Lichtschalter um und schloß die Tür hinter sich ab, so daß sie sich beide in dem langen, schmalen Flur befanden, in dem nur eine schwache elektrische Birne brannte. Als sie an den Wänden entlanggingen, streiften sie sich, ohne es zu wollen.

So gelangten sie am Treppenabsatz an. Sie brauchten sich nur noch die Hand zu geben, sich gute Nacht zu wünschen, und doch blieben sie da stehen, unentschlossen, verlegen.

Es war Colette, die als erste ihre kleine Hand ausstreckte. Ihre Lippen öffneten sich ein wenig, um »gute Nacht, Gilles« zu sagen. Aber sie konnte nicht sprechen. Zwei Tränen quollen aus ihren Augenlidern und fingen einen schwachen Lichtschimmer ein.

»Colette!«

Plötzlich nahm Gilles seine Tante um die Schulter. Sie war ganz klein, ganz leicht. Er spürte, wie ihn ein ungeheures Mitleid überkam, ein ungeheures Verlangen, sie zu trösten, sie . . .

Er war linkisch in seinem nassen Mantel. Seine Hand ließ den Hut fallen, den er hielt.

»Colette! Nein!«

Er konnte sie nicht weinen sehen, ertrug es nicht, sie so einsam und verlassen zu wissen in dieser unerbittlichen Welt, die Babin ihm beschrieben hatte, und seine Finger krampften sich um ihre Schultern zusammen. Ohne es zu merken, zog er seine Tante an sich und drückte sie fest an seine Brust, spürte ihren Flaum an seiner Wange.

Es war ein sanftes, warmes Gefühl, diese Wange an seiner Wange zu spüren, diese Härchen, diese Träne und diesen Körper, der zitterte . . . Plötzlich wandte sie ihm leicht das Gesicht zu, vielleicht um ihn anzusehen, vielleicht um ihm etwas zu sagen, und in diesem Augenblick berührten sich ihre Lippen, Gilles schloß die Augen, und ohne zu wissen, was er tat, drückte er seine Lippen fester auf die ihren, atmete lange ein, dann stieß er verstört seine Tante mit einer jähen Gebärde zurück und lief die Treppe hinunter.

»Bist du da, Gilles?«

Alice, die schon im Bett lag, hatte die Wohnzimmertür auf- und dann wieder zugehen hören. Sie wunderte sich, ihren Mann nicht zu sehen. Lauschend wartete sie.

»Gilles!«

Beunruhigt stand sie auf und ging mit bloßen Füßen zur Tür, die sie öffnete. Das Wohnzimmer lag in völliger Dunkelheit. Sie hatte Angst. Nervös drehte sie den Lichtschalter um und entdeckte nun, zu ihrer Überraschung, Gilles, der mit ausgestreckten Beinen in einem der Sessel saß. Er hatte seinen Mantel nicht ausgezogen. Seine Haare, die er durcheinandergebracht hatte, als er seinen Kopf in beide Hände nahm, hingen ihm ins Gesicht.

»Was hast du denn? Was tust du?«

Einen Augenblick lang sah er sie an, als ob er sie nicht erkennen würde. Schließlich kam er wieder zu sich.

»Nichts . . .«

»Was hast du denn ganz allein in der Dunkelheit getan?«

»Nichts . . . Ich habe nachgedacht. Entschuldige bitte.«

»Komm schnell ins Bett. Mir ist kalt . . .«

Und er folgte ihr brav mit ausdruckslosem Gesicht.

## *Der Ausflug nach Royan*

### I

Gilles hatte den Wecker auf sechs Uhr gestellt, und als er zu läuten begann, sah er zwischen den Lamellen der Fensterläden keine Lichtstrahlen. Als Alice hörte, wie er aufstand, bewegte sie sich, streckte mechanisch den Arm aus, als wolle sie ihn zurückhalten, wie sie es im Schlaf immer tat, wenn er sich rührte.

». . . ist denn?«

»Nichts, mein Liebling, schlaf . . .«

Und er deckte sie wieder zu, bevor er ins Bad ging. Marthe, das Dienstmädchen, kam herunter, während er sich anzog, und er hörte, wie sie den Kaffee mahlte und Feuer machte.

Kurz vor halb sieben ging er ebenfalls in die Küche.

»Lassen Sie sich nicht stören, Marthe.«

Er nahm eine Tasse aus dem Wandschrank und goß sich zu trinken ein, als unten mehrmals kurz an die Haustür geklopft wurde.

»Erinnern Sie Madame noch einmal daran, daß ich nicht vor Mittag zurückkommen werde.«

Er ging die Treppe hinunter, nahm die Kette ab, schob den Riegel zurück, und zusammen mit Paul Rinquet, der von einem Fuß auf den andern trat, empfing ihn der frühe Morgen. Die Luft war frisch, sie stach in die Nase und in die Fingerspitzen, und sie hatte den Nachgeschmack eines »Tages, an dem man zu früh aufgestanden ist«.

»Wenn Sie wollen«, sagte Rinquet, nachdem er Gilles begrüßt hatte, »können wir anfangen.«

Autoschlosser fuhren gerade einen ersten Bus aus der ehemaligen Kirche, und man hörte unter den Gewölben die Geräusche anspringender Motoren.

»Also . . . *Er* stellte sich so vor die Tür, die Hände hinter dem Rücken, ohne mit jemandem zu reden. Im Winter trug er den dicken, schwarzen Mantel, den der Kommissar gestern mitgenommen hat, im Sommer dunkelgraue, ein wenig zu lange und zu breite Jacken, die immer über seiner Weste offenstanden.«

»Genau genommen sind um diese Zeit doch erst die Autoschlosser da?«

»Keineswegs! Es war immer Poineau, der morgens das Tor aufgeschlossen hat. Vergessen Sie nicht, daß um diese Zeit aufgetankt und der Ölwechsel vorgenommen wird, und daß, falls jemand versuchen sollte, zu schummeln . . .«

In diesem Augenblick erblickte Gilles Esprit Lepart, der hinten aus der Garage hervorkam und den jungen Mann erstaunt ansah.

»Sie haben mir nie gesagt, daß Sie schon um sechs Uhr morgens hierherkommen.«

»Ich muß schließlich Monsieur Poineau ersetzen, nicht wahr?«

»Und ich halte Sie so oft noch bis in den Abend hinein auf . . .«

»Das ist ohne Bedeutung.«

Bei dem Weingroßhändler wurden die Fensterläden aufgemacht. Auf der anderen Seite des Kanals schleppten Dienstmädchen ihre Abfallkübel bis an den Bordstein des Bürgersteigs.

Rinquet zog eine dicke, silberne Zwiebel aus seiner Uhrtasche und gab Gilles ein Zeichen. Das hieß, daß es Zeit war, Zeit, langsam zum Hafen zu gehen, wie es früher, zur gleichen Zeit, Octave Mauvoisin immer tat.

Fünf Tage zuvor, an dem Tag, an dem Colette zum Untersuchungsrichter vorgeladen worden war, hatte Gilles Rinquet um eine zweite Unterredung im Wohnzimmer seiner Schwiegereltern bitten lassen. Es war morgens gegen zehn Uhr. Madame Lepart, ein Kopftuch über dem Haar, machte ihren Haushalt, und die Matratzen lagen zum Lüften über der Fensterbank im ersten Stock.

Gilles hatte über diesen Schritt, den er wagen wollte, und der der schwerste seines Lebens war, lange nachgedacht.

»Setzen Sie sich, Monsieur Rinquet, und was ich Ihnen auch immer sagen mag, tun Sie mir bitte den Gefallen, und seien Sie mir darüber nicht böse. Ich weiß von Ihrer Schwester, daß Sie mit Ihrem Los bei der Polizei nicht zufrieden sind. Ich weiß, daß der Kommissar Sie nicht mag, und daß Ihnen seit langem jede Beförderung abgelehnt wird. Ich weiß schließlich auch, daß Sie an Ihrer Pensionierung arbeiten, mit der Sie allerdings erst in drei Jahren rechnen können . . .«

Er wagte kaum, das Gesicht dieses braven, gewissenhaften Mannes anzusehen, diese Augen, die sich fest auf ihn hefteten.

»Ich habe mich gefragt, Monsieur Rinquet, ob Sie nicht darin einwilligen würden, den Dienst schon etwas früher zu quittieren und bei mir anzufangen. Sie kennen die Lage besser als ich. Ich habe niemanden, dem ich vertrauen kann und ich kenne die Stadt schlecht. Ich habe zwar daran gedacht, einen Privatdetektiv aus Paris kommen zu lassen, aber er würde weniger erreichen als Sie, und außerdem habe ich keine Garantie für seine Ehrlichkeit . . .«

Das Schwierigste blieb noch zu sagen.

»Ich habe Madame Rinquet befragt. Von ihr weiß ich, wie hoch Ihr Gehalt ist und welche Pension Sie in drei Jahren bekommen werden. Ich habe mir das ausgerechnet, und ich glaube, wenn ich Ihnen zweihunderttausend Francs anbiete . . .«

Zu seiner großen Überraschung zuckte Rinquet nicht zusammen, schüttelte nur den Kopf.

»Ich wußte schon Bescheid, Monsieur Gilles. Ich will lieber offen zu Ihnen reden. Meine Schwester hat mich letzte Nacht aufgesucht und über alles informiert, außer über den Betrag. Ich frage mich nur, ob man mir keine Knüppel zwischen die Beine werfen wird. Andererseits möchte ich dieser armen Madame Colette helfen, die gegen einen starken Gegner zu kämpfen hat. Ich nehme an, Monsieur Gilles, bis auf die Summe, die Sie mir anbieten und die viel zu hoch ist. Es würde dann so aussehen, als hätte ich mich verkauft, verstehen Sie . . .«

Noch am selben Abend fand sich Rinquet, der bis zur offiziellen Annahme seines Entlassungsgesuches Urlaub bekommen hatte, in dem Büro ein, das Gilles sich im zweiten Stock des Hauses gegenüber der Wohnung seiner Tante eingerichtet hatte.

Seitdem ging Rinquet den ganzen Tag ein und aus und führte seine eigene Untersuchung, neben der der Polizei.

Diese hatte eine Hausdurchsuchung am Quai des Ursulines gemacht und das ganze Gebäude durchwühlt. Die Passanten gaben sich jetzt nicht einmal mehr die Mühe, ihre Neugierde zu verbergen und blieben mitten auf der Straße stehen, um das Haus des Verbrechens zu betrachten.

Colette, die bereits dreimal ins Gerichtsgebäude bestellt worden war, bewahrte trotz ihrer Fieberhaftigkeit eine unerwartete Gelassenheit. Bloß bei Tisch hatten ihre Gespräche mit Gilles fast völlig aufgehört. Die Tante und der Neffe vermieden es, sich anzusehen, und es kam vor, daß sie sich abends gute Nacht wünschten, ohne sich die Hand zu geben.

»Ich habe den Eindruck, Gilles«, hatte Alice bemerkt, »daß du nicht sehr liebenswürdig zu ihr bist.«

Was hätte Gilles seiner Frau wohl antworten können?

»Manchmal könnte man meinen, daß du sie ebenfalls verdächtigst.«

»Aber ganz bestimmt nicht, glaub mir, Alice.«

»Dann versteh ich nichts mehr. Gerade in dem Augenblick, in dem sie am meisten Aufmunterung braucht . . . Sie kommt in der letzten Minute, um sich zu Tisch zu setzen, und sie findet jedesmal einen Vorwand, wegzugehen, sobald sie mit essen fertig ist. Hat Rinquet etwas Neues entdeckt?«

»Noch nicht . . .«

»Glaubst du, daß man es wagen wird, Colette zu verhaften?«

Auf jeden Fall hatte man sie noch nicht verhaftet. Dafür hatte die Polizei Sachen von Octave Mauvoisin mitgenommen sowie alle Papiere, die in seinem Rollschreibtisch waren. Man sah oft Polizeiinspektoren um das Haus und die Garage herumstreichen, und am Tag zuvor war Madame Rinquet ebenfalls zum Untersuchungsrichter vorgeladen worden.

Gilles und Rinquet hatten an diesem Morgen beschlossen, soweit das möglich war, einen Arbeitstag Octave Mauvoisins zu rekonstruieren. Den Sachverständigen zufolge war dieser mit Arsen vergiftet worden, das ihm in kontinuierlich steigenden Mengen verabreicht worden war. Man war der Ansicht, daß die Vergiftung innerhalb mehrerer Wochen geschah.

Andererseits hatte der behandelnde Arzt enthüllt, daß Mauvoisin herzkrank war. Deshalb hatte er in seiner linken Westentasche stets eine kleine, runde Pappschachtel, die Digitalis-Pillen enthielt. Doch Apotheker Boquet an der Ecke der Place de la Caille, der diese Pillen lieferte, versicherte, daß nie auch nur die geringste Spur von Arsen beigemischt war.

»Sehen Sie, Monsieur Gilles, wir folgen dem Stundenplan Ihres Onkels bis auf die Minute genau. Er ist ziemlich einfach zu rekonstruieren gewesen, zum einen, weil alle ihn kannten und grüßten, und zum andern, weil er seine Zeiteinteilung sozusagen nie änderte. Um ganz genau zu sein, hätte ich in der Garage in das verglaste Büro gehen und einen Blick auf die Abrechnungen vom Vortag werfen müssen. *Er* machte keine Bemerkung. Wenn ihm jedoch irgend etwas mißfiel, nahm er einen dicken, roten Bleistift aus der Tasche und machte eine Notiz. Ein paar Worte, selten mehr . . . Jeder hatte eine Heidenangst, eine solche Notiz auf seinem Schreibtisch zu finden.«

Wenn auch die meisten Fischkutter während der Nacht in den Hafen zurückgekehrt waren, schlüpften doch noch einige Motorboote und Segelboote zwischen den beiden Türmen hindurch und legten in der Nähe von Jajas kleiner Kneipe an.

»Ihr Onkel rauchte zu dieser Stunde seine erste Pfeife.«

Ein Friseur, der damit beschäftigt war, seinen Salon auszufegen, dessen Tür offenstand, sah sie vorbeigehen.

»Sie werden von den Leuten nicht gegrüßt. Aber Octave Mauvoisin grüßten alle. Dabei wußte man, daß er nicht zurückgrüßte. Höchstens mal ein undeutliches Brummen . . .«

Und trotz seiner langen Beine gelang es Gilles, langsam zu gehen und schwerfällig, wie Mauvoisin es wohl bei seinem morgendlichen Spaziergang tat.

Während die Stadt noch ziemlich menschenleer war, begann der Betrieb dort, wo die Fischversteigerung stattfand und wo die Lieferwagen der Fischhändler einer nach dem andern eintrafen. Jaja, die Hände in den Hüften, rief die Mannschaft eines Schiffes an, das gerade angelegt hatte und auf dessen Brücke die Kisten mit Fischen übereinandergestapelt waren.

»Wie, du?« rief sie, als sie Gilles erblickte. »Was machst du denn hier, um diese Zeit? Hast du wenigstens deinen Kaffee getrunken? Komm mit und trink ein Gläschen, du bist ja ganz blau vor Kälte.«

Sie zog ihn mit in die Kneipe. Marktweiber vom Fischmarkt, die auf das Glockenzeichen warteten, aßen dort an den Marmortischen eine Kleinigkeit.

»Komm mal mit, ich will dir was zeigen.«

Und Jaja nahm Gilles mit in die Küche.

»Stimmt es, daß du den in deinen Dienst genommen hast?«

Rinquet war vor der Tür geblieben.

»Ich frage mich, ob du da richtig gehandelt hast. Ich mag die Bullen grundsätzlich nicht. Abgesehen davon, daß es Leute gibt, die erzählen, daß seine Schwester . . . Aber ich sehe dich immer noch wie eine magere Katze hier ankommen, und es bricht mir das Herz, alles zu hören, was man so klatscht. Von der Rinquet wird behauptet, daß sie lange mit ihrem Chef geschlafen hat, daß sie gehofft hat, im Testament bedacht zu werden und daß sie durchaus fähig sei, ihm schlechten Kaffee zu geben. Du kannst tun, was du willst, aber sieh dich trotzdem vor. Was trinkst du? Ein Gläschen Schnaps? Aber doch . . . Um mit Jaja anzustoßen!«

Und sie schenkte ihm einfach ein Glas Schnaps ein.

»Und jetzt mach, daß du wegkommst. Ich muß arbeiten . . .«
Und sie rief in den Schankraum hinaus:
»Ich komme schon, Kinder. Nur keine Aufregung.«

Die beiden Männer irrten durch die wimmelnde Menge auf dem Fischmarkt, stiegen über Hundshaie oder blutende Rochen, wateten durch Haufen von Eingeweiden. Man wandte sich nach ihnen um. Vor allem den Neffen Mauvoisin, den man so jung fand, sah man neugierig an. Trotzdem waren die Fischweiber weit davon entfernt, ihm Sympathie entgegenzubringen.

Die Fischer brachten schwere Kisten mit Fischen herbei, die sie auf die Steintische stellten.

»Der dort drüben steht, das ist der Chef«, erklärte Rinquet. »Er will unbedingt bei der Versteigerung dabei sein, während die Matrosen das Schiff reinigen und dann zu Jaja oder in eine andere Kneipe einen trinken gehen. Diese Leute sahen Ihren Onkel noch unfreundlicher an, als sie Sie ansehen.«

Gilles wußte warum. Mit Hilfe seines Schwiegervaters hatte er eine annähernd vollständige Liste der Kapitalanlagen von Octave Mauvoisin aufgestellt.

Manche Enthüllungen hatten ihn nicht erstaunt. So besaß Mauvoisin zum Beispiel vierzig Prozent der Aktien an der Firma Basse et Plantel und fast ebensoviel an der Hochseefischerei Babin. Dauernde Schuldverschreibungen machten ihn so ziemlich zum alleinigen Eigentümer der Firma Eloi, und so stand es auch mit anderen unerwarteten Geschäftsanteilen, einer Garage zum Beispiel, an der Straße nach Rochefort, mit mehreren Tankstellen, einem Elektrounternehmen und einem Phosphatlager. Ebenso verhielt es sich mit dem Bankhaus Ouvrard, einer kleinen Privatbank in der Rue Dupaty.

Doch Mauvoisin, obgleich einige zehn Millionen Francs schwer, verschmähte auch die kleineren Geschäfte nicht, und so besaß er Anteile bei einem großen Teil der Fischkutter, so daß am Ende die schwerfälligen Bosse im blauen Wollpullover nur noch Angestellte waren.

»Was hat er hier wohl getan?« fragte Gilles, den die Blicke, die ihnen folgten, allmählich störten.

»Geschaut. Bloß beobachtete er auf seine Weise. In der Garage wußte er sofort, daß etwas nicht stimmte. Hier schätzte er mit einem einzigen Blick die Anzahl der Fänge ab, den Preis der Seezunge und des Schellfischs. Danach konnten die Schiffseigner oder die Fischhändler ruhig versuchen, ihn bei den Abrechnungen zu betrügen.«

Am Ende eines der Steintische begann die Versteigerung genau in dem Augenblick, in dem die Glocke laut ertönte und die Menge sich um den Ausrufer scharte.

»Kommen Sie. Mehr brauchte Ihr Onkel auch nicht zu sehen.« Von neuem folgten sie den Kais bis zur Großen Uhr, unter der sie hindurchgingen, und sie traten in den Tabak- und Zeitungsladen an der Ecke.

»Um diese Zeit gibt es hier nur die Lokalzeitungen . . . Ihr Onkel kaufte die *Petite Gironde*, die *France de Bordeaux* und die *Ouest-Eclair* . . .«

Die alte, ganz in Schwarz gekleidete Geschäftsfrau starrte Gilles so aufmerksam an, daß sie darüber vergaß, ihm das Wechselgeld herauszugeben.

»Acht Uhr. Die Kaufhäuser fangen an aufzumachen. Der Friseur in der Rue du Palais hat gerade die Läden weggenommen. Ihr Onkel ging hinein, hing seinen Hut an den Kleiderständer, und mit einem Seufzer des Behagens setzte er sich in seinen Stuhl. Der Friseur sprach, während er ihn rasierte, doch Mauvoisin machte nicht die Zähne auseinander.«

Immer diese gleichen Worte, die wie ein Refrain wiederkehrten:

»Octave Mauvoisin sprach nicht . . . Octave Mauvoisin grüßte nicht . . . Octave Mauvoisin hörte zu, aber er machte nicht die Zähne auseinander . . .«

Und so fand man, wohin man auch ging, gleichgültig zu welcher Tageszeit, seine Spur, doch es war die Spur eines Einzelgängers.

Es war zum Verrücktwerden. Wie hatte dieser Mensch sein ganzes Leben lang in einer so völligen Einsamkeit verbringen können? Hatte er nie das Bedürfnis nach Entspannung, nach Kontakt mit seinesgleichen verspürt?

Und wenn er nach Nieul fuhr, wie jede Woche, in das Haus seiner Kusine, in dem er geboren war, so tat er es weder, um zu erfahren, wie es seinen Verwandten ging, noch um sein Herz auszuschütten. Colette hatte es gesagt: er setzte sich schwerfällig vor den Kamin und blieb dort unbeweglich sitzen, während seine Kusine weiterhin das Gemüse putzte oder ihren Haushalt versah!

Neun Uhr ... Das Bankhaus Ouvrard ... Ein enger Raum, der durch ein Gitter aus hellem Eichenholz zweigeteilt war ... Einige Plakate wiesen auf neue Emissionen hin ... Zwei Stenotypistinnen und in einem zweiten Büro, dessen Tür offenstand, Georges Ouvrard, ein kleiner, zappliger Mann mit Glatze und ängstlichem Blick.

»Ich glaube nicht, daß es viel Zweck hat, ihn von neuem zu befragen«, murmelte Rinquet. »Ich habe ein langes Gespräch mit ihm geführt. Mauvoisin kam zur gleichen Zeit wie die Angestellten. Er behielt seinen Hut auf dem Kopf. Er behielt seinen Hut überall auf, als sei es eines Mauvoisins unwürdig gewesen, den Kopf zu entblößen. Durch das kleine Türchen ging er hinter das Gitter und beugte sich über die Post, die er zu sortieren begann. Er setzte sich in Ouvrards Sessel, der respektvoll stehenblieb, und blätterte die Telegramme durch, die die letzten Kurse der ausländischen Börsen brachten. Manchmal faßte er eine Anweisung ab, immer mit seinem dicken roten Bleistift ...«

Lief so der ganze Tag ab, ohne menschliche Regung, ohne eine Lockerung im Rhythmus dieser unerbittlichen Maschine?

Gilles hatte seine Tante nicht zu fragen gewagt, wie sie Octave Mauvoisin kennengelernt hatte. Rinquet hatte ihr darüber einige Fragen gestellt, auf die sie mit völliger Offenheit geantwortet hatte.

Colettes Mutter war damals schon gebrechlich. Colette, die achtzehn Jahre alt war, verdiente ihren Lebensunterhalt als

Platzanweiserin im Kino Olympia an der Place d'Armes. Sie war von Kopf bis Fuß schwarz gekleidet, wodurch die Zierlichkeit ihrer Gestalt, das Blond ihres weichen Haars noch hervorgehoben wurde.

Jeden Freitag, das heißt an dem Tag, an dem die wenigsten Besucher da waren, kam Mauvoisin ins Kino, und zwar, wenn die Vorstellung bereits begonnen hatte. Die Platzanweiserinnen standen bei der Tür, ihre kleine Taschenlampe in der Hand.

Mauvoisin ließ sich zu einer Loge führen. Manchmal ging er sofort zum Angriff über. Er hielt die Platzanweiserin am Ärmel fest und flüsterte ihr zu:

»Bleiben Sie . . .«

Dann wieder wartete er, öffnete die Tür der Loge ein Stück, machte ein Zeichen . . .

Das war alles, was man von seinem Sexualleben wußte. Er hatte nicht immer Erfolg. Bei Colette hatte er nichts erreicht, und wochenlang hatte er seine Versuche wiederholt.

Eines Morgens hatte jemand an der Tür in der Rue de l'Evescot geklingelt. Es war ein Angestellter von Mauvoisin. Colette, die die Wohnung sauber machte, hatte ihm geöffnet.

»Wohnt hier eine blonde Platzanweiserin vom Kino Olympia?«

»Ja, Monsieur . . . Warum?«

»Nur so . . . Vielen Dank.«

Mauvoisin wußte jetzt, wo Colette wohnte. Er wußte, um wieviel Uhr sie von zu Hause wegging, um sich zu ihrer Arbeitsstelle zu begeben.

Ruhig und plump wartete er an der Straßenecke auf sie. So ging das noch wochenlang. Unterdessen hatte er die Möglichkeit gefunden, das Haus zu kaufen, in dem Colette und ihre Mutter nur zur Miete wohnten.

»Wenn Sie nett zu mir sein wollten . . .«

Sie war weggelaufen an dem Abend, als er ihr an einer Einfahrt den Weg versperrte, um ihr dieses Angebot zu machen. Einen Monat später machte er ihr das Angebot, sie zu heiraten.

»Ich wußte nicht mehr, was ich tun sollte«, hatte Colette Rinquet gestanden. »Er hätte uns die Wohnung kündigen können. Er hätte mich im Kino vor die Tür setzen lassen und dafür sorgen können, daß ich keine andere Stelle finde.«

Mauvoisin hatte in dem Haus am Quai des Ursulines nichts für sie geändert, sowenig wie er etwas an seiner Lebensweise geändert hatte. Sie hatte in dem großen Ehebett neben dem dicken, schnaufenden Mann geschlafen. Morgens hörte sie ihn um sechs Uhr aufstehen, sich waschen und anziehen. Sie sah ihn nur zu den Mahlzeiten.

Dann hatte sie in einem Winter Typhus bekommen, und Mauvoisin, der eine furchtbare Angst vor Krankheiten hatte, hatte sie in ein Zimmer im rechten Flügel des Hauses verbannt, das sie auch heute noch bewohnte.

Man hatte Doktor Sauvaget geholt. Wochenlang war er zweimal täglich zu ihr gekommen, und als sie wieder auf dem Wege der Genesung war, hatte ihre große Liebe begonnen.

Ob Mauvoisin noch an seine Frau dachte, in deren Zimmer er aus Angst vor Ansteckung nie einen Fuß setzte?

Erst zwei Monate später begann er sich zu wundern. Eines Tages stapfte er mit seinem schweren Schritt zum rechten Flügel hinüber, wobei seine Schultern die Wände des Flurs streiften. Er hörte Lachen, bevor er die Tür aufmachte, und runzelte die Stirn. Als er dann die Tür aufgestoßen hatte, bot sich ihm der Anblick zweier junger, glücklicher Menschen, die sich liebten.

»Er hat seitdem nie wieder mit mir gesprochen. Er hat verlangt, daß ich meine Mahlzeiten an seinem Tisch einnehme. Jeden Monat fand ich auf meiner Serviette einen Umschlag, der die Rente von tausend Francs enthielt, die er meiner Mutter seit unserer Hochzeit ausgesetzt hatte . . .«

Man konnte also sagen, daß die Ehe Mauvoisin nicht aus seiner Einsamkeit gerissen hatte.

»Ich habe nie gewußt, was er dachte«, hatte Colette noch erklärt. »Anfangs habe ich geglaubt, er sei geizig, aber dann habe ich gemerkt, daß es etwas viel Schrecklicheres war . . .«

Etwas viel Schrecklicheres . . .

Am hellen Morgen gingen die beiden Männer, Gilles und Rinquet, durch die Rue Dupaty zur Place de la Poste, und die Sonne spielte auf den alten Steinen des Rathauses.

Um diese Stunde, die die Sorgen und Arbeiten des Tages noch nicht getrübt hatten, war alles froh in der Stadt. Junge Dienstmädchen putzten mit viel Wasser die Scheiben oder die Kacheln der Häuser, und in der Sonne geöffnete Fenster ließen die noch warm-feuchte Intimität der Schlafzimmer erahnen.

So ging Mauvoisin früher mit seinem gleichmäßigen Schritt dahin . . .

»Hier entlang, Monsieur Gilles. Es ist halb zehn, sehen Sie. Ihr Onkel setzte sich an diesen Tisch, und im Winter an den Ecktisch im Innern des Lokals.«

Geschnittene Buchsbaumsträucher in grüngestrichenen Kästen säumten die kleine Terrasse des Café de la Poste ein. Der Wirt, der noch nicht seine Morgentoilette gemacht hatte und seine Kaffeemaschine säuberte, zeigte sich in der Tür. Mitten auf dem Platz erhob sich auf einem Sockel aus weißem Stein emphatisch die Statue des Bürgermeisters Guitton, einen Musketierhut mit einer Feder auf dem Kopf.

»Was darf ich Ihnen bringen, meine Herren?«

»Zweimal Weißwein . . .«

In den benachbarten Büros hörte man das Klappern der Schreibmaschinen. Im ersten Stock des Postamtes ertönte das Klingeln aus der Telefonzentrale. Ein Schneider in Hemdsärmeln, sein Metermaß um den Hals, trat vor die Tür, um die Morgenluft zu atmen.

»So! Hier las er seine drei Zeitungen durch und trank dazu ein Glas Weißwein. Er mischte den Wein mit Vichywasser, aber ich habe mir gedacht, daß Sie das nicht mögen.«

Alles in der Landschaft, in der Atmosphäre, im lärmenden Leben der Stadt forderte zum Optimismus auf, und doch lächelte Octave Mauvoisin nicht, lächelte nie. Männer in Hellblau, einen Sack über der Schulter, lieferten Stangeneis.

»Lesen Sie den Namen auf dem Lieferwagen«, murmelte Rinquet. *Glacières de l'Océan*.

Sechzig Prozent der Aktien! Wieder ein Unternehmen, in dem Gilles' Onkel fast der alleinige Herr war.

Und Gilles hatte den Eindruck, als begreife er allmählich. Diese Männer, die da einer bestimmten Arbeit nachgingen, sahen nur die Außenhülle der Dinge, nur den glatten, bläulichen Stoff dieses Eisblocks, das langsame Dahinfahren der Lieferwagen auf dem holprigen Pflaster . . .

Octave Mauvoisin hingegen war stets, wo er sich auch befand, im Mittelpunkt dieses Räderwerks. Er wußte, daß Ouvrard zur gleichen Stunde nach Paris telefonierte, wo der Angestellte eines Wechselbüros die Börsenaufträge entgegennahm, die er kurz zuvor mit seinem dicken roten Bleistift hingekritzelt hatte.

Vierzig Mauvoisin-Busse befuhren die Straßen des Departements, und überall warteten die Leute an den Straßenkreuzungen, warfen die Fahrer den Briefträgern, die vor den Postämtern warteten, Postsäcke zu . . . Wenn sich Plantel geschniegelt und gebügelt feierlich in sein Mahagonibüro setzte, war Mauvoisin in Gedanken bei ihm, und er kannte die Namen der Fischkutter, die in der letzten Nacht in den Hafen eingelaufen waren, und auf einem Stück Papier stand schon die Anzahl der Schellfische notiert.

Eisenbahnwaggons würden sich in Gang setzen . . . Arbeiter, Angestellte machten ihre Mittagspause, lösten sich ab, gingen nach Hause, kamen eilig wieder zurück und schauten dabei ängstlich nach den Normaluhren . . .

Mauvoisin, allein auf der sonnigen Terrasse sitzend, schlug mit einem Geldstück auf die Tischplatte, bezahlte, was er getrunken hatte, und ging Schlag zehn Uhr weg.

Jeder kannte ihn. Selbst die Leute, die nicht für ihn arbeiteten, hatten Angst vor ihm. Wenn er vorbeikam, lüftete man schüchtern seinen Hut, obgleich man wußte, daß man nur ein Brummen als Gruß ernten würde.

»Ist Mauvoisin vorbeigekommen?«

»Er ist vorbeigekommen . . .«

Mit dem gleichen abgemessenen Schritt ging er wieder zu den Kais. Dort, am Hafenbecken der Fischkutter und Frachtschiffe, herrschte jetzt ein fieberhaftes Treiben um die Kühlhäuser herum. Der Fisch lag nicht mehr auf Steintischen, sondern wurde von morgens bis abends in Eis verpackt, dann wurden Kisten zugenagelt, Waggons beladen, ganze Güterzüge rangiert.

Mauvoisin wußte, zu welchem Buchhalter, zu welchem Abteilungsleiter er gehen mußte, um auf einen Blick die genauen Zahlen zu haben. Er wußte im voraus, was dieses oder jenes Frachtschiff, das aus Liverpool oder aus Bergen kam, enthielt, wo eine bestimmte Ware ausgeladen und verkauft, welchen Gewinn er dabei machen würde.

So hingen täglich Hunderte von Angestellten und Arbeitern von ihm ab . . . Zwanzig wichtige Persönlichkeiten, hoch angesehen wie Plantel, lauerten ängstlich auf seine Notizen mit dem roten Bleistift . . . Die ganze Stadt streifte ihn auf den Straßen . . .

Das hatte Jahre und Aberjahre gedauert, annähernd zwanzig Jahre lang, bis eines Tages einer in dieser Menge den Entschluß zu fassen wagte, ihn zu beseitigen . . .

Jemand hatte im Ablauf dieser täglichen Wege, in einem Augenblick, in dem Mauvoisin aß oder trank, denn schließlich hatte man ihm das Arsen nicht im reinen Zustand eingeben können, seine Nerven angespannt und jeden Tag, wochenlang, eine langsame Vergiftung hervorgerufen.

Der Tag begann am Quai des Ursulines, wo Octave Mauvoisin Madame Rinquet in der Küche fand, damit beschäftigt, den Morgenkaffee zuzubereiten, den er sich selber in eine Tasse mit roten und blauen Blumen goß.

Er endete am Quai des Ursulines, wo er sich, bevor er zu Bett ging, mit einem Seufzer des Behagens an seinen Rollschreibtisch setzte. Dazwischen führte die Spur über die verfallene Kirche, über den Fischmarkt, über den Friseursalon, über das Bankhaus Ouvrard, über das Café de la Poste, über . . .

Rinquet verspürte keine Müdigkeit, keinen Widerwillen, vielleicht weil er unempfindlich war für das Pathetische dieses merkwürdigen Laufs hinter dem Tod her?

Gilles blieb bisweilen stehen und schloß die Augen, um diesen vor Sonne glitzernden Hafen nicht mehr zu sehen, diese bunte Menge, um die tönenden Stimmen und das Lachen nicht mehr zu hören, um sich trotz allem zurückzuziehen in sich selber, um die blauen und grünen Schiffe in seinem Kopf auszulöschen, die braunen und weißen Segel, die Spiegelungen auf dem Wasser, den Jungen, der angelte und der barfuß war, den starken Geruch nach Wein, wenn man an den auf dem Quai des Ursulines liegenden Fässern vorbeikam, den Geruch nach Fisch im Hafenbecken der Motorkutter . . . Und sogar noch die Luft, von der man spürte, daß alle ihre Moleküle in Bewegung waren, und die ihr eigenes Leben hatte, ihren Rhythmus, ihre Temperatur, ihren Duft . . .

Er war versucht stehenzubleiben, mit einer Gebärde dieses gedrungene, gefühllose Gespenst wegzufegen, das er verfolgte, die Augen weit zu öffnen, um die Bilder eindringen zu lassen, seine Lungen dehnen zu können, auf das Lachen der Passanten mit einem Lachen zu antworten, endlich zu leben . . .

»Elf Uhr«, verkündete der ruhige Rinquet und fuhr zärtlich über seine silberne Zwiebel. »Wir müssen jetzt in die Bar Lorrain gehen . . . Monsieur Babin sitzt schon eine Stunde an seinem Tisch und beobachtet uns durch den halbgeöffneten Vorhang . . .«

## 2

Ganz hell im Hell des sonnigen Salons, als einziger dunkler Fleck ihr kräftig-üppiges Haar, stürzte sie dem heimkehrenden Gilles wie ein Kind hüpfend entgegen.

Hatte er die Stirn gerunzelt? Vielleicht glaubte es Alice wegen seinem Zögern angesichts der Sonne, die ihm voll ins Gesicht stach, und mit weinerlichem Gesicht bat sie:

»Schimpf mich nicht aus, Gilles. *Sie* kommt zum Mittagessen nicht nach Hause.«

Sie war wieder einmal fast nackt, in einem Morgenrock, den Gilles nicht mochte – doch er hatte es ihr nie gesagt. Diese viel zu schwere, viel zu glatte, viel zu fließende Seide, die bei jeder Bewegung an der Haut klebte, erinnerte ihn an die zweideutige Atmosphäre im Boudoir Armandines, und dazu gab der Schwanenbesatz dem Kleidungsstück so etwas wie eine falsche Würde.

»Bist du böse?«

Nein . . . ein wenig überrascht . . . Ein wenig verwirrt . . . Er kam gerade von dem melancholischen Rinquet . . . Er hatte gerade noch, als er die Treppe hinaufging, freudlose Gedanken gewälzt . . . Er begriff nun nicht mit einem Schlag die Heiterkeit seiner Frau, die ihm seinen Mantel und seinen Hut abnahm, sich auf die Zehenspitzen stellte, um ihn abzuküssen und ihn mit lebhaften Augen und gerötetem Teint umschmeichelte.

Sie hatte es sich in den ersten Tagen angewöhnt, den größten Teil des Tages im Negligé zu bleiben und so zu Tisch zu kommen. Gilles hatte kein Wort dazu gesagt. Hatte sie seinen Blick aufgefangen, der von ihr zu seiner immer schwarz gekleideten Tante ging?

Sicher ist jedenfalls, daß sie sich jetzt ankleidete und im Eßzimmer sogar eine gewisse bürgerliche Steifheit an den Tag legte.

»*Sie* kommt zum Mittagessen nicht nach Hause . . .«

Er wagte nicht zu fragen. Nie sprach er Colettes Namen aus, wie aus Angst, sich zu verraten.

»Hab keine Angst. Man hat sie nicht verhaftet. Sie hat angerufen, daß sie bis ein Uhr mindestens bei ihrem Rechtsanwalt sei und daß sie, um uns nicht zu stören, bei ihrer Mutter essen würde.«

Sie betäubte ihn mit ihren Bewegungen, mit ihrem Lächeln, mit der ganzen spontanen und ausgelassenen Fröhlichkeit, die sie an diesem Morgen wie ein Kleidungsstück umgab.

»Ist es dir unangenehm, mit mir allein zu essen?«

»Aber nein.«

»Ich weiß es genau! . . . Warum sagst du das so . . . Trotzdem bist du ein wenig in Colette verknallt, nicht wahr?«

Sie schleppte ihn zum Klavier, auf dem Seidenstoffe ausgebreitet waren, die er nicht kannte.

»Da ich mich heute morgen langweilte, habe ich bei Maritain angerufen, daß sie mir Muster für neue Vorhänge schicken. Wir werden sie uns nachher zusammen ansehen.«

Nur zwei Gedecke, ein Tête-à tête. Der purpurrote Fleck eines schönen Hummers.

»Ich habe die Gelegenheit genutzt, ein Mittagessen nach meinem Geschmack zu bestellen.«

Und ihr Geschmack war, genau wie für die Kleider, wie für die Stoffe, das stark Gewürzte, was aufdringlich schmeckte oder aber das, was teuer war, das, wonach sie lange Lust gehabt hatte.

Sie wechselte von der Heiterkeit zum Ernst über, doch zu einem höchst provisorischen Ernst. Sie vergewisserte sich, daß die Tür zur Küche geschlossen war.

»Weißt du, was ich heute morgen gedacht habe? Vielleicht gefällt es dir nicht, daß ich mich darum kümmere? Ich habe mich gefragt, ob Madame Rinquet . . . Diese Frau macht mir immer ein wenig Angst, und ich kann sie mir sehr gut vorstellen, wie sie Gift in die Suppe oder in den Kaffee streut. Übrigens . . . Da du mir gesagt hast, daß du heute nachmittag nicht hier wärst, habe ich Gigi angerufen und ihr gesagt, sie soll heute nachmittag zum Kaffeetrinken herkommen. Sie hat heute ihren freien Tag. War das richtig?«

»Aber ja, Liebling.«

»Noch ein wenig Hummer?«

Die Abwesenheit Colettes wirkte ganz seltsam auf ihn. Er war darüber fast erleichtert, denn damit war die Verlegenheit verschwunden, die in letzter Zeit über den Mahlzeiten schwebte. Gleichzeitig dachte er an den Rechtsanwalt, der jung und schön war, an so viele aufeinanderfolgende Stunden, die seine Tante fern von ihm verbrachte.

»Wenn du wüßtest, wie es mich drängt, daß diese Geschichte endlich ein Ende hat! . . . Der Verkäufer, der mir vorhin die Stoffe zur Auswahl gebracht hat, hielt sich verpflichtet, eine Beileidsmiene aufzusetzen. Sogar Gigi hat mir mit einem Scherz geantwortet, als ich sie eingeladen habe:

›Muß ich auch nicht fürchten, daß ich ins Gerichtsgebäude abgeführt werde?‹

Woran denkst du, Gilles?«

»Eben daran . . .«

»Du mußt dir nachher meinen Plan für das Wohnzimmer ansehen. Statt dieser dicken, dunklen Vorhänge möchte ich helle Seidenvorhänge haben, strohgelb oder mandelgrün. Hier im Eßzimmer ein Ölgemälde von Jouy mit großen, roten Blumen. Wird dir das gefallen?«

»Aber ja.«

In Wirklichkeit dachte er nein. Es störte ihn, daß sie sich so um die Wohnung kümmerte. Er spürte, daß sie hier ihren eigenen Geschmack würde walten lassen, der von seinem Geschmack völlig verschieden war.

Er machte sich Vorwürfe wegen seiner schlechten Laune, er hatte Gewissensbisse und wie immer, wenn er allein mit ihr war, diese unbestimmte Furcht vor der Zukunft.

»Komm! Ich werde selbst den Kaffee im Wohnzimmer servieren.«

Sie falteten die Seidenstoffe auseinander, die in der Sonne schillerten. Sie sprach davon, die Polstergarnitur auszuwechseln. Bei jedem Schritt öffnete sich ihr Morgenrock, und er hatte den Eindruck, daß es Absicht war.

Wie zum Beweis sprang sie mit einem Satz auf das Sofa.

»Komm, Gilles . . .«

Sie drückte ihn in ihre Arme, daß er fast erstickte, sie biß ihm in die Lippen, sie wurde von einer regelrechten Liebesraserei gepackt. Er dachte an die Türen, die nicht abgeschlossen waren, an Marthe oder an Madame Rinquet, die von einem Augenblick zum andern hereinkommen konnten, an seine Tante, die es sich vielleicht anders überlegt hatte.

»Liebst du mich?«

Nie war sie so lebhaft und so feurig gewesen, und sie ahnte

nicht, daß diese Glut ihn schockierte. In einem bestimmten Augenblick, als sie immer noch unbeweglich Wange an Wange dalagen, wurde ihm bewußt, daß Alice mit weit geöffneten Augen über seine Schulter schaute, und er erinnerte sich an das erste Bild von La Rochelle, an diese gleichen aufgelösten Haare, an dieses dunkle Auge, das das Bullauge der »Flint« anstarrte . . .

Alice war nie die Geliebte Georges, des Friseurgesellen, gewesen oder eines der andern jungen Männer, die sie in ihre Arme gedrückt hatten, an deren Lippen sie ihre Lippen gepreßt hatte, aber es kam auf das gleiche heraus, das wurde ihm jetzt klar.

Ohne aufzuhören sie zu umarmen, dachte er mit einer Klarheit nach, die ihn selbst beeindruckte, die ihm ein wenig Angst machte. Sie liebte, weil sie liebte. Was sie liebte, war die Liebe, die Fröhlichkeit, die Bewegung, die Freude des Fleisches.

Was starrte sie mit diesen offenen Augen an? Dachte sie ebenfalls nach? Sie waren so vereint, wie man es nur sein konnte, und keiner wußte etwas vom andern, jeder lebte sein eigenes Leben weiter, das für alle Zeit geheimnisvoll bleiben würde.

Eine Traurigkeit überkam ihn, in die sich eine gewisse Heiterkeit mischte, und diese wurde immer größer, bis ihm leichter ums Herz wurde.

Seine Gewissensbisse, seine Ängste verflogen. Es blieb nur noch eine unbestimmte Bitterkeit zurück, das Bewußtsein von etwas, woran er geglaubt und das es nie gegeben hatte.

Als er wieder auf den Beinen stand, drehte er sich nach der Zimmerecke um, in die seine Frau vorhin geschaut hatte, und er sah auf der Tapete, auf dem vergoldeten Rahmen eines Familienbildes, einen Sonnenkreis, der zitterte.

»Hat es nicht geklingelt?« fragte er.

»Ich weiß nicht . . .«

Beinahe hätte er mit ihr geschimpft, weil sie nicht daran dachte, ihre Kleidung in Ordnung zu bringen. Sie blieb da stehen, mit hochroten Wangen, die Lippen noch feucht von Küssen, und als es an die Tür klopfte, ertappte er sie dabei, wie sie glücklich lächelte.

»Das ist Gigi!« verkündete sie.

Er war sicher, daß sie es absichtlich getan hatte! Es war fast eine Falle, in die sie ihn gelockt hatte! Sie konnte auch noch so sehr Überraschung heucheln, sie wußte, dessen war er sicher, daß ihre Freundin um diese Zeit kommen würde.

Und ihren Morgenrock zusammenraffend, lief sie dem jungen Mädchen entgegen und umarmte es.

»Du bist schon da, Liebes? . . .«

Sie machte keine näheren Angaben. Sie deutete alles an, und ihre Haare zurückwerfend, brachte sie die Kissen auf dem Sofa wieder in Ordnung.

Gilles hatte noch etwas Zeit und er ging in den zweiten Stock hinauf, blieb einen Augenblick auf der Schwelle des Zimmers seines Onkels stehen.

Um elf Uhr war er mit Rinquet in die Bar Lorrain gegangen, wie der alte Mauvoisin es jeden Tag tat. Babin saß an seinem Platz am Fenster, eine Zigarre zwischen den Zähnen, ein halbleeres Glas vor sich. Er lächelte spöttisch, als er sah, wie sich die beiden Männer hinsetzten, doch er sprach sie nicht an.

Wie verhielt es sich früher zwischen Babin und Octave Mauvoisin? Beide gehörten zum gleichen Schlag, wie Babin schon erklärt hatte. Beide hatten mit nichts angefangen. Beide führten das rauhe Leben von Kämpfern.

Auch in der Art, wie sie ihren Tag verbrachten, bestand eine gewisse Analogie. Ihr Haus und ihre Familie zählten nicht. Babin ging, wie jeder wußte, nur dann nach Hause, wenn er unbedingt mußte und zeigte für die Seinen, einschließlich seines Sohnes und einschließlich seiner beiden Töchter nur verächtliche Gleichgültigkeit.

Sein Leben, das war diese Ecke einer Kneipe, von wo aus er, in massiger Unbeweglichkeit erstarrt, seine Geschäfte leitete. Mauvoisin hingegen, immer allein, ging über die Bürgersteige und folgte einem Zeitplan, der ebenso sorgfältig war wie der der grünen Busse.

Babin bestellte von Stunde zu Stunde etwas anderes.

Um elf Uhr trafen die beiden Einzelgänger zusammen. War es nicht so etwas wie ein Bedürfnis, sich gegenseitig mit Blicken zu messen? Wie Gilles von Rinquet erfahren hatte, gaben sie sich nicht die Hand. Mauvoisin kam herein und stieß ein Brummen aus, das man für ein guten Tag halten konnte, wobei er eine kleine Handbewegung machte. Er stellte sich an die Mahagonitheke. Er brauchte gar nichts zu bestellen, denn der Wirt mit dem Hasenkopf brachte ihm sofort seine Portweinflasche.

Ob Leute im Lokal waren, spielte keine Rolle. Die beiden Männer wechselten einige Worte, die nur sie allein zu verstehen vermochten.

»Ist Hervineau nach La Pallice gefahren?«

»Ich habe ihn vor einer Viertelstunde zurückkommen sehen.«

(Ein Bauunternehmer, der sich für stark genug hielt, allein zu arbeiten, und bei dem der Anwalt den Auftrag zu pfänden erhalten hatte . . .)

»Die ›Luciole‹?«

(Eines von Plantels Schiffen, das bei den Azoren von den Behörden festgehalten wurde, weil es in verbotenen Gewässern fischte. Man hatte sehr einflußreiche Persönlichkeiten zum Eingreifen veranlaßt. Der Minister der Handelsmarine war höchstpersönlich alarmiert worden . . .)

Diese Flasche Portwein auf der Theke . . . Mauvoisin trank nicht denselben Portwein wie jedermann . . . Er hatte seine eigene Flasche . . . Wenn der Vorrat zu Ende war, schickte er eine neue Kiste in die Bar Lorrain . . .

›Ich muß einmal einen Arzt fragen‹, dachte Gilles, ›ob es möglich ist, Arsen in Portwein zu schütten, ohne daß der, der ihn trinkt, etwas davon merkt . . .‹

Ob Babin? . . . In diesem Falle mußte man eine Komplizenschaft zwischen ihm und dem hasenköpfigen Wirt annehmen . . . Bis jetzt gab es nur diese eine Hypothese, neben dem Verdacht gegen Madame Rinquet.

»Gehen wir . . .«

Noch ein Blick, ein schneller Gang durch die Büros des Busunternehmens. Manchmal eine Unterschrift, im Stehen gegeben. Dann dort oben das stumme Mittagessen allein mit Colette.

Jetzt war die Zeit für den Mittagsschlaf gekommen. Mauvoisin ließ sich schwer in den Sessel in seinem Zimmer fallen. Dort blieb er unbeweglich, mit hängenden Armen, geschlossenen Augen und offenem Mund etwa eine Stunde lang sitzen, und Madame Rinquet behauptete, daß er schnarchte.

»Er trank nach dem Essen keinen Kaffee, weder im Eßzimmer noch in seinem Zimmer, wegen seines Herzens.«

Gilles sah durch das Fenster Rinquet, der ihn vor dem Gartentor erwartete und dabei das Hin und Her der Busse beobachtete. Er ging hinunter. Als er an seiner Wohnung vorbeikam, hörte er Gelächter, und er war davon peinlich berührt, als hätte er die Gewißheit gehabt, daß Alice ihrer Freundin intime Dinge anvertraute.

»Sind Sie soweit, Monsieur Gilles? Jetzt ist die Zeit, zu der die Post unterzeichnet wird. Übrigens . . .«

Er zog den jungen Mann beiseite, weg von der wimmelnden Menge um die Wagen.

»Ich weiß nicht, ob das von irgendwelchem Interesse ist. Als ich zum Essen ging, habe ich einen meiner ehemaligen Kollegen getroffen. Unter den anonymen Briefen, die die Polizei täglich in dieser Angelegenheit erhält, ist einer, der Poineau beschuldigt, er habe eines Abends, als er betrunken war, Drohungen gegen seinen Chef ausgestoßen. Er scheint ihn gehaßt zu haben.«

»Ich weiß.«

Gilles erinnerte sich an den Diebstahl, an Mauvoisins Verhalten. Aber wie hätte Poineau, der in der ehemaligen Kirche ständig alle Hände voll zu tun hatte, den Onkel vergiften können?

Sie betraten die riesige Halle. Im Büro fand Gilles seinen Schwiegervater, der, wenn er gestört wurde, immer so aussah, als habe man ihn bei einem Fehler ertappt.

»Sagen Sie mal, Papa . . .«

Seltsamerweise fiel es ihm an diesem Tag schwerer als an den andern, »Papa« zu sagen und dabei den braven Mann mit den buschigen Augenbrauen und der elfenbeinfarbenen Glatze anzusehen.

»Mein Onkel kam doch jeden Tag um diese Stunde zu Ihnen, nicht wahr?«

»Er kam herein. Er setzte sich an meinen Platz, ohne etwas zu sagen. Er hätte sich zwar ein persönliches Büro einrichten lassen können, doch er wollte nicht. Ich hatte ihm einmal den Vorschlag gemacht, doch er hat mich angesehen, als wolle er mir zu verstehen geben, daß ich mich nicht in Dinge einmischen solle, die mich nichts angehen. Er hatte nicht einmal einen Federhalter. Er nahm meinen. Die Post, die zu unterschreiben war, lag in dieser braunen Mappe. Man hätte meinen können, er würde nichts lesen, und doch wußte er ganz genau, was er unterschrieb. Mit schwerer Hand drückte er die Striche aufs Papier. Ab und zu schnaufte er und schaute durch die Scheiben. Dann stand er auf und sagte:

›Guten Abend, Monsieur Lepart . . .‹

Denn er sagte immer Monsieur, zu jedem, selbst zum letzten Lehrling, doch er hatte eine eigene Art, diese Silben auszusprechen. Man wußte nie so recht, ob er sich dabei lustig machte oder ob es verächtlich war.«

Von neuem die Kais, die von der Sonne entzweigeschnittenen Straßen, wobei ein Bürgersteig im Dunkeln lag und ein Bürgersteig hell leuchtete.

»Er betrat ein zweites Mal das Bankhaus Ouvrard«, sagte Rinquet seinen Spruch auf. »Um diese Zeit werden die letzten Kurse aus Paris durchgegeben. Auch die letzten Zeitungen kommen. Er kaufte sich sechs oder sieben, die seine linke Tasche ausbeulten und aus ihr hervorsahen. Jetzt sind wir schon etwa bei vier Uhr, Monsieur Gilles. Eine Stunde lang gab es ein gemischtes Programm. Und gerade für diese Stunde habe ich die größten Schwierigkeiten, seinen Zeitplan zu rekonstruieren. Mal begab er sich an die Place d'Armes, wo er zu Monsieur Penoux-Rataud, dem Senator, ging.

Ich bin nicht hingegangen, denn man hätte mich wahrscheinlich vor die Tür gesetzt.

Dann wieder begab er sich in die Rue Gargoulleau und stattete Maître Hervineau einen Besuch ab. Er durchquerte den Raum, in dem die Bürogehilfen saßen, ohne irgend jemanden zu grüßen, und selbst wenn der Notar beschäftigt war, betrat er sein Büro mit der gepolsterten Tür. Dann wieder machte er einen Gang zu den Büroräumen der Firma Basse et Plantel. Das war an den Tagen, an denen die Sitzungen des sogenannten *Syndikats* stattfanden. Ein Umstand hat mich überrascht: Ihr Onkel kam bei diesen Sitzungen immer als letzter und ging stets wieder als erster weg.«

Als die beiden Männer durch die Rue de l'Evescot gingen, schaute Gilles nach den Fenstern des Hauses, das die Mutter seiner Tante bewohnte, aber er sah niemanden hinter den Gardinen. Vielleicht hatte er gehofft, Colette zu sehen?

In der Rue de l'Escale standen die Mauern, die einst die Liebe seines Vaters und seiner Mutter gesehen hatten, die Tür mit dem Rundbogen des ehemaligen Privatkonservatoriums.

Rinquet zog ein Notizbuch aus der Tasche und blätterte seine Notizen durch.

»Gegen fünf Uhr ging Ihr Onkel zu Madame Eloi . . .«

Sie gingen unter der großen Turmuhr hindurch, gelangten zu den Kais, wo in der Sonne Hochbetrieb herrschte. Die Terrassen der beiden Cafés waren wegen des vorzeitigen sonnig-warmen Wetters voller Leute, und alle sahen den Erben Mauvoisin, der in Begleitung des ehemaligen Polizeiinspektors war, neugierig an.

»Wollen Sie zu ihr?«

Gilles zögerte.

»Ich habe von einem Lagerverwalter, der ein entfernter Verwandter meiner Frau ist, Auskünfte erhalten. Anscheinend hat Ihre Tante jedesmal, wenn sie auf dem Bürgersteig die Gestalt Octave Mauvoisins auftauchen sah, laut gerufen:

›Der Bär kommt . . .‹

So nannte man ihn nämlich im Haus. Während Ihr Onkel die Hand auf den Türknauf legte, drückte Ihre Tante Eloi auf eine

Klingel, die mit der Wohnung verbunden war. Das bedeutete, daß es Zeit war, das Tablett mit dem Tee zu richten und herunterzubringen.«

Gilles und Rinquet waren vor dem Landeplatz stehengeblieben, wo die Schiffe nach der Ile de Ré und der Ile d'Oléron ablegten. Eines der Schiffe war abfahrbereit, und die Matrosen hatten Mühe, ein paar widerspenstige Kühe an Bord zu bringen. Die Menge lachte.

»Manchmal kam es vor, daß Ihr Vetter Bob im Laden war. Er verschwand so schnell er konnte. Ihr Onkel wollte ihn nicht sehen. Er nannte ihn ›der Lump‹, und seine Mutter wagte nichts darauf zu entgegnen.«

›Was macht Ihr Lumpensohn?‹ fragte er, den Hut auf dem Kopf und die Hände in der Tasche.

Er strich gern im Laden herum. Er nahm eine Dose Ölsardinen in die Hand oder einen Petroleumkanister, besah sie sich genau, schnüffelte daran:

›Wer hat Ihnen denn das verkauft? Für wieviel?‹

Und alle zitterten! Madame Eloi machte ihren Gehilfen ein Zeichen, den Mund zu halten. Wenn ein Kapitän gerade seine Bestellung aufgab, hörte Mauvoisin zu, ergriff plötzlich das Wort und entschied die Angelegenheit mit einigen Worten, die keinen Widerspruch duldeten. Es dauerte nicht lange, bis das Dienstmädchen das Tablett mit dem Tee herunterbrachte und in dem verglasten Büro Ihrer Tante abstellte. Erst dann ging Octave Mauvoisin in dieses Büro. Im Winter wärmte er sich auf, mit dem Rücken zum Ofen stehend. Im Sommer nahm er seinen Hut ab, um sich die Stirn abzuwischen, dann setzte er ihn wieder auf . . .

Zum Fünf-Uhr-Tee gab es immer das gleiche . . . Zwei Tassen Tee . . . Leichter Tee . . . Dazu Toastbrote, auf die sich Ihr Onkel Orangenmarmelade strich . . .

Wie überall setzte er sich auf Madame Elois Platz, so daß es aussah, als sei er der Chef. Schamlos las er die Briefe, die ihm in die Hand fielen, Rechnungen, Wechsel . . .

Das ist alles, was ich erfahren konnte, Monsieur Gilles. Wenn

Sie hineingehen, ist es vielleicht besser, wenn ich hier auf Sie warte?«

Im Halbdunkel des Ladens, in den keine Sonne kam, sah Gilles undeutlich das Gesicht seiner Tante, ihre dunkle Gestalt. Er hatte den Eindruck, daß sie auf ihn lauerte, und er beschloß, hinüberzugehen. Er überquerte die Straße und drückte die Türklinke herunter.

Gegen seine Erwartung sagte Gérardine Eloi ihm nicht einmal guten Tag. Sie blieb an einer Theke stehen, wo sie zwei Gehilfen überwachte, die eine Lieferung fertig machten. Sie war steifer denn je. Die goldeingefaßte Kamee saß an ihrem Platz, und zwar mitten auf der Bluse.

»Guten Tag, Tante«, murmelte er verlegen.

Sie tat so, als bemerkte sie ihn erst jetzt. Anstatt ihn zu begrüßen, sagte sie nur, wobei sie ein wenig blasser wurde:

»Sie wünschen? Ich weiß, daß Sie sich hier schon als Hausherr fühlen. Bald werden Sie es sogar ganz sein.«

»Aber . . .«

»Die Schwester Ihrer Mutter kann es nicht hinnehmen, daß Sie Polizisten schicken, die um ihr Haus herumstreichen.«

Sie ging zur Glastür und sah auffällig zu Rinquet hinüber, der auf der anderen Straßenseite wartete.

»Ende des Monats wird der Platz frei sein. Das wünschen Sie sich doch, nicht wahr?«

Gilles schnürte es das Herz zusammen. Er konnte sich nicht vorstellen, daß eine Frau von fünfzig Jahren, eine Geschäftsfrau wie seine Tante, die in dem Ruf stand, ebenso fest und entschlossen wie ein Mann zu sein, plötzlich wie ein kleines Mädchen aus der Fassung geraten würde.

Er fürchtete den Augenblick, wo sie in Schluchzen ausbrechen würde. Er spürte, daß sie am Ende ihrer Kraft war. Er versuchte, etwas zu sagen, um sie zu beruhigen.

Im gleichen Augenblick kam Bob die Wendeltreppe herunter. Man sah zuerst seine Beine, dann seinen Oberkörper. Er beugte sich herab, zeigte sein gerötetes Gesicht.

Darauf lief seine Mutter aufgeschreckt in den hinteren Teil des Ladens.

Sie stürzte die Treppe hinauf. Sie stolperte. Sie zwang Bob, wieder hinaufzugehen.

Und in dem plötzlich stillgewordenen riesigen Laden, in dem der warme Geruch des Teers aus Norwegen und der Gewürze herrschte, sahen sich die Gehilfen verstört an, sahen Gilles an, der seine Fassung verlor und sich zur Tür begab.

## 3

Es war neun Uhr morgens, als Gilles, die Arme voller Pakete, seinen Wagen an einer niedrigen Mauer stehenließ und zu einer Gruppe kleiner Häuser ging, die man aus etwa hundert Meter Entfernung sah.

Die Luft war kühl, die Natur in ihrer ganzen morgendlichen Frische, die Töne waren rein, und Geräusche überdeckten einander, das Gackern der Hühner, die Gilles zwischen den Beinen durchliefen, der Hammer des Schmieds auf dem Dorfplatz, ein Blöken in einem fernen Stall . . .

Man hatte ihn kommen sehen. Eine Frau beugte sich auf einer Türschwelle vor, dann eine andere in einem Nachbarhaus, und schmutzige Kinder kamen auf dem Weg näher.

Gilles war selten so eingeschüchtert gewesen wie jetzt, wo er mit seinen Paketen auf den Armen vor dem Haus stehenblieb, in dem sein Vater und sein Onkel zur Welt gekommen waren.

»Madame Henriquet?« stammelte er, enttäuscht darüber, nur eine ganz gewöhnliche und mißtrauische Frau vorzufinden, die ihn von Kopf bis Fuß musterte.

»Was wollen Sie von mir? Bringen Sie vielleicht den Anteil von der Erbschaft, der uns zusteht?«

Gilles fragte sich, woher sie wissen konnte, wer er war. Als sie zur Seite trat, um ihn hereinzulassen, sah er auf dem Tisch, neben einer Tasse Milchkaffee, die Lokalzeitung vom Morgen und sein eigenes Foto, das auf der ersten Seite prangte.

»Ich habe ein paar Süßigkeiten mitgebracht, für die Kinder . . .« sagte er linkisch.

Als Colette ihm von ihrem Besuch in Nieul-sur-Mer erzählt hatte, hatte er sich ein anderes Bild von dem Haus und seinen Bewohnern gemacht. In einer Ecke des großen Raums standen zwei ungemachte Betten, und in einem dieser Betten lag ein kleines Mädchen, das noch nicht gewaschen war.

»Sehen Sie nicht so genau hin. Sie hat die Masern. Und ihr andern, geht raus spielen!«

Die Mutter stieß zwei Buben zurück, einen sechs- und einen vierjährigen, die nach den Paketen zu greifen versuchten. Sie hob ein ganz kleines Baby, das noch nicht laufen konnte, vom Boden auf und setzte es draußen an den Straßenrand.

Es war schmutzig. Auf dem Boden standen Kochtöpfe herum. Im Kamin brannten Holzscheite vor sich hin.

»Wollen Sie sich setzen?«

Der berühmte Weidensessel stand da, so altersschwach, daß Gilles nicht verstand, daß er unter dem Gewicht seines Onkels nicht zusammengebrochen war. Sein Blick fiel auf ein Foto über dem Kamin, und er betrachtete es eine ganze Weile, entzückt und verwirrt.

Es war ein schon altes Porträt von zwei Schwestern, die etwa zwanzig Jahre alt sein mußten. Die Kräftigere von ihnen, mit einer platten Nase, glich ein wenig der Kusine, die Gilles vor sich hatte.

»Ihre Mutter?« fragte er.

»Natürlich . . .«

Die andere war seine eigene Großmutter, die Mutter seines Onkels Mauvoisin. Im Schlafzimmer seines Onkels hing ein anderes Bild von ihr, als sie schon eine kleine, alte Frau war. Hier, mit siebzehn oder achtzehn Jahren, war sie sehr klein und anmutig, und was Gilles vor allem überraschte, war eine gewisse Unkörperlichkeit, die an Colette erinnerte.

»Wollen Sie etwas trinken?«

Die Henriquet stellte sich auf die Türschwelle, um mit kreischender Stimme mit ihren streitenden Buben zu schimpfen.

»Ich weiß zwar, daß Sie sein Neffe sind; trotzdem, was versprochen ist, ist versprochen, jedenfalls wäre ich neugierig, mal dieses Testament zu sehen. Wenn ich auf gewisse Leute gehört hätte, wäre es wahrscheinlich nicht so gekommen.«

»Mit welcher Summe haben Sie denn gerechnet?«

»Ich weiß auch nicht. Jedenfalls genug, um die Kinder großzuziehen.«

»Nehmen Sie vorerst mal diese fünftausend Francs. Ich werde Ihnen noch mehr bringen.«

Anstatt ihm zu danken, sah sie ihn noch mißtrauischer an; schließlich ergriff sie die Scheine, die er auf den Tisch gelegt hatte.

»Muß ich eine Quittung unterschreiben?«

»Das ist nicht nötig. Auf Wiedersehen, Kusine.«

Er hätte gern das Bild der beiden Schwestern mitgenommen, doch er wagte nicht darum zu bitten. Als er zum Wagen zurückkam, standen die Kinder um ihn herum; ihre Knie waren zu dick für ihre dünnen Beine, sie hatten unregelmäßige Gesichtszüge und schon diesen beschränkten Ausdruck, den sie wohl von ihrer Mutter hatten.

Einige Minuten später parkte Gilles das Auto auf dem Dorfplatz. Die Schmiede stand offen, und rot glühte das Feuer im Dunkel. Ein Pferd, das an einem Ring festgebunden war, wartete darauf, beschlagen zu werden.

Etwas weiter zwei Kneipen. In der einen kippte der Briefträger ein Glas Weißwein hinunter und ging, sich den Mund abwischend, zum Platz zurück, wobei er ein Bein nachzog. Es war Henriquet, Gilles' Vetter, der Mann der Frau, der er gerade einen Besuch abgestattet hatte.

Die beiden Männer beobachteten sich aus der Ferne. Der Briefträger brummte Worte, die sicherlich nicht liebenswürdig waren, und nachdem er sich mehrere Male umgedreht hatte, setzte er seinen Weg fort, um seine Briefe auszutragen.

Gilles dagegen betrat den Friedhof, wo ein kleiner Alter mit weißem Haar die Gehwege säuberte.

Die Morgenfrische war hier vielleicht noch spürbarer als anderswo, und in den Zweigen der Zypressen verfolgten sich Vögel. Zwei Amseln, die man nicht sah, die man aber im Gebüsch herumhüpfen hörte, riefen einander zu.

Der Alte hob den Kopf und tippte an seine Mütze. Gilles irrte von Grab zu Grab, las die Inschriften, vor allem die ältesten. Er fand hier Namen wieder, die er auf Geschäften in La Rochelle gesehen hatte.

Auch mehrere Henriquets.

Schließlich, unweit der Umfassungsmauer, ein flacher Stein.

*Hier ruht Honoré Mauvoisin,*
*den Gott in seinem achtundsechzigsten Lebensjahr*
*zu sich gerufen hat.*
*Betet für ihn.*

Es war das Grab seines Großvaters. Dem Bild zufolge, das in dem Zimmer am Quai des Ursulines hing, mußte dieser zu seinen Lebzeiten dem Alten geglichen haben, der die Gehwege harkte, nur eben härter. Er war lange Maurer gewesen. In der letzten Zeit seines Lebens arbeitete er in der Kalkbrennerei, die man hinter der Friedhofsmauer erblickte.

Die Geräusche aus dem Dorf drangen immer noch bis zu Gilles herüber, doch gleichsam geläutert, weil sie das bebende Blau des Luftraums durchmessen hatten. Ein schwacher Geruch nach verbranntem Horn: der Hufschmied hatte begonnen, das Pferd zu beschlagen.

*Hier ruht Marie-Clémence Mauvoisin,*
*seine Gattin, geb. Baron,*
*verstorben in ihrem zweiundsechzigsten Lebensjahr.*
*Der Herr hat sie vereint.*

Gilles sah den Kirchturm und seine Zinkfahne in den Farben der Trikolore, die Glocke, die zu ihrem Begräbnis geläutet hatte. Er stellte sich die Bauern und Bäuerinnen in Schwarz hinter einem schweren Karren vor, der als Leichenwagen diente. Ob Octave Mauvoisin zur Beerdigung gekommen war? Massig schritt er wohl in der ersten Reihe, der einzige Mann aus der Stadt, und die Leute aus dem Dorf sahen ihn, der so reich geworden war, neugierig an.

Gilles' Vater war bei keiner der beiden Beerdigungen dabei. Er war weit fort, irgendwo in Mitteleuropa oder im Norden.

Sicherlich war das kleine Haus damals sauber und gut aufgeräumt. Zwei Jungen waren daraus fortgezogen. Der eine hatte in der Stadt das Geigenspiel erlernen wollen. Der andere . . .

Gilles bekreuzigte sich. Das feine Gesicht seiner Großmutter verfolgte ihn. Ein melancholischer Geruch nach verwelkten Blumen drang zu ihm herüber, denn ganz in der Nähe war ein noch frisches Grab.

Er drehte sich um, da er nicht mehr das Scharren der Harke auf dem Kies des Gehwegs hörte, und er sah den Alten, der seine Mütze gelüftet hatte, sich die Stirn abwischte und dabei nach Gilles herübersah.

Als Gilles dicht an ihm vorbeikam, gab er sich einen Ruck, um seine Schüchternheit zu überwinden und murmelte schließlich:

»Falls Sie haben möchten, daß ich ein wenig nach dem Grab sehe . . .« Auch er hatte sein Bild auf der ersten Seite der Zeitung gesehen.

»Haben Sie meinen Großvater gekannt?«

»Natürlich habe ich ihn gekannt. Wir sind zusammen in der Schule gewesen. Nicht lange, denn damals wartete man nicht, bis der Bart wächst, um mit der Arbeit anzufangen. Ich habe auch Marie gut gekannt. Wer hätte damals geahnt, daß es einmal so enden würde! Glauben Sie wirklich, daß Monsieur Octave von seiner Frau vergiftet worden ist?«

Und kühn geworden starrte ihn der Alte mit seinen forschenden Augen an.

»Sie war es ganz bestimmt nicht«, sagte Gilles.

»Aber wer? Wir kennen die Geschichte ja nur aus der Zeitung. Gewiß hatte der Mann Feinde gehabt. Na ja! Wenn Sie wollen, daß ich das Grab pflege, so mache ich das wie bei den anderen Kunden. Sie brauchen mir nur jedes Jahr zu Allerheiligen eine Kleinigkeit dafür zu geben. Ich pflege hier fast alle Gräber . . .«

Gilles hätte ihm gern ein Trinkgeld gegeben. Er wagte es nicht. Die Vorstellung, daß dieser Alte mit seinem Großvater in der Schule gewesen war, daß er seine Großmutter gekannt hatte, daß er vielleicht auf dem Dorffest mit ihr getanzt hatte, als sie noch so zierlich und so anmutig war . . .

Einige Augenblicke später stieg er wieder in sein Auto und fuhr nach La Rochelle zurück.

Über den Mord an Octave Mauvoisin wußte er nicht mehr als am Morgen, und doch hatte er das Gefühl, als beginne er, Dinge zu begreifen, die zuvor ohne Bedeutung für ihn waren. Er hatte das Haus gesehen, in dem sein Vater zur Welt gekommen war, von wo aus er zu einem so seltsamen Abenteuer aufgebrochen war, das schließlich so tragisch in einem norwegischen Hafen enden sollte.

Das sanfte Gesicht seiner Großmutter, die immer lächelte . . . Sie war von der gleichen Art wie Colette . . . Wer weiß, vielleicht hatte Mauvoisin die Platzanweiserin des Olympia wegen dieser entfernten Ähnlichkeit geheiratet?

Und vor allem . . .

»Das ist es sicherlich«, sagte er plötzlich halblaut und bremste gerade noch rechtzeitig, um nicht auf einen mit Stroh beladenen Wagen aufzufahren.

Ja, wenn Octave Mauvoisin, der Mann, der mit niemandem Umgang hatte, dieser einsame Mensch, der nicht sprach, der nicht liebte, der im Leben nur herbe, einsame Freuden kannte, wenn Mauvoisin jede Woche in sein Elternhaus kam, dann ganz bestimmt nicht, um sich das Gejammer seiner mürrischen Kusine anzuhören oder um sich unter mißratenen Kindern wiederzufinden.

Wenn er in dem Weidensessel saß, hatte er das Foto mit den beiden jungen Mädchen vor den Augen, das zarte, ätherische Gesicht seiner Mutter.

Diese Gewißheit war so stark, daß Gilles sie beinahe auf der Stelle nachgeprüft hätte. Er hätte es getan, wenn er nicht einen solchen Horror davor gehabt hätte, sich wieder in Gegenwart seiner Kusine zu finden. Abgesehen davon, daß um diese Zeit auch die Gefahr bestand, daß der Briefträger zu Hause war.

Er hätte sie gern gefragt, ob Octave Mauvoisin nie versucht hatte, das Bild mitzunehmen.

Er hatte sie sicherlich darum gebeten. Gilles kannte die Frau gut genug, um sich auszumalen, daß sie einmal nein gesagt hatte und dann stur dabei geblieben war.

Wenn Mauvoisin darauf versessen war, mußte es viel wert sein. Und warum kam er immer mit leeren Händen? Man konnte sich die Gespräche am Abend, mit dem versoffenen Ehemann, gut vorstellen, wenn er schwankend vom Austragen zurückkam.

»War er da? Hat er nichts mitgebracht? Worauf wartest du noch, um ihm was zu sagen?«

Gilles war an der Place d'Armes angekommen. Der weite Platz lag schattenlos. Die Markisen der Kneipen und der Geschäfte rahmten ihn ein, setzten rote, gelbe, orangenfarbene Flecken in die Landschaft. Warum hatte Gilles auf einmal Lust, sich einen Augenblick in den Schatten des Café de la Paix zu setzen, ein kühles Getränk zu trinken, leere, beruhigende Minuten verstreichen zu lassen? Er zögerte. Er ging selten in die Kneipe. Endlich stieg er aus seinem Wagen aus und setzte sich drinnen an einen Tisch.

Er hatte sich nicht umgesehen. Als er es tat, bedauerte er seinen Entschluß. Ihm gegenüber saßen nämlich drei oder vier junge Leute, die ihren Aperitif tranken, und unter ihnen Bob.

»Bringen Sie mir einen frischen Zitronensaft, Garçon ... Oder nein, lieber ein Glas Bier.«

Das würde nicht so lange dauern wie das Auspressen einer Zitrone. Bob sah ihn mit seinen vorstehenden, unverschämten Augen an. Die andern drehten sich um. Natürlich sprach man über ihn . . .

»Vier Pernods, Eugène!« rief Bob laut.

Man spürte, daß er in seinem Element war. Den größten Teil des Tages zog er so von Kneipe zu Kneipe, und je später es wurde, desto röter wurde sein Teint, desto glänzender seine Augen, desto lauter seine Stimme. Hatte er an diesem Morgen schon getrunken? Den Untersetzern nach zu schließen, war er jedenfalls bei seinem dritten Aperitif. Gilles wäre gern wieder weggegangen, doch der Kellner ließ auf sich warten. Er wurde ungeduldig. Er hatte so etwas wie eine Vorahnung. Man sprach immer noch über ihn, auf der anderen Seite des Schankraums. Sein Vetter Eloi erregte sich.

Nachdem er mit leiser Stimme einige Worte gesagt hatte, rief er:

»So, und warum meint ihr, ich tue es nicht?«

Die andern versuchten ihn zu beruhigen, wobei sie vielleicht wünschten, er ließe sich nicht beruhigen.

»Wer behauptet hier, daß ich mich nicht traue?«

Und um zu beweisen, daß er sich traute, stand er auf und schob den Marmortisch zurück. Da der Kellner gerade mit seinem Tablett ankam, trank er ohne Wasser den Inhalt eines der Gläser und wischte sich mit der gleichen ordinären Handbewegung, die Gilles vorhin bei dem Briefträger aus Nieul gesehen hatte, den Mund ab.

Einen Augenblick darauf ging er auf seinen Vetter zu.

»Geht die Spioniererei weiter?« fragte er aggressiv und vergewisserte sich, daß alle hersahen.

Gilles zuckte nicht mit der Wimper, gab keine Antwort. Er blieb auf seinem Platz sitzen und vermied es, Bob ins Gesicht zu schauen.

»Können Sie mir nicht antworten, wie? Sie sind sehr stolz für einen Kerl, der mit der Frau schläft, die seinen Onkel vergiftet hat . . .«

Gilles konnte nicht mehr weggehen. Der andere versperrte

ihm den Weg. Bob war viel stärker als er. Außerdem war er mit seiner Brutalität im Vorteil, und plötzlich packte er Gilles an beiden Schultern, zog ihn hoch, ließ ihn dann mit der rechten Hand los und schlug ihm einmal, zweimal, dreimal ins Gesicht . . .

Seine Kameraden liefen herbei und versuchten ihn zurückzuziehen.

»Kleines Dreckschwein! Wenn ich daran denke, daß so etwas meine Mutter verhöhnt und uns Polizisten auf den Hals hetzt . . .«

Als Gilles wieder genügend Geistesgegenwart zurückgewonnen hatte, um sich zu wehren, war es zu spät. Bob hatte ihn endlich losgelassen. Auf der Straße waren Passanten stehengeblieben, denn die Fenster des Cafés waren weit geöffnet, um den Frühling hereinzulassen.

»Wenn Sie bitte mit mir kommen wollen«, murmelte der Kellner.

Gilles begriff, als er seine blutverschmierte Hand sah. Er ließ sich auf die Toilette führen, wo man ihm ein Handtuch gab. Seine Nase und seine Backe waren angeschwollen und brannten.

»Monsieur Bob ist ein fürchterlicher Schläger. Sie dürfen keinen Skandal machen.«

Davon konnte gar keine Rede sein. Während sich Gilles mit frischem Wasser das Gesicht wusch, spürte er weder Zorn noch Groll. Es war eher Trauer, was ihn erfüllte.

Man hatte ihm seinen Vormittag verdorben, einer der heitersten, seit er einen Tag vor Allerheiligen mit einem zu langen Mantel und einer seltsamen Pelzmütze auf dem Kopf in La Rochelle an Land gegangen war.

Eine halbe Stunde zuvor hatte er auf dem kleinen Friedhof von Nieul, der vom Leben der Dinge flimmerte, den Eindruck gehabt, den großen Wahrheiten, den großen Gewißheiten so nahe zu sein . . .

Ungeschickt teilte ihm der Kellner mit:

»Sie können kommen. Er ist weggegangen. Soll ich Ihnen Ihr Bier bringen?«

Gilles trank es im Stehen, um den Geschmack nach Blut fortzuspülen, den er im Mund hatte. Nachbarn folgten ihm mit den Augen bis zu seinem Wagen. Er schämte sich nicht, daß er geschlagen worden war. Er war noch nie stolz gewesen auf seine physische Kraft.

Eine ganze Weile konnte er den Motor nicht anlassen, weil er mit den Gedanken anderswo war. Und als er schließlich die Kais erreichte, um die Zeit, zu der die Sardinenfischer ihren Fisch ausluden, dachte er schon nicht mehr an Bob.

Automatisch warf er einen Blick auf das große Gebäude, in dem die Büros der Firma Basse und Plantel lagen, dann, etwas weiter weg, auf die Bar Lorrain, wo Raoul Babin sicherlich hinter seinem kremfarbenen Vorhang auf der Lauer lag.

Ganz aufgeregt stieg er die Treppe am Quai des Ursulines hinauf und stieß die Tür zum Wohnzimmer auf. Alice stand da mit ausgestreckten Armen, während eine Schneiderin, Nadeln zwischen den Lippen, ihr ein Frühjahrskostüm anprobierte.

»Ist Colette oben?«

»Ich habe sie nicht heruntergehen hören. Gilles! Was hast du denn?«

Sie war betroffen von dem Ausdruck seines Gesichts, von der fiebrigen Hast seiner Bewegungen. Mit einigen großen Schritten erreichte er die Wohnung im zweiten Stock, stieß fast mit Madame Rinquet zusammen, die ebenfalls erschrak, als sie ihn sah.

Er hatte vergessen, daß seine Nase und seine Backe geschwollen waren.

»Die Tante?« fragte er.

»Sie ist in ihrem Zimmer . . .«

Er dachte nicht daran, daß Colette sich vielleicht gerade ankleiden könnte. Er stieß die Tür auf, wie er die Tür des Wohnzimmers aufgestoßen hatte. Er überraschte sie dabei, wie sie gerade ihre Bluse anzog und sah flüchtig ein ganz klein wenig ihre Brust.

»Verzeihung . . . Tante! . . . Sie müssen einen Augenblick mitkommen. Ich glaube . . .«

»Was haben Sie denn, Gilles? Sind Sie gefallen?«

»Das ist nichts . . . Ich glaube, Tante, ich hab's gefunden . . .«

»Was gefunden?«

»Das *Wort* . . .«

Und das erschreckte ihn. Er hatte es eilig, herauszubringen, ob er recht hatte, ob dieser furchtbare Tresor endlich sein Geheimnis preisgeben würde.

Seit drei Tagen machte man sich von einer Minute zur andern auf Colettes Verhaftung gefaßt, und Colette selbst hatte mit einer unerwarteten Ruhe ein Köfferchen gepackt für den Tag, an dem man sie ins Gefängnis bringen würde.

Seit drei Tagen wagte man bei Tisch über gewisse Dinge nicht mehr zu sprechen, und man behandelte sie wie eine Kranke, die der Arzt für unheilbar erklärt hat.

»Ist der Schlüssel immer noch in der Schublade, Tante? Kommen Sie. Sie müssen dabei sein.«

Sie hatte sich fertig angekleidet, und feiner Goldstaub hüpfte in einem Sonnenstrahl, der quer durch ihr Zimmer fiel, auf und ab. Alle diese Einzelheiten sollte er später, nicht ohne Verwunderung, in seinen Erinnerungen wiederfinden, denn im Augenblick selbst hatte er nicht darauf geachtet.

»Wissen Sie, ich bin heute morgen in Nieul gewesen . . .«

»Hat die Kusine Ihnen etwas erzählt?«

»Nein. Ich weiß noch nicht, ob ich mich nicht täusche. Kommen Sie . . .«

Er zog sie mit. Er berührte sie, ohne es zu wollen. Plötzlich drückte er fieberhaft ihren Arm.

Im letzten Augenblick hatte er Angst. Nicht nur Angst, daß er sich geirrt hatte, sondern auch Angst, daß er recht hatte, Angst vor dem, was sie entdecken würden, Angst vor allem, was darauf folgen würde. Er hatte das Gefühl, daß von nun an die Dinge nicht mehr so sein würden wie jetzt, daß Colette weggehen würde, daß ein neues Leben beginnen würde, und er klammerte sich an dieses dramatische und unsichere Dasein der letzten Monate.

Seine Finger zitterten, als er das Kombinationsschloß des Tresors berührte.

»Setzen Sie das Wort zusammen, Tante! Ich glaube . . . Ich glaube, es heißt *Marie* . . .«

Er blieb hinter ihr stehen und unterdrückte sein Verlangen, sie zu umarmen, wie er es schon einmal, ein einziges Mal, eines Abends in der Dunkelheit des Flurs getan hatte.

## 4

*Mein lieber Octave!*

*Ich hoffe, du bist mir nicht allzu böse, daß du über ein Jahr lang nichts von uns gehört hast. Du weißt ja, wie das so geht. Man nimmt sich jeden Tag vor zu schreiben. Fast jeden Tag haben wir von dir gesprochen, meine Frau und ich, doch . . .*

Gilles war erstarrt. Der Ausdruck seines Gesichtes hatte sich derart verändert, daß seine Tante gefragt hatte:

»Ist es schlimm, Gilles?«

Im gleichen Augenblick kam Alice, ein Lied trällernd, in den Raum und rief:

»Ach hier seid ihr beide? Ich habe euch überall gesucht . . . Das Mittagessen ist angerichtet . . . Sieh da! Ist es euch endlich gelungen, den Tresor zu öffnen?«

Für sie hatte dieser Stahlschrank nichts Beeindruckendes. Anders verhielt es sich bei Colette. Als sie einige Augenblicke zuvor an den Rädchen gedreht hatte, während Gilles hinter ihr stand, hatte sie beim letzten Klick gemurmelt:

»*Marie* . . . Das ist doch der Name seiner Mutter, nicht wahr?«

Dann war sie, ohne den Schlüssel umzudrehen, vom Tresor zurückgetreten. Sie stand am Fenster, und die Sonne leuchtete durch ihr leichtes Haar. Gilles und sie waren beide gleich ernst, beide gleich beunruhigt. Sie hatten das Gefühl, daß sie an etwas

Lebendigem rührten, und dieses Wort *Marie* – Gilles konnte das Bild seiner Großmutter nicht vergessen – verlieh dem Geheimnis Octave Mauvoisins einen neuen Wert.

»Ist das alles, was drin war?« wunderte sich Alice und beugte sich über die Schultern ihres Mannes.

Und Colette, aufgeregt, zerriß in ihrer Nervosität ein feines, schwarz umsticktes Taschentuch.

»Ich werde mir das nachher ansehen«, beschloß Gilles und schloß den Aktendeckel.

Es war ein Aktenordner aus starkem, grauem Leinen, wie man sie in allen Büros sieht. Er enthielt eine Reihe von Umschlägen aus Packpapier, und auf jedem Umschlag war mit Rotstift ein Name geschrieben.

Der erste Name nun, auf den sein Blick gefallen war, war Mauvoisin, ohne Vorname. Der erste Brief, den er gerade zu lesen angefangen hatte, war in der stürmischen Schrift seines Vaters geschrieben.

»Gehen wir essen . . .«

Sorgfältig schloß er den Tresor wieder und steckte den Schlüssel in seine Tasche. Alice mußte ihn ständig daran erinnern, daß er bei Tisch saß, denn er vergaß zu essen.

»Glaubst du, daß wirklich wichtige Papiere darunter sind? Ich frage mich, ob sich dein Onkel in seinem Testament nicht über die Leute lustig gemacht hat.«

Sie hob den Kopf und sah, daß er auf hundert war:

»Entschuldige bitte. Ich habe dich nicht so ärgern wollen . . .«

Er hatte gehofft, Colette würde ihm nach dem Essen in das Zimmer des Onkels folgen. Er befragte sie mit dem Blick, doch sie schüttelte nur den Kopf. Er begriff. Sie war zwar Mauvoisins Frau gewesen, doch sie hatte ihn jahrelang betrogen, und ihr Mann hatte nicht mehr mit ihr gesprochen.

Dieses Wort *Marie* . . .

»Alice, wenn Rinquet kommt, sag ihm doch bitte, daß ich ihn rufen lasse, sobald ich ihn brauche.«

Er schloß die Tür des Zimmers ab, drehte an den Rädchen des

Tresors, nahm wieder die graue Akte heraus und setzte sich in den Sessel seines Onkels, vor den Rollschreibtisch.

Der Brief seines Vaters war in Wien geschrieben, und zwar vor schon etwa zehn Jahren. Um diese Zeit aber sprachen sein Vater und seine Mutter nicht mehr mit ihm von Onkel Octave. Das war eine Geschichte, die für ihn immer ziemlich mysteriös geblieben war. Als er noch ein Kind war, sprach man oft von diesem Onkel, der in La Rochelle geblieben war, und als Gilles zu schreiben angefangen hatte, hatte man ihm zum Neujahr Briefe an diesen Verwandten diktiert, den er nicht kannte.

Und plötzlich hatte man seinen Namen nicht mehr in den Mund genommen. Zwei- oder dreimal hatte Gilles als Kind Fragen gestellt, und jedes Mal hatte sich das Gesicht seines Vaters verdüstert.

Trotzdem hatte er ihm geschrieben, dieser Brief bewies es, und je weiter Gilles las, um so mehr errötete er.

*... Du weißt, daß ich eine gute Stellung gefunden hatte ... Seit etwa einem Jahr war ich erster Geiger und gewissermaßen Orchesterchef im größten Kaffeehaus Wiens ... Wir waren glücklich, endlich an einem Ort zu bleiben und Gilles in die Schule schicken zu können ...*

Das stimmte. Wien bedeutete einer der seltenen Haltepunkte im Leben des vagabundierenden Ehepaars. Man bewohnte eine komfortable Wohnung in einem hellen und ruhigen Viertel. Man führte ein fast bürgerliches Leben. Gilles war gut angezogen. Seine Eltern ebenfalls. Mehrere Male hatte seine Mutter ihn in dieses mit vergoldetem Stuck und bemalten Engeln überladene Kaffeehaus mitgenommen, wo sein Vater, von anderen Musikern umgeben, auf einer Empore Geige spielte. Gilles spürte sogar wieder den Vanillegeschmack des mit einer dicken Schicht Schlagsahne bedeckten Kaffees auf der Zunge, den seine Mutter für ihn bestellte ...

*Leider habe ich wegen eines Streits mit einem betrunkenen Gast diese Stelle verloren, und seit zwei Monaten bin ich auf der Suche nach Arbeit . . . Wieder einmal habe ich fast alles, was wir besitzen, ins Pfandhaus tragen müssen . . . Im Augenblick ist meine Frau krank . . . Eine Operation ist unumgänglich, und wenn du uns nicht hilfst, wenn du uns nicht umgehend zwei- oder dreitausend Francs schickst, weiß ich nicht, was . . .*

Tränen zitterten an Gilles Wimpern. Das stimmte nicht! Seine Mutter war nicht krank gewesen! Es war nie die Rede davon, daß sie operiert werden müsse! Am liebsten hätte er nie diesen Brief zu lesen begonnen, doch jetzt konnte er seine Augen nicht mehr davon abwenden, obgleich ihm jedes Wort im tiefsten Innern weh tat.

Er kannte die Scham. Einmal, als er neun oder zehn Jahre alt gewesen war, hatte er vom Schminktisch einer Schauspielerin ein paar Geldstücke gestohlen. Jahrelang hatte er jeden Abend beim Einschlafen an diese Handbewegung gedacht, und selbst heute kam es noch vor, daß er davon träumte.

*. . . wenn du uns nicht umgehend zwei- oder dreitausend Francs schickst, weiß ich nicht, was . . .* Man war damals schon mit dem Onkel zerstritten, wahrscheinlich wegen früherer Bitten um Geld, und doch schrieb ihm sein Vater von neuem, log, um ihn weichzustimmen.

*. . . Ich schwöre dir, daß ich dir diese Summe zurückgeben werde, sobald . . .*

Ob seine Mutter diesen Brief gelesen hatte? Ob sein Vater ihn heimlich geschrieben hatte?

In dem gelben Papierumschlag lagen noch zwei Telegramme, beide in Wien abgeschickt.

*Situation hoffnungslos. S. O. S. Erwarte ganz bestimmt telegraphische Geldanweisung.*

Gilles weinte ohne Schluchzer; Tränen rollten seine Wangen hinab, ohne daß er es merkte.

*Schicke dir diesen letzten Hilferuf da Situation dramatisch . . .*

Gilles machte langsam wieder den Umschlag zu. Im Raum brannte kein Feuer. Lange blieb er reglos da sitzen, den Kopf zwischen den Händen, während die Sonne auf dem hellen Holz des Schreibtischs spielte.

Als er den grauen Aktendeckel wieder öffnete, war er zwar ruhiger, doch ohne Schwung. Er hatte den Eindruck, daß er kein junger Mann mehr war, daß er in wenigen Stunden sehr gealtert war, daß er von nun an alles verstehen könne.

Zuerst las er die Namen auf den Umschlägen. Da war der Name Plantels, der Babins, der seiner Tante, der des Senators und des Notars, sowie noch andere, die er nicht kannte, Namen von Geschäftsleuten oder Industriellen aus La Rochelle.

Er nahm sich die Akte Plantel vor. Sie enthielt nur einen Brief, der mit violetter Tinte und spritzender Feder auf schlechtes Papier geschrieben war, wie man es in Lebensmittelgeschäften verkauft. Wahrscheinlich war dieser Brief an einem Tisch in einem Lokal abgefaßt worden, denn man sah darauf noch Weinflecken. Zwei Fotos waren mit Nadeln darangesteckt.

Das erste stellte einen Mann von etwa fünfzig Jahren in der Aufmachung eines Fischer-Kapitäns dar, mit dickem Rollkragenpullover und Mütze mit schwarzer Litze. Der Mann war robust, hatte ein breites Gesicht und helle Augen. Das Foto war ein Paßbild.

Das andere Foto, ein Kommunionbild im Postkartenformat, zeigte einen Jungen mit lebhaftem, lachendem Blick, der ganz erstaunt zu sein schien, daß er an diesem Tag so prächtig angezogen war.

Auf der Rückseite dieses Fotos waren mit Rotstift einige Worte gekritzelt: *Jean Aguadil, mit fünfzehn Jahren im Meer ertrunken. Seine Mutter wohnt heute noch im Impasse de la Vierge.*

Brauchte Gilles deshalb so lange, um zu begreifen, weil er unablässig an seinen Vater dachte? Er las den Brief mehrere Male hintereinander. Er mochte unzusammenhängend erscheinen, und Gilles hatte den Eindruck, daß er von einem Mann geschrieben worden war, der sich nicht mehr ganz unter Kontrolle hatte. Vielleicht war er betrunken, als er den Brief schrieb, wie die Weinflecken zu bestätigen schienen?

Eine zittrige Schrift, ausgestrichene Wörter, manche Endungen unleserlich.

*Monsieur,*
*Sie müssen meine Nachricht von der letzten Woche bekommen haben, aber obwohl ich seitdem jeden Tag an den Schalter für postlagernde Briefe gegangen bin, war dort nichts. Das kann nicht mehr so weitergehen.*

Diese letzten Worte waren so energisch unterstrichen, daß die Feder ein Loch in das Papier gerissen hatte.

*Das wäre zu einfach und zu ungerecht! Sie haben den ganzen Gewinn und dazu Ihre Ruhe! Ich habe fast nichts, denn die 5000 Francs, die Sie jeden Monat schicken, nenne ich fast nichts.*

*Ich sage Ihnen also noch einmal, daß, wenn Sie mir nicht sofort den Betrag schicken, den ich ein für alle Mal von Ihnen verlange – ich habe zweihunderttausend (200 000) gesagt, und Sie müssen mir zugeben, daß das nicht zuviel ist –, dann ist mir alles egal, und ich werde den zuständigen Behörden erzählen, wie die Espadon am Roche aux Dames untergegangen ist . . .*

Gilles stand auf, zögerte. Seit langem schon hörte er Schritte im Treppenhaus. Er wußte, daß der ehemalige Inspektor ihn wohl im Wohnzimmer im ersten Stock erwartete, seinen Hut auf den Knien, wie gewohnt. Bevor er ging, um ihn ins Treppenhaus zu rufen, steckte er den Brief und die beiden Telegramme seines Vaters in die Tasche.

»Kommen Sie, Monsieur Rinquet. Ich glaube, daß Sie mir wohl helfen können. Haben Sie schon einmal etwas von der ›Espadon‹ gehört?«

Rinquet sah den offenen Tresor, die ausgebreiteten Akten.

»Dann ist es also wahr?« murmelte er.

»Was soll wahr sein?«

»Was sich manche damals, vor fünfzehn Jahren, heimlich erzählt haben . . . Es gab damals noch keine so großen Fischkutter wie jetzt. Die Firma Basse und Plantel hatte den ersten bauen lassen, mit einem Dieselmotor und irgend so einem neuen Kühlsystem zur Konservierung der Fische. Das Schiff hieß die ›Espadon‹ . . . Was ist passiert? Handelte es sich wirklich um einen Konstruktionsfehler? War das ganze System schlecht? Sicher ist jedenfalls, daß die ›Espadon‹ bei jeder Fangfahrt Schwierigkeiten hatte und daß sie ein irrsinniges Geld kostete. Und dann ist sie an einem Felsen in der Nähe von Las Palmas zerschellt . . .«

»Am Roche aux Dames?«

»Ich glaube mich an diesen Namen zu erinnern. Der Kapitän . . . Warten Sie . . . Sein Name liegt mir auf der Zunge . . .«

»Borniquet . . .«

»Ja. Ein Witwer, der mit seiner Tochter in einem kleinen, neuen Haus im Viertel Saint-Nicolas wohnte. Seine Tochter war geistesschwach. Spielt auch keine Rolle . . . Als das Unglück passierte, sind alle Männer gerettet worden, außer einem, einem Schiffsjungen namens . . .«

»Jean Aguadil . . .«

»Ganz richtig.«

Und während er respektvoll auf das Papier starrte, das Gilles vor sich liegen hatte, sagte er mit düsterer Stimme:

»Dann ist also alles wahr. Die Leute fanden, daß das Unglück gerade rechtzeitig kam . . . Noch erstaunter war man, als Kapitän Borniquet von hier wegzog, weil er angeblich eine kleine Erbschaft gemacht hatte. Seine Tochter hat er bei den Nonnen untergebracht, in einer Anstalt, wo man sich um geistig Behinderte kümmert. Das Erstaunlichste aber war, daß er nach Paris zog, anstatt sich irgendwo an einen Ort am Meer zurückzuziehen, wie das alle Seeleute tun . . .

Dort hat ihn jemand getroffen. Er trank viel. Wenn er betrunken war, gab er zu verstehen, daß er soviel Geld haben könne wie er wolle, und daß man, wenn es nach ihm ginge, in La Rochelle ganz schöne Veränderungen erleben würde.«

»Wissen Sie, was aus ihm geworden ist?«

»Er scheint am Schluß nur noch ein hilfloses Wrack gewesen zu sein. Man hat ihn stockbetrunken auf der Straße gefunden, und er ist schließlich in irgendeinem Krankenhaus im Delirium tremens gestorben. Manche haben behauptet, die Gewissensbisse hätten ihn geplagt, nicht wegen des Schiffes, sondern wegen des Schiffsjungen, Jean Aguadil . . .«

Rinquet sah von neuem mit einer Art Bestürzung auf dieses Stück Papier, diese beiden Fotos; er war darüber genauso entsetzt, als hätte man ihm mit Gewalt eine furchtbare Waffe in die Hände gedrückt.

»Ich verstehe jetzt, Monsieur Gilles . . . Was werden Sie tun?«

Gilles war fast ebenso verstört wie er, aus anderen Gründen. So sehr, daß er sich einen Augenblick lang fragte, ob er die Dokumente nicht in den Tresor zurücklegen und das Kennwort für immer löschen sollte.

Es trieb ihn jedoch, den Umschlag an sich zu ziehen, auf dem der Name Eloi stand. Die Papiere darin waren fast neu.

Es waren drei Wechsel, alle drei über zehntausend Francs, alle drei waren eingezogen worden und trugen Bankstempel und Steuermarken. Diese Wechsel waren mit Mauvoisin unterschrieben. Aber der Brief, der ihnen beilag, enthüllte das Drama.

*Ich Unterzeichneter Robert Eloi gestehe ein, daß ich zur Zahlung meiner Schulden drei Wechsel über je zehntausend Francs in Umlauf gebracht habe, die ich im Büro meines Onkels Mauvoisin entwendet und mit seinem Namen unterschrieben habe.*

*Ich verpflichte mich, Frankreich innerhalb eines Monats zu verlassen und mich zur Kolonialarmee zu melden.*

Daß Bob sich dieses Mittels bedient hatte, um sich Geld zu beschaffen, erstaunte Gilles nicht. Er hatte übrigens den Eindruck, daß ihn von nun an nichts mehr erstaunen könnte. Hatte er nicht den erbärmlichen Brief seines Vaters in der Tasche?

Was ihn aber noch mehr interessierte, war das Datum des Schreibens. Es war etwa zwei Monate vor dem Tod Octave Mauvoisins abgefaßt worden.

»Sagen Sie mal, Monsieur Rinquet, Sie kennen doch hier alle Leute. Wissen Sie, ob mein Vetter Eloi in den Wochen vor dem Tod meines Onkels von La Rochelle abwesend war?«

»Ich kann mich nicht erinnern, aber meine Schwester könnte es Ihnen bestimmt sagen.«

»Fragen Sie sie doch bitte, ja?«

Nie war der Frühling so triumphierend, nie war die Luft so berauschend gewesen, und Gilles, schwarz gekleidet, ging im Zimmer auf und ab, und es lief ihm kalt den Rücken hinunter.

Zehnmal war er im Begriff, den Telefonhörer abzunehmen. Colette wartete sicherlich in ihrem Zimmer . . .

Er wurde ungeduldig, weil Rinquet nicht mehr heraufkam. Mehrmals schien ihm, als hörte er im Treppenhaus ein ungewöhnliches Kommen und Gehen.

Als Rinquet endlich an der Tür erschien, war er bleich.

»Eine schlechte Nachricht, Monsieur Gilles . . .«

»Was ist?«

»*Sie* wollte nicht, daß wir Ihnen Bescheid sagen . . .«

»Hat man sie verhaftet?«

»Das heißt, der Kommissar ist sie persönlich abholen gekommen, um sie wieder einmal zum Untersuchungsrichter zu bringen. Sie hat ihn lächelnd gefragt, ob sie den Koffer mitnehmen solle, den sie gepackt hatte . . .«

»Und?«

Rinquet nickte mit dem Kopf.

»Meine Schwester ist in Tränen aufgelöst, sie sitzt in der Küche . . . Ich mußte ihr ein Glas Rum zu trinken geben, damit sie wieder zu sich kommt . . .«

»Meine Frau?«

»Sie scheint ausgegangen zu sein, um Einkäufe zu machen.«

»Und wie sieht es mit Bob aus?«

»Meine Schwester weiß es nicht mehr. Sie behauptet, das sei nicht der richtige Augenblick, mit ihr über so was zu sprechen. Sie glaubt sich zu erinnern, daß er eine Zeitlang auf Reisen war und daß er beim Tod seines Onkels nicht in La Rochelle gewesen ist.«

Gilles streckte eine schlaffe Hand nach dem Telefon aus und wählte eine Nummer auf der Wählscheibe. Doch als er es am andern Ende läuten hörte, hätte er beinahe wieder aufgelegt. Rinquet, der nicht wußte, wen er anrief, sah ihn beeindruckt an und hielt den Atem an.

»Hallo . . . Geben Sie mir bitte Monsieur Plantel . . . Gilles Mauvoisin möchte ihn sprechen . . .«

Seine Nerven waren so angespannt, daß er imstande gewesen wäre, hier, vor dem Hörer, in Schluchzen auszubrechen.

»Hallo! . . . Monsieur Plantel? . . . Hier ist Gilles Mauvoisin . . .«

Beim Sprechen starrte er den Haufen mit den Umschlägen an. Es waren vielleicht fünfzig. Und dabei hatte er erst flüchtig in den Akten herumgeblättert.

»Hallo! . . .« rief Plantel ungeduldig. »Ich höre . . . Sprechen Sie . . .«

Und Gilles, mit zugeschnürter Kehle:

»Ich wollte Ihnen nur mitteilen . . . daß ich gerade den Tresor geöffnet habe . . . Ja . . . Das ist alles, Monsieur Plantel . . . Wie? . . .«

Am andern Ende der Leitung bat der Reeder, ganz aufgelöst, ihn auf schnellstem Wege zu treffen. Und Gilles antwortete traurig:

»Nein, Monsieur Plantel . . . Heute nicht . . . Nein . . . Ich versichere Ihnen, daß es unmöglich ist . . .«

Als er aufgelegt hatte, blieb er einen Augenblick lang unbeweglich da sitzen.

»Was werden Sie tun?«

Gilles verstand nicht. Er hatte zwar die Silben vernommen, doch die Wörter nicht zusammensetzen können.

»Was werden Sie tun, Monsieur Gilles? Wenn sie Ihre Tante dort behalten . . .«

»Ich weiß nicht . . . Kommen Sie . . .«

Er hatte an diesem Tag keinen Mut mehr, in den Akten weiterzulesen. Er ging hinunter, von Rinquet gefolgt, und erblickte seinen Schwiegervater, der von der Schwelle der ehemaligen Kirche aus das Ein- und Ausfahren der Busse überwachte.

Die beiden Männer begaben sich zu den Kais. Da gerade ein Schwarm Meerbarben vorüberschwamm, saßen etwa fünfzig Angler am Hafenbecken, und die Menge stand um sie herum und schaute zu.

Als sie an der Bar Lorrain vorbeikamen, zögerte Gilles einen Moment. Er stieß die Tür auf, hieß seinen Begleiter mit hereinkommen und ging zur Theke, ohne einen Blick zu Babins Tisch zu werfen.

»Zwei Cognac«, bestellte er.

Erst jetzt stellte er fest, daß Babin nicht da war. Er wunderte sich darüber, als er den Mann mit der Zigarre aus der Telefonkabine kommen sah.

Babin war bestürzt über Gilles' Blässe, über die Spannung, unter der er stand. Er kam mit gerunzelter Stirn auf ihn zu. In seinen Augen blitzte nicht die übliche Ironie. Er war gewissermaßen menschlich geworden. Er sprach nicht mehr wie ein Greis zu einem Kind oder etwa, wie er eines Abends gesagt hatte, wie ein Wolf zu einem Schaf.

»Was werden Sie tun?«

Die gleiche Frage wie Rinquet, die gleiche Frage, die sich an diesem Nachmittag so viele Leute stellten, deren Schicksal Gilles plötzlich in den Händen hielt. Denn mit Sicherheit hatte gerade Plantel angerufen. Wahrscheinlich war er damit beschäftigt, nach allen Seiten hin Alarm zu geben.

In der Rue Gargoulleau, im Anwaltsbüro von Maître Hervineau, an der Place d'Armes, bei Senator Penoux-Rataud, und anderswo, kam ein Anruf nach dem andern.

»Sind Sie es? . . . Hier ist Plantel . . . Der Tresor ist geöffnet . . .«

Ein ganzer Teil der Stadt, und zwar der Teil, der nach außen hin am solidesten war, am gesichertsten, sah sich von einer Stunde zur andern der Gnade und Barmherzigkeit eines langen, mageren, schwarzgekleideten jungen Mannes ausgeliefert.

Seltsamerweise schien Babin nicht wirklich wegen sich selber erschreckt zu sein. War er weniger kompromittiert als die andern? Gilles war nicht so neugierig gewesen, sich seine Akte anzusehen. Er sah die beiden Gläser Cognac, dann den jungen Mann an. Er begriff. Er rief den Wirt.

»Dasselbe noch einmal.«

Dann rieb er langsam, mit einer Hand, die nicht zitterte, ein Streichholz an der Reibefläche und zündete sich seine Zigarre an.

»Gehen Sie nicht zu schnell vor«, stieß er gleichzeitig mit einer Wolke blauen Rauchs hervor. »Sehen Sie, Sie laufen Gefahr, viel Unheil anzurichten . . . sehr viel . . . und vielleicht bei Personen, die . . .«

Er sprach seinen Gedanken nicht ganz aus, doch Gilles hätte schwören mögen, daß er begriffen hatte, daß Babin auf seine Tante Eloi anspielte.

Mauvoisin, gewöhnlich nüchtern, trank Zug um Zug die beiden Gläser leer. Als er gehen wollte, fragte Babin mit einer Demut, die sonst nicht seine Art war, so, wie man jemanden um eine Gefälligkeit bittet:

»Das Wort?«

Plantel hätte Gilles es nicht anvertraut.

*»Marie . . .«*

Und als der andere die Stirn runzelte und vergeblich in seiner Erinnerung suchte, erklärte Gilles:

»Der Vorname seiner Mutter.«

Babin senkte den Kopf.

»Ich hätte es mir denken können.«

Schließlich, genau in dem Augenblick, in dem sich die Tür wieder schloß:

»Gehen Sie nicht zu schnell vor, Monsieur Gilles.«

Gilles stand am Bordstein des Bürgersteigs und betrachtete aus der Ferne das Haus Eloi mit den so warmen Gerüchen.

## 5

»Ich glaube«, murmelte Rinquet zögernd, »daß es besser ist, wenn ich Sie nicht dorthin begleite.«

Gilles verließ gerade einen hellen Bürgersteig, um in das Dunkel des Gerichtsgebäudes zu treten. Rinquet wartete vergeblich auf eine Antwort, schaute nach seinem neuen Herrn und begriff, daß Mauvoisin sich schon nicht mehr daran erinnerte, daß er neben ihm ging. Darauf warf er wie ein Wachhund einen grämlichen Blick ins Treppenhaus, das nach Staub roch, und pflanzte sich auf dem gegenüberliegenden Bürgersteig auf.

Gilles war unterdessen zielstrebig zu einer gepolsterten Tür im ersten Stock gegangen, und da niemand in der Nähe war, hatte er sie geöffnet, die Tür hatte gequietscht, eine eindrucksvolle Stille war darauf entstanden, während fünf oder sechs Gesichter aus schwarzen Roben heraus nach ihm hinschauten.

Dieser wunderliche Anblick sollte für ihn auf immer so etwas wie das Abbild der menschlichen Gerechtigkeit bleiben. Gilles machte keinen Unterschied zwischen Zivilkammer und Strafkammer. In einem langgestreckten Raum mit grauen Wänden, in dem einige Bänke standen wie in einer Schule, saßen Richter, Justizbeamte auf jeden Fall, zwei oder drei, während ihnen gegenüber zwei oder drei andere Personen standen, die sich lässig auf eine Art Theke stützten. Das Fenster stand offen und ließ, immer noch wie in den Erinnerungen an die Schule, Frühlingswind und ferne Geräusche hereindringen. Das Quietschen der Tür hatte die Personen in der Haltung erstarren lassen, in der sie sich bei Mauvoisins Ankunft befanden, und diese offene Tür, dieser schwarzgekleidete junge Mann, der sie anschaute, schien sie in einen Abgrund von Verblüffung zu stürzen.

Sicherlich war das falsch, und doch mußte Gilles den Eindruck zurückbehalten, daß er ein geheimes Winkelkonzil gestört hatte, genauso wie in der Schule manchmal zwei oder drei Lehrer in einer leeren Klasse zurückblieben und lachend über die Strafen sprachen, die sie gerade verhängt hatten.

Und hörte er nicht in dem Augenblick, in dem sich die Tür wieder hinter ihm schloß, die Stimme von einem der Männer in schwarzer Robe, die ruhig sagte:

»Das ist Mauvoisins Neffe . . .«

Mehrere Minuten irrte er durch leere Räume und Korridore, die nach verschimmeltem Holz rochen, und als er endlich jemanden nach dem Büro des Untersuchungsrichters fragen konnte, sagte der Angestellte, ohne seinen Blick von dem Schokoladenbrötchen abzuwenden, das er gerade aus dem Papier wickelte:

»Welchen meinen Sie?«

»Der die Affäre Mauvoisin bearbeitet.«

»Gleich links und dann noch einmal links. Ganz hinten.«

Dort brauchte er niemanden mehr zu fragen. Zwei Männer standen in einem Vorzimmer, das ringsum von Bänken ohne Rückenlehne eingesäumt war. Es waren der Polizeikommissar und ein Inspektor, die rauchten und schwatzten und, wie die Richter der Zivilkammer, bei seiner Ankunft schwiegen.

Eine Tür hatte eine Scheibe aus Mattglas, und neben dieser Tür, auf der Bank, erblickte Gilles den kleinen Koffer Colettes. An diesem Tag bekamen, wegen der Gespanntheit seines Innersten, die kleinsten Einzelheiten einen außergewöhnlichen Wert, und dieser schlichte Koffer, der zu warten schien, versetzte ihm einen Schock, der genauso heftig war, als ob er einer dramatischen Szene beigewohnt hätte.

Ohne sich um die Polizisten zu kümmern, ging er zur Tür und klopfte genau in dem Augenblick an, in dem der Kommissar sich anschickte, ihn daran zu hindern. Zu spät! Eine Stimme brummte von innen erstaunt:

»Herein . . .«

Gilles machte die Tür ein Stück auf. Er erblickte zuerst Colette, die auf einem Stuhl saß, dann, hinter einem breiten Schreibtisch, einen rothaarigen Mann mit Bürstenschnitt. Wahrscheinlich hatte der Richter geglaubt, nur ein Justizbeamter oder ein Polizist würden es wagen, ihn zu stören? Er sprang auf, als wolle er ein Sakrileg verhindern, stieß Gilles zurück.

»Ich kann niemanden empfangen . . . Sie sehen doch, daß . . .«

Und er schloß die Tür so heftig, daß die Scheibe zitterte, fast zerbrochen wäre. Der Kommissar und der Polizist sahen sich lächelnd an, folgten Gilles, der sich auf eine der Bänke neben einen Sonnenfleck setzte, mit den Augen.

Minuten vergingen, eine Viertelstunde, eine halbe Stunde, und man gewöhnte sich an die Stille, ebenso wie man sich an die Dunkelheit gewöhnte, man vernahm viel deutlicher das lange Stimmengeflüster im Dienstzimmer des Untersuchungsrichters.

Auf der schmutzigen, häßlichen grauen Wand näherte sich eine Spinne so langsam einem Marienkäfer, der sich weiß Gott wie dorthin verirrt hatte, daß man schon sehr aufmerksam hinsehen mußte, um festzustellen, daß sie sich vorwärtsbewegte, und Gilles, die Augen starr auf sie gerichtet, hatte feuchte Hände und eine feuchte Stirn. Eine Schiffssirene in der Ferne ließ ihn zusammenzucken, erinnerte ihn vielleicht an seine Ankunft an Bord der »Flint«, während gleichzeitig ein Hauch warmer Luft den Friedhof von Nieul beschwor, wo zwei Amseln in einem Gebüsch hintereinander herliefen.

Er dachte nicht. Er konnte nicht mehr denken, da er selber so etwas wie der Mittelpunkt der Dinge geworden war; er sah sie nicht mehr so, wie sie waren; hatte er vorhin überhaupt gemerkt, daß er über die Bürgersteige ging, die Menge streifte, die vor dem Prisunic immer dichter war, und daß eine kleine zwölf- oder dreizehnjährige Blumenverkäuferin ihm Mimosenzweige hingehalten hatte?

Er war der Sohn des Liebespaars aus der Rue de l'Escale, der

Sohn des Mauvoisins, der jeden Tag zu Fuß mit seinem Geigenkasten und seinen langen Haaren aus Nieul herkam, der Sohn Elises, die dem Mann, den sie liebte, in alle Städte Europas, in alle düsteren möblierten Zimmer, in alle billigen Restaurants gefolgt war. Er kam von viel weiter her. Er war der Enkel einer der beiden Schwestern, der mit dem so sanften Gesicht, die an Colette erinnerte, der Enkel auch des Maurers, der in den letzten Jahren seines Lebens die Kippkarren der Kalkbrennerei fuhr.

Er war das alles; Fäden hielten das alles zusammen, und doch war er wie ein Fremder eines Tages von einem Frachtschiff, das nach Kabeljau roch, an Land gegangen, und er war, seinen Koffer in der Hand, eine Fellmütze auf dem Kopf, über die Kais geirrt.

Alle andern kannten sich, hatten ihr ganzes Leben in der gleichen Stadt zugebracht, sprachen die gleiche Sprache, hatten gemeinsame Erinnerungen.

Gérardine Eloi war die Schwester seiner Mutter. Auch sie hatte ihre Kindheit in dem Haus voller Musik in der Rue de l'Escale verlebt, wo Gilles nur ein flüchtiges Gesicht hinter den Vorhängen gesehen hatte.

Sie hatte keinen umherziehenden Musiker geheiratet, sondern einen Mann, dessen Familie seit drei oder vier Generationen das gleiche Geschäft mit Bedarfsartikeln für die Fischer im gleichen Haus am Quai Duperté betrieb.

Sie hatte dieses Haus nicht mehr verlassen. Sie hatte dort ihre Kinder bekommen.

Alles das war geschehen, als er weit weg war und La Rochelle nur aus Erinnerungssätzen seiner Eltern kannte. In seinem Kopf hatten sich die Bilder verzerrt, er hatte von dieser Stadt wie von einem Farbdruck in warmen und ruhigen Farben, wie von einem Refugium des Friedens und der Anständigkeit geträumt.

Manchmal änderte sich die Lautstärke des Stimmengemurmels auf der anderen Seite der Glastür. Es war Colette, die sprach . . . Und Gilles mußte sich die Hände an seinem Taschentuch abtrocknen, während die beiden Polizisten sich an das offene Fenster lehnten, um ungezwungener miteinander reden zu können.

Er hatte das Geheimnis des Tresors entdeckt. Er kam nicht umhin zu glauben, daß sein Onkel das gewollt hatte. Glich dieses geheimnisvolle Wort, das man erraten mußte, nicht den Drachen, die früher in der Zeit der Sagen die Höhlen mit den Schätzen bewachten?

Der dickfellige, harte Mauvoisin, der mit niemandem sprach und seinesgleichen verachtete, fuhr jede Woche nach Nieul, setzte sich in ein unaufgeräumtes Zimmer, um ein Frauengesicht zu betrachten, das die Zeit allmählich verblassen ließ.

*Das* hatte man herausfinden sollen! An dem andern Mauvoisin lag wenig, an Mauvoisin-dem-Erbarmungslosen, der mit seinem langsamen Schritt, den nichts aufhalten konnte, jeden Morgen den gleichen Weg zur gleichen Zeit ging und der die Ereignisse lenkte.

Was hatte sein Onkel gewollt?

Daß ein junger Mann, fast noch ein Kind, plötzlich Richter über Tod und Leben wurde?

Manchmal taten ihm die Nerven so weh, während dieses Warten fortdauerte, daß er mit einem Satz aufsprang. Aber er wagte es nicht, hin- und herzugehen, und als die beiden Polizisten sich erstaunt umdrehten, setzte er sich wieder auf seinen Platz, die Hände flach auf den Knien.

Er wußte . . . Er allein wußte . . .

Octave Mauvoisin war der Bruder seines Vaters . . . Gérardine Eloi war die Schwester seiner Mutter . . .

Aber er hatte eines Abends, in einem schwach erleuchteten Flur, seine Tante Colette in die Arme gedrückt und lange das Leben von ihren Lippen getrunken.

Sie saß nun, klein und wehrlos, hinter der Glastür. Ihretwegen ertönte jetzt eine Glocke, stürzte der Kommissar los.

Was würde man mit Colette tun? Der Kommissar kam wieder aus dem Dienstzimmer, zwinkerte dem Inspektor zu, begab sich dann zu einem anderen Korridor.

Einige Augenblicke später kam er in Begleitung von Dr. Sauvaget zurück, der schlecht rasiert, abgemagert, mit zerknitterten

Kleidern, noch verkrampfter und beklagenswerter aussah als früher.

Man wollte das Liebespaar vom Quai des Ursulines miteinander konfrontieren.

Und Gilles wußte Bescheid . . . Und Gilles war der Erbe seines Onkels, der Erbe dessen, den dieser Mann und diese Frau betrogen hatten!

Der Kommissar erschien von neuem, zog seine Uhr aus der Tasche, sagte zu dem Inspektor:

»Ich glaube, ich werde gut daran tun, meine Frau anzurufen . . .«

Hieß das nicht, daß man noch lange würde warten müssen, daß die Gegenüberstellung vielleicht Stunden dauern würde?

Beredsam stand das Köfferchen immer noch da. Was mochte Colette wohl hineingepackt haben? Sie hatte nicht geweint. Sie hatte Gilles nicht auf Wiedersehen gesagt. Sie war lautlos weggegangen, fast heimlich, so wie manche Leute sterben, um ihre Umgebung nicht traurig zu machen.

Und Gérardine Eloi war seine Tante! Er kannte jetzt ihre Geschichte, Rinquet, der alles wußte, hatte sie ihm erzählt.

Sie hatte beinahe einen Angestellten des Bankhauses Crédit Lyonnais geheiratet, der einige Monate nach der Verlobung an Tuberkulose gestorben war. Später hatte sie Désiré Eloi geheiratet, der fünfzehn Jahre älter war als sie.

»Er war ein Original«, sagte Rinquet.

Und in seinem Mund bedeutete dieses Wort soviel wie: Halbirrer.

»Er hatte nur eine Leidenschaft: er sammelte alte Uhren. Er bekam von überall her welche geschickt, denn die Antiquare kannten seine Schrulle. Tagelang, abendelang, nächtelang arbeitete er daran, sie auseinanderzunehmen und wieder zum Gehen zu bringen. Während dieser Zeit bestahlen ihn seine Angestellten, und die Firma Eloi, die eine der bestgehendsten von La Rochelle gewesen war, kam immer mehr herunter, so daß bei seinem Tod die wirtschaftliche Lage hoffnungslos war . . .«

Ein ganzer Zeitabschnitt, den Gilles nicht gekannt hatte. Gérardine kümmerte sich damals im ersten Stock, über den Läden, nur um die drei Kinder. Im Sommer wohnte sie mit ihnen in einer Villa, die sie in Fourras am Meer besaß.

Und jetzt mußte sie ins Büro hinuntergehen, hart werden, um mit den Seeleuten und den Geschäftsleuten zu diskutieren. Sie hatte sich für diese schwarzen Seidenkleider entschieden, die ihr ein so strenges Aussehen gaben. Sie wehrte sich gegen das Unglück, borgte überall Geld, bekam Zahlungsaufschub, wandte sich schließlich an Octave Mauvoisin.

Es war immer die Mutter, die so für ihre Kinder kämpfte. Und was machte es schon, daß Bob nur ein Taugenichts war, ihre Tochter Louise ein weicher Teig, die andere ein leichtsinniges, romantisches Frauenzimmer, das sich einem verheirateten Mann an den Hals geworfen hatte?

Für Octave Mauvoisin stellte sie nur einen Halt von einigen Minuten dar, den Halt um fünf Uhr nachmittags, einige hunderttausend Francs, über die er wachte, eine Tasse Tee und ein Butterbrot mit Orangenmarmelade . . .

Langsame Schritte auf der Treppe. Der Mann blieb alle drei oder vier Stufen stehen, und man hörte seinen kurzen Atem. Als er das Vorzimmer erreichte, erkannte Gilles Senator Penoux-Rataud, für den die Treppe eine Qual war. Er hatte wie üblich seinen Regenschirm in der Hand. Die beiden Polizisten traten eifrig vom Fenster weg, um ihn respektvoll zu grüßen, während der Senator Gilles überrascht ansah, sich vielleicht überlegte, ob er ihn ansprechen sollte, und schließlich, ohne anzuklopfen, das Dienstzimmer des Untersuchungsrichters betrat.

Gilles rührte sich immer noch nicht, doch seine Angst wurde schmerzhaft. Weshalb mochte Penoux-Rataud wohl gekommen sein? Er blieb etwa zehn Minuten. Sicherlich hatten die beiden Männer leise miteinander gesprochen, an der Tür, denn man hatte ihre Silhouetten wie chinesische Schatten sich an der Scheibe aus Mattglas abzeichnen sehen.

Als der Untersuchungsrichter den Senator wieder hinausbegleitete, warf er Mauvoisin einen beunruhigten Blick zu. Der ehemalige Minister bekam einen Hustenanfall, spuckte in sein Taschentuch, betrachtete eingehend, was er gespuckt hatte, und entfernte sich dann mit seinem langsamen Altmännerschritt.

Noch eine halbe Stunde, eine Dreiviertelstunde. Endlich ertönte die Glocke, der Kommissar eilte herbei, lächelte bei dem Gedanken an sein Abendessen, das näherkam.

Gilles hätte sich am liebsten versteckt, doch er verließ seinen Platz nicht und blieb sitzen, in der Hoffnung, nicht gesehen zu werden.

Colette kam als erste heraus, in der rechten Hand ein zur Kugel zusammengerolltes Taschentuch, und mit einer resignierten Gebärde packte sie ihren Koffer, den der Kommissar ihr aus den Händen nahm, wobei er mit einer Andeutung von Galanterie murmelte:

»Lassen Sie nur.«

Als sie Gilles sah, riß sie die Augen weit auf. Sie schien sich eines anderen zu besinnen, in das Dienstzimmer zurückzugehen.

»Hier entlang, Madame.«

Sie ging ganz nahe an ihm vorbei, ohne ein Wort zu sagen, und er bedauerte, daß er sie nicht angesehen hatte, daß er ihr kein Wort der Ermunterung gesagt hatte.

Dr. Sauvaget hingegen folgte dem Inspektor zur breiten Treppe.

»Wollen Sie bitte eintreten, Monsieur?«

Es war der Richter mit den roten, borstigen Haaren, der Gilles von der Schwelle seines Büros aus ansprach. In diesem Büro saß ein Kanzleibeamter, den der junge Mann vorhin nicht gesehen hatte und der an einem kleinen Tisch Akten ordnete.

Der Richter hatte sich hingesetzt.

»Was wünschen Sie, Monsieur Mauvoisin? Aber gestatten Sie mir als erstes, Sie darauf hinzuweisen, daß Ihr Besuch nicht korrekt ist, daß er gegen alle Regeln verstößt und daß ich Sie eigentlich nicht empfangen dürfte.«

Zufrieden mit seinem Satz, musterte er den jungen Mann, den er nicht aufgefordert hatte, sich zu setzen, von oben bis unten, und da Gilles keine Worte fand, fügte er ungeduldig hinzu, wobei er eine goldene Uhr aus seiner Westentasche zog:

»Ich höre.«

»Ich möchte Sie fragen, Monsieur, ob meine Tante verhaftet ist oder verhaftet wird.«

Bösartige, harte kleine Augen und in der ganzen Person des Richters eine Selbstzufriedenheit, die Mauvoisin beinahe in Wut brachte.

»Ich bedaure sehr, aber es ist mir untersagt, Ihnen darauf eine Antwort zu geben.«

»Ist meine Tante frei?«

»Wenn Sie wissen wollen, ob sie heute abend mit Ihnen essen wird, ich glaube es nicht. Ansonsten . . .«

Er deutete eine unbestimmte Gebärde an, blickte auf den Siegelring an seiner Hand, den er ganz glücklich zu bewundern schien. Er schickte sich an aufzustehen, seinen Besucher zur Tür zu geleiten.

»Herr Richter, ich weiß, daß meine Tante ihren Mann nicht vergiftet hat.«

Er stand auf.

»Noch einmal, Monsieur Mauvoisin, ich bedaure sehr. Ich will Ihren Besuch lieber vergessen und . . .«

Er öffnete die Tür. Gilles zögerte noch, und schließlich lief er ins Vorzimmer, Tränen der Wut in den Augen. Er irrte sich im Korridor, lief planlos im Gerichtsgebäude herum und kam wieder an der gepolsterten Tür vorbei, die er aufgestoßen hatte, als er gekommen war und die jetzt offenstand und einen leeren Saal zeigte, in den die Schatten der Abenddämmerung fielen.

Draußen war er überrascht, den rechtschaffenen Rinquet zu sehen, der neben ihm herging und ihn nicht auszufragen wagte.

Die Straßenlaternen brannten bereits, doch die Nacht war noch nicht hereingebrochen, und Sonnenstrahlen hingen noch am Himmel.

»Ich brauche Sie heute nicht mehr, Monsieur Rinquet.«

»Ich danke Ihnen. Sie wissen doch, nicht wahr, daß sie verhaftet worden ist? Ich habe einen ehemaligen Kollegen gesehen und . . .«

Gilles schaute ihn an und gab keine Antwort. Dann ging er schneller. Er ging bis zum Ende des Kais, ohne etwas zu sehen, an etwas zu denken und stand vor der kleinen Kneipe Jajas. Er ging hinein. Er hatte ihr nichts zu sagen. Er mußte sich einen Augenblick entspannen. Leider saß Jaja mit zwei Marktweibern an einem Tisch, von denen eine weiße Wolle verstrickte.

»Na, mein Junge, geht's nicht gut? . . . Was trinkst du?«

Sie ging zu ihrem Büffet, wo sie ein kleines Gläschen mit Schnaps füllte. Dann wandte sie sich an die beiden andern.

»Ist das nicht eine Schande, daß man ihn mir so zugerichtet hat!«

Gilles hatte die Spuren des Angriffs vom Morgen vergessen, und er war erstaunt, als er sich im Spiegel betrachtete, daß er zwei große rote Flecken in seinem Gesicht sah.

»Als würde man nicht gleich sehen, daß sich ein Junge wie du nicht wehren kann! Setz dich, mein Gilles. Gott weiß, ob ich das nicht geahnt habe, als du eines Abends mit deinem langen Mantel und deinem komischen Hut hier angekommen bist . . .«

Sie wandte sich an die beiden Marktweiber.

»Wenn ihr gesehen hättet, wie lieb er war . . .«

Gilles war in diesem Winter so oft hergekommen, um sich bei Jaja einen Augenblick aufzuhalten! Warum fühlte er sich heute abend so unwohl hier? Die drei Frauen musterten ihn. Die Strickarbeit der einen hatte schon die Form einer Babysocke.

»Und jetzt ist er verheiratet, ganz abgesehen von all dem Ärger, den er auf dem Buckel hat! . . . Gehst du schon, mein Liebling? Willst du nicht zwei schöne Seezungen mitnehmen?«

Er war nicht imstande, ihr zu antworten, ihr nett auf Wiedersehen zu sagen. Es war das dritte oder vierte Mal an diesem Tag, daß seine Kehle so zugeschnürt war, daß sie ihm weh tat, so, wie wenn man als Kind eine Angina hat.

Die Hände in den Taschen, irrte er an den Kais entlang. Das Schaufenster der Firma Eloi war noch erleuchtet, allerdings nicht so hell wie die Schaufenster nebenan, denn es handelte sich nicht um ein Geschäft, in das man die Kundschaft hineinlocken mußte.

Er näherte sich und entfernte sich wieder. Genau wie am Abend seiner Ankunft streifte er unschlüssig umher, und er sah seine Tante in ihrem Büro, die Gehilfen, die Pakete verschnürten.

Schließlich kam einer von ihnen auf den Bürgersteig hinaus und begann die Läden anzubringen. Jetzt war nur noch die Tür erleuchtet, dann mußte man aufmerksam hinschauen, um einen schmalen Lichtstreif unter der Tür zu erkennen.

Auf der Terrasse des Café Français, wo die Leute einen der ersten schönen Abende genossen, wurde Musik gemacht. Ein Algerier ging von Tisch zu Tisch und legte auf jeden ein paar Erdnüsse. Etwas weiter, hinter der Großen Uhr, zwei oder drei Silhouetten in der Dunkelheit, Frauen, die auf Kundschaft warteten, jederzeit bereit, beim Anblick eines Polizisten zu verschwinden.

Die ganze Stadt war erleuchtet. Licht in allen Häusern, Familien, die sich zu Tisch begaben, unter der Lampe Kinder, die ihre Hausarbeiten wegräumten oder die mit halblauter Stimme ihre Lektion lernten.

Er sah auf. Im ersten Stock mußten wohl die Schwestern Eloi . . .

Er traute sich nicht. Er entfernte sich wieder. Er hörte, wie die Tür aufging und drehte sich um, er sah die Gehilfen im Gänsemarsch herauskommen, zwei von ihnen auf ihr Fahrrad steigen.

Er war Octave Mauvoisins Erbe, *sein Universalerbe,* jetzt, da er das Geheimnis seines Onkels entdeckt hatte. Nur hatte Mauvoisin nicht damit gerechnet, daß er eines Tages vergiftet werden würde.

Was hätte er getan, wenn er es gewußt hätte, *wenn er gewußt hätte von wem?*

Er hatte auch nicht damit gerechnet, daß sein Neffe eines Tages im Flur des zweiten Stocks, der ihm so vertraut war, Colette umarmen würde und daß die tiefste Erregung seines Lebens über ihm zusammenschlagen würde.

Wieder ging die Tür auf. Diesmal war es die Stenotypistin. Sie blickte um sich. Vielleicht wartete sie auf einen Verehrer? Sie bemerkte Gilles und ging einen Augenblick wieder in den Laden zurück. Er erriet, daß sie zu Gérardine Eloi sagte:

»*Er* ist da . . .«

Sie entfernte sich. Es war immer noch Licht unter der Tür. Es vergingen weitere zehn Minuten. Das Licht wurde nicht gelöscht. Darauf überquerte Gilles die Straße. Als er den Türknopf berührte, wurde ein Schlüssel im Schloß umgedreht, die Tür ging auf, und er stand vor seiner Tante, die ihn starr ansah.

Und es klang fast wie die Stimme eines verschüchterten Kindes, als er sagte:

»Guten Abend, Tante . . .«

Sie runzelte die Stirn, erstaunt darüber, in seinem Tonfall eine echte Zuneigung zu spüren. Und das stimmte! Er wagte es nicht, sie anzusehen! Er hatte sie gern! Er schämte sich, daß er hier war!

Sie schloß die Tür wieder ab und ging zu ihrem verglasten Büro. Er sah ihre kräftige Gestalt vor sich. Er wußte, daß sie Angst hatte, daß er ihr Angst machte, und er machte sich Vorwürfe, daß er die Schwester seiner Mutter so quälte.

Er hätte lieber offen mir ihr gesprochen, ihr alles gesagt, was er dachte, was er spürte.

»Treten Sie ein . . .«

Im Stockwerk über ihnen erklang das Klavier, eine Kaskade ungeschickter Töne, die gegen die Wände des Hauses stießen.

Gérardine Elois Nasenflügel bebten, während sie einen Augenblick lang zur Decke sah. Dann lächelte sie, nicht wie wenn man froh ist, auch nicht, wie wenn man höflich sein will, sondern verkrampft, wie nach einem nervösen Zucken, und während sie ihre Hand, die zitterte, auf die Lehne eines Stuhls legte, um Halt zu finden, schob sie diesen Stuhl ihrem Neffen zu und sagte:

»Setzen Sie sich, Gilles . . . Was haben Sie mir zu sagen?«

Warum glich ihre Stimme in diesem Augenblick der seiner

Mutter? Gilles sah Gérardine nicht an, und die Illusion war darum noch größer. Er warf sich gegen die Wand, den Kopf in den Armen, und sein langer, magerer Körper wurde von Schluchzen geschüttelt.

## 6

Über seinem Kopf wurde immer noch Klavier gespielt, eine Passage, die endlos neu begonnen wurde, denn die Finger der Pianistin – wahrscheinlich Louise – stolperten regelmäßig über den gleichen Akkord. Ohne auch nur zu versuchen, das Hindernis zu überwinden, begann sie immer wieder von vorne, weder langsamer noch schneller.

Obgleich Gilles die Augen geschlossen hatte, war er sich dennoch des Rahmens bewußt, der ihn umgab, vor allem dieses niedrigen und vollgestopften Ladens, wo die Lampen gelöscht waren und in dem die Glaswände des Büros eine gelbliche Helligkeit von der Farbe aufeinandergestapelter Schiffstaue verbreitete. Überall hing Material von der Decke herab, Signallaternen, Flaschenzüge, Eimer, formlose Gegenstände, die geheimnisvolle Schatten warfen, und im Schaufenster etwas, das sich bewegte, eine Katze oder eine Ratte.

Gilles weinte, und da er spürte, daß seine Tante reglos hinter ihm stand, hielt er seine Schluchzer zurück, um sie atmen zu hören. Sie mußte doch eine Bewegung machen, mußte irgendwelche Worte aussprechen. Sie konnte doch nicht so in der Schwebe bleiben, und doch vergingen die Sekunden, die Minuten, die Tränen flossen nicht mehr so reichlich, und es rührte sich immer noch nichts.

Sollte er sich umdrehen und ihr ins Gesicht sehen? Weinte sie etwa still vor sich hin? War sie starr vor Rührung, mit fahlem Teint und eingefallenen Zügen?

Plötzlich setzte sie sich vor ihren Schreibtisch. Die Stuhlbeine hatten ein wenig über den Fußboden gekratzt. Die Hände legten sich auf Papiere. Eine ruhige und bösartige Stimme sagte:

»Wenn Sie mit Ihrem Theater fertig sind . . .«

Er glaubte, er hätte schlecht gehört. Seine Tränen versiegten sofort. Er blieb noch einen Augenblick reglos stehen, den Kopf in seinen verschränkten Armen, dann richtete er sich langsam auf. Und langsam drehte er sich auch um und sah, wie sie ihn ruhig, als empfinge sie einen Kunden, mit hartem Blick anstarrte.

»Ist jetzt Schluß?« fragte sie, als er ein letztes Mal aufschluchzte. »Dann können Sie mir vielleicht sagen, was Sie wollen? . . .«

Sie hatte die Zeit, in der er weinte, genutzt, um ihre Selbstbeherrschung zurückzugewinnen. Nie hatte er sie so hart, so beherrscht gesehen, und er fragte sich, wie er nur, einige Minuten zuvor, ihre Stimme für die Stimme seiner Mutter hatte halten können.

Auch bei ihm war die Rührung vorbei. Wie nach seinen Tränenausbrüchen als Kind fühlte er sich leer und schlaff, und er setzte sich auf einen Stuhl, senkte den Kopf, sagte mit schwacher Stimme:

»Man darf nicht zulassen, daß sie verurteilt wird, Tante. Sie wissen genau, daß sie nichts getan hat.«

Und Gérardine Eloi lachte höhnisch, wobei sie ihre großen Zähne zeigte:

»Sie muß man retten, nicht wahr? Sie, nur sie allein zählt!«

»Sie hat meinen Onkel nicht vergiftet, Sie wissen es.«

Selbst in diesem Augenblick noch hätte er viel darum gegeben, wenn seine Tante protestiert hätte, aber sie machte sich nicht einmal die Mühe.

»Haben Sie dem Untersuchungsrichter schon die Wechsel gebracht?«

Er schüttelte verneinend den Kopf.

»Was haben Sie ihm gesagt?«

»Nichts, Tante . . . Hören Sie . . . Ich weiß nicht, was getan werden muß . . .«

Wenn sie nicht kalt wie ein Stein vor ihm gesessen hätte, hätte er anders gesprochen. Kurz zuvor noch hatten sich ihm andere Worte auf die Lippen gedrängt. Er hätte gesagt:

›Ich weiß alles, Tante, und ich kann Ihnen deshalb einfach nicht böse sein . . . Ich weiß, daß Sie sehr unglücklich gewesen sind, und daß Sie sich seit dem Tod Ihres Mannes mit Schwierigkeiten herumschlagen mußten, die nicht zum üblichen Schicksal einer Frau gehören. Ich weiß, wenn Sie nach außen hin stark sind, so daß die Männer Ihren Namen mit einem Anflug von Respekt aussprechen, so sind Sie es, weil Sie müssen, weil Sie verbissen über Ihre Kinder und über diese Firma Eloi wachen, die Sie als ihren Besitz ansehen.

Octave Mauvoisin hat Ihnen unter dem Vorwand, Ihnen zu helfen, noch das wenige genommen, das Ihnen blieb.

Wenn er sich jeden Tag um fünf Uhr in dieses Büro setzte, dann tat er das als der Herr, der die Abrechnungen verlangt und Befehle erteilt.

Er hielt Ihr Schicksal und das Ihrer Kinder in seinen Händen. Er war für jedes Gefühl und viel mehr noch für jegliches Mitleid unzugänglich.

Sie spürten, daß Bob eine andere Gefahr darstellte, daß er früher oder später Dummheiten machen würde.

Und er hat sich in der Tat auch aufs dümmste mit Haut und Haaren Mauvoisin ausgeliefert.

Mein Onkel hat verlangt, daß er geht, daß er sich zur Kolonialtruppe meldet. Der Gedanke, Bob allein in Afrika, sich selbst und allen seinen Lastern überlassen . . .

Nicht wahr, Tante, so ist es doch? Sie haben doch gemogelt, nicht wahr, Sie hatten Bob irgendwo in Frankreich versteckt? Und Mauvoisin war dem Betrug auf die Spur gekommen, nicht wahr? Und darauf haben Sie seinen Tod ins Auge gefaßt, nicht wahr?

Ich bin der Sohn Ihrer Schwester. Ich bin kein Richter. Ich spreche nicht im Namen der Justiz, und es liegt mir wenig daran, daß ein Mörder bestraft wird.

Aber Sie wissen genau, Tante, daß eine Frau, die nichts getan hat, an Ihrer Stelle angeklagt wird. Sie wissen genau, daß . . .‹

Diese Sätze sprach er nicht, und von neuem herrschte Schweigen in dem kleinen, überhitzten Büro, das den Raum den Tönen des Klaviers überließ. Gérardine sah noch zwei- oder dreimal ungeduldig zur Decke. Sie hätte gern diese aufreizende Musik zum Schweigen gebracht, doch dazu hätte sie nach hinten in den Laden gehen und ins Treppenhaus hineinschreien müssen. Und außerdem, war es nicht das letzte Mal, daß man in diesem Haus Klavier spielte?

»Ich nehme an, daß Sie zuerst einmal Ihren Vetter Bob ins Gefängnis schicken werden?«

Was konnte er ihr darauf antworten? Nein! Es war nicht unbedingt das, was er wollte. Colette mußte gerettet werden. Alle würden ihn beschuldigen, ihr Geliebter zu sein, aber sie mußte gerettet werden. Er schämte sich. Er sagte sich immer wieder, daß er auch ohne den Kuß, den sie sich gegeben hatten, genauso gehandelt hätte, und das stimmte.

»Es muß etwas getan werden, Tante. Ich weiß nicht was. Vielleicht wenn . . .«

Er zögerte. Er hatte den Eindruck, daß ein sardonisches Lächeln die Lippen seiner Tante verzog.

»Ich höre.«

»Wenn Sie alle ins Ausland gingen . . . Ich könnte . . .«

Es gab Worte, die auszusprechen ihm schwerer fiel als alles andere, vor allem das Wort Geld. Er hatte zuviel davon, von diesem Geld, das ihm auf einen Schlag zugefallen war, und er hatte einen gewissen Widerwillen, sich seiner zu bedienen.

Und doch, wie einfach das wäre! Er würde seiner Tante Eloi soviel Geld geben wie sie wollte. Sie würde ins Ausland gehen, noch in der gleichen Nacht, und sobald sie in Sicherheit wäre, würde sie ein Geständnis ihres Verbrechens schicken . . .

Sie hatte es erraten und meinte ironisch:

»Sie würden mir eine bestimmte Geldsumme geben, nicht wahr?«

Er nickte. Er hoffte noch. Er wagte nicht mehr, sich ihr zuzuwenden, weil ihn dann sein Mut verlassen würde.

Die ungeheuerliche Ruhe seiner Tante, ihre unerwartete Kaltblütigkeit, stimmten ihn, anstatt ihn zu empören, noch mitleidiger. Aggressiv gab sie zurück:

»Oh nein, mein kleiner Gilles. Ich lehne ab. Tun Sie, was Sie wollen. Klagen Sie Ihren Vetter an. Daß er entehrt wird, spielt ja keine Rolle, nicht wahr? Klagen Sie mich an! Man wird Beweise von Ihnen verlangen. Und was mich angeht, ich werde mich zu wehren wissen . . .«

Sie hatte sich aufgerichtet und schien ihm viel größer.

»Ich glaube, das ist alles, was wir uns zu sagen haben.«

Sie schaute zur Tür hin. Sie verabschiedete ihn. Sie hielt ihm sogar seinen Hut hin, den er auf den Schreibtisch gelegt hatte. Sie hatte noch die Geistesgegenwart, den Schalter für die Lampen im Laden umzudrehen, und als er auf dem Bürgersteig stand, hörte er, daß sie das Eisengitter an der Tür anbrachte.

Rinquet hatte auf ihn gewartet und ging neben ihm her, doch Gilles richtete kein Wort an ihn und schien seine Anwesenheit nicht zu bemerken. Als er das Haus am Quai des Ursulines betrat, begnügte sich der ehemalige Inspektor damit, seinen Hut zu lüften und sich schweigend zu verabschieden.

»Haben sie sie behalten?« fragte Alice, während sie auf ihn zukam, um ihn zu umarmen, und sie machte dazu ein den Umständen entsprechendes Gesicht.

Er starrte sie an, ohne zu verstehen. Er war fast erstaunt, sie hier vorzufinden. Nie hatte er so gespürt, wie fremd seine Frau ihm war.

»Was wirst du tun?«

Er zuckte die Achseln. Was er tun würde? Sie könnte es doch nicht verstehen.

»Ich esse nichts«, verkündete er, als er im Eßzimmer den gedeckten Tisch und das Mädchen mit der Suppenschüssel sah.

»Warum nicht? Wo gehst du hin?«

»Nach oben.«

Ungeschickt drängte sie:

»Iß wenigstens etwas. Und wenn's nur etwas Suppe ist. Willst du eine Scheibe kalten Braten?«

Er entfernte sich schon, ohne ihr zuzuhören.

Es war fast Mitternacht, als sie geräuschlos nach oben schlich und ihr Ohr an die Tür zum Zimmer des Onkels hielt. Sie hörte kein Geräusch. Sie versuchte, durchs Schlüsselloch zu sehen, aber sie sah nur einen Teil des Bettes.

Darauf klopfte sie schüchtern an.

»Herein«, antwortete eine ruhige Stimme.

Ohne Ungeduld drehte er sich nach ihr um. In seiner Haltung war nichts Ungewöhnliches. Im Gegenteil, er war selten so ruhig gewesen. Vor ihm, auf dem Rollschreibtisch, lagen die Dokumente des Tresors ausgebreitet, und einige Blätter Papier waren von Gilles mit Notizen vollgeschrieben worden.

»Was machst du? Kommst du nicht schlafen?«

An diesem Abend war zwischen ihnen eine so ungeheure Leere, daß nichts mehr sie in Zukunft einander näherbringen zu können schien. Sie hatten sich nicht gestritten. Nichts war vorgefallen. Er konnte Alice nichts vorwerfen, höchstens, daß sie sie war, irgendein junges Mädchen, über das er sich nicht einmal mehr aufregte, sondern das ihm völlig gleichgültig war.

»Soll ich dir eine Tasse Bouillon heraufbringen lassen?«

»Ja . . .«

Wozu ungeduldig werden? Er wartete darauf, daß sie ging. Dann würde er die Arbeit fortsetzen, die er in der Einsamkeit des Zimmers begonnen hatte, in dem auch sein Onkel ganz allein so viele Abende verbracht hatte.

Sollte er sich nicht an die Einsamkeit gewöhnen? Colette würde fortgehen. Sie würde die Villa zusammen mit Dr. Sauvaget, dessen Unschuld man schließlich anerkennen müßte, verlassen.

Wenn der Sturm einmal vorüber wäre, den Gilles entfachen würde, wäre er summa summarum der wahre Erbe seines Onkels, sein wahrer Nachfolger, und um ihn herum würde die gleiche Leere herrschen, wie sie um Octave Mauvoisin geherrscht hatte.

Alice trat zu ihm, um ihm einen Kuß auf die Stirn zu geben,

und er ließ sie gewähren. Sie streichelte ihm das Haar, und mochte er diese Gebärde auch vulgär finden, so sagte er doch nichts dazu. Er wartete.

»Wäre es nicht besser, wenn du dich ausruhen würdest?«

Er schüttelte den Kopf. Er mußte mit dieser Sache zu Ende kommen. Später hätte er vielleicht nicht mehr den Mut dazu.

»Gute Nacht, Gilles«, seufzte sie resigniert.

»Gute Nacht.«

Er hörte kaum das Dienstmädchen, das eine Tasse Bouillon und ein Stück kaltes Rindfleisch auf den Schreibtisch stellte, und er sah sie mit solchen Augen an, daß sie sich fragte, als sie den Raum verließ, ob er sie erkannt hatte.

Nachher würde er die Unterlagen, die er zusammengestellt hatte, ins reine bringen.

*Sehr geehrter Herr Staatsanwalt,*
*ich habe die Ehre, Ihnen folgendes zur Kenntnis zu bringen . . .*

Um drei Uhr morgens war der Brief, den er in einen großen, gelben Umschlag steckte, abgeschlossen. Es gab noch andere Briefe, auf denen man die Adressen von Monsieur Plantel, von Raoul Babin, von Senator Penoux-Rataud, dem ehemaligen Minister, von Hervineau und noch vielen anderen las.

Gilles trank seine Bouillon, die kalt geworden war. Er aß ohne Brot die Scheibe Fleisch, die einen Nachgeschmack von Blut hatte, wie Gilles Lippen, als ihn Bob am Morgen geschlagen hatte. Es war vorbei. Er hatte nichts mehr zu tun.

Es kam ihm gar nicht in den Sinn, hinunterzugehen und sich neben seine Frau ins Bett zu legen, in diesem Zimmer, das sie nach ihrem Geschmack eingerichtet hatte und das Gilles in dem Maße, in dem es sich veränderte, immer fremder wurde.

Er schloß die Papiere in den Tresor, stellte von neuem das Wort *Marie* ein und ging hinüber in das Zimmer, das vor seiner Heirat das seine gewesen war. Er schob den Vorhang ein wenig zurück. Dabei wußte er, daß bei seiner Tante kein Licht brannte.

Die Dächer zeigten im Mondlicht scharfe Kanten, Oberflächen, die flach waren wie Wüsten, und die Pflastersteine der Straßen waren fahl.

Die Fotos standen immer noch an ihrem Platz auf dem schwarzen Marmor des Kamins.

Auf einem von ihnen schien Gilles' Vater, im Frack und die Geige in der Hand, ein begeistertes Publikum zu grüßen. Er sah gut aus mit seinem immer bleichen, feingeschnittenen Gesicht und seinen Schnurrbartspitzen.

So zeigte er sich in Wien in dem Kaffeehaus mit den schweren Vergoldungen und den pausbäckigen Amoretten . . .

Worauf er dann, nach Hause gekommen, schrieb:

*Mein lieber Octave . . .*

»Armer Papa!« murmelte Gilles halblaut.

Und er betrachtete ein Bild seiner Mutter. Es war eine dieser schlecht abgezogenen Postkarten, die die Zirkus- und Varieté-Künstler in der Pause verkaufen. Seine Mutter war im Bühnenkostüm, die Beine und die Schenkel in einem enganliegenden Trikot, von dem Gilles wußte, daß es von einem zarten Bonbonrosa war.

Es hatte ihn immer schockiert, seine Mutter in dieser Aufmachung zu sehen. Er wandte die Augen ab.

»Verzeihung, Mama . . .«

Verzeihung weswegen? Er hatte getan, was er tun zu müssen geglaubt hatte. Dennoch fühlte er sich ihnen allen gegenüber schuldig, gegenüber den Mauvoisins und seinem Onkel selber, gegenüber seiner Mutter, deren Schwester er angreifen mußte.

Ein zartes Gespenst irrte durch die Wohnung, wie an dem Abend, an dem Colette geräuschlos gekommen war, um in Gilles' Zimmer den Schlüssel des Tresors zu holen.

Heute nacht schlief sie in den Mauern eines Gefängnisses. Für sie tat er . . .

Und danach würde sie gehen . . . Sie würde mit einem anderen weggehen, mit Sauvaget, während Gilles . . .

Er schlief angezogen und wurde von Alpträumen geplagt, wie

früher, als er ein Kind war. Einmal wachte er schweißgebadet auf, auf seinem Bett sitzend, und er hatte den Eindruck, geschrien zu haben, er lauschte, als wolle er in der Stille des leeren Hauses das Echo seiner Stimme wiederfinden.

Um neun Uhr morgens fand ihn Rinquet munter, aber blaß, in seinem Büro. Mehrere Briefe lagen vor ihm.

»Wenn Sie diese Briefe bitte zustellen wollen, Monsieur Rinquet.«

Dann sah man ihn in der Autobushalle, wo er ruhig und ernst einige Sätze mit seinem Schwiegervater wechselte.

Angestellte und Arbeiter beobachteten ihn heimlich, denn die Morgenzeitungen berichteten von der Verhaftung Colette Mauvoisins. Es wurde dabei auch auf die Szene angespielt, die sich am Vortag zwischen Bob und Gilles im Café de la Paix abgespielt hatte. Um elf Uhr betrat er die Bar Lorrain. An dem ernsten Gesicht Babins sah er, daß dieser schon seinen Brief erhalten hatte. Trotzdem bestand kein Groll bei dem Reeder. Im Gegenteil, in seinen Augen konnte man eine gewisse Hochachtung lesen, und er war es, der sich zur Theke bemühte und dem jungen Mann die Hand hinstreckte. Es bedurfte zwischen ihnen nicht mehr vieler Worte.

»Sie haben vielleicht recht, Monsieur Gilles. Dennoch frage ich mich, ob Sie sich im klaren darüber sind, welche Kräfte Sie entfesseln. Sie kennen Gérardine noch nicht. Sie wird sich mit Klauen und Zähnen zur Wehr setzen.«

Gilles erblickte seine Tante etwas später in ihrem Laden, und einen Augenblick lang wandte sie ihm das Gesicht zu.

Er kannte keine Gewissensbisse, kein Zaudern mehr. Als er das Gerichtsgebäude betrat, irrte er nicht mehr, wie am Vortag, durch das Labyrinth der Korridore und der Treppen.

»Wollen Sie mich bitte dem Herrn Staatsanwalt melden? Ich glaube, er erwartet mich.«

Um drei Uhr kam eine Sondernummer des *Moniteur* heraus, und Zeitungsjungen riefen in den Straßen und an den Kais diese

Nummer aus, Gruppen bildeten sich, Leute gestikulierten auf der Schwelle der Läden.

THEATERCOUP IN DER AFFÄRE DER GIFTMORDE.
GILLES MAUVOISIN, DER ERBE SEINES ONKELS, KLAGT AN!
WIRD COLETTE MAUVOISIN FREIGELASSEN?

»Warum hast du mir nichts gesagt, Gilles?«

Und warum hätte er mit Alice darüber reden sollen?

»Stimmt es, daß sie deine Tante Eloi ins Gefängnis stecken werden? Glaubst du, daß sie deinen Onkel vergiftet hat? Übrigens . . . Man hat dich mehrmals am Telefon verlangt.«

»Ich weiß.«

»Monsieur Plantel ist schon zweimal hier gewesen.«

»Ich weiß.«

»Ach so«, machte sie entmutigt.

Nichtsdestoweniger brachte sie das Gespräch gleich auf ein anderes Thema.

»Soll ich die Arbeiten im Wohnzimmer und im Schlafzimmer weiterführen lassen?«

»Wenn du willst . . .«

»Was hast du denn gegen mich, Gilles? Man könnte meinen, daß du mich nicht mehr liebst.«

»Aber doch. Glaub mir, nichts hat sich geändert. Da hält gerade ein Auto vor der Tür. Es klingelt. Das ist bestimmt Plantel. Willst du Marthe bitte sagen, daß sie ihn in mein Büro hinaufführen soll?«

Äußerlich hatte sich der Reeder nicht geändert, und seine Kleidung war immer noch genauso elegant, er bemühte sich, den Kopf genauso hoch zu tragen und kam mit ausgestreckter Hand heran.

»Guten Tag, Gilles. Ich bin schon zweimal dagewesen und . . .«

Gilles drückte ihm nicht die Hand und murmelte nur:

»Setzen Sie sich, Monsieur Plantel.«

»Darf ich rauchen?«

»Bitte.«

Das Fenster stand offen, und ein Geruch nach verbranntem Benzin drang von den Autobussen herauf, die vor dem Gittertor standen.

»Ich brauche Ihnen wohl nicht zu sagen . . .« begann Plantel, nachdem er zwei- oder dreimal die Beine übereinandergeschlagen hatte.

Gilles bewunderte seine Schuhe, die spiegelblank waren.

»Sie brauchen mir nichts zu sagen, Monsieur Plantel. Da Sie meinen Brief bekommen haben, wissen Sie Bescheid.«

»Gérardine hat mich angerufen und . . .«

»Ich habe sie ebenfalls gesprochen.«

»Ich hatte ihr zwar geraten zu . . .«

»Ich zweifle nicht daran, daß Sie ihr gute Ratschläge gegeben haben, Monsieur Plantel. Leider will meine Tante nichts davon wissen. Es ist jedoch unerläßlich, daß Colette freigelassen und ihre Unschuld festgestellt wird.«

Plantel, der sich in seiner Haut nicht wohl fühlte, sah diesen jungen Mann, den er als schüchtern und stammelnd kennengelernt hatte und der jetzt mit erschreckender Ruhe davon sprach, die Schwester seiner Mutter verurteilen zu lassen, bestürzt an.

»Sie hätten sich gar nicht herzubemühen brauchen«, fuhr Gilles mit fast unmenschlicher Gleichgültigkeit fort. »Ich weiß, daß Sie alles in Ihrer Macht Stehende tun werden, damit Colette und Dr. Sauvaget für unschuldig erklärt werden, nicht wahr?«

»Aber . . . Da sie nun wirklich unschuldig sind, ist es ganz natürlich, daß . . .«

Der Aktenordner aus grauem Segeltuch lag auf dem Schreibtisch. Als der Reeder ihn sah, zögerte er weiterzusprechen.

»Was nun die andere Sache angeht . . .«

Und Gilles, unbarmherzig ruhig:

»Den Untergang der ›Espadon‹ und den Tod des kleinen Jean Aguadil . . .«

»Ich schwöre Ihnen, Gilles, wenn wir das vorausgesehen hätten . . .«

»Das ist ohne Belang, Monsieur Plantel. Es ist geschehen, nicht wahr? Seine Mutter scheint an der Ecke der Rue du Palais Sardinen zu verkaufen.«

»Ich bin bereit . . .«

»Daran zweifle ich nicht. Später, wenn alles einmal geregelt sein wird, werde ich diesen Aktenordner wahrscheinlich in Ihrer Gegenwart wieder öffnen, und wir werden gemeinsam gewisse Dokumente verbrennen.«

Er stand auf.

»Im Augenblick, Monsieur Plantel, habe ich viel Arbeit und . . .«

»Entschuldigen Sie bitte, daß ich Sie gestört habe. Ich wollte Ihnen unbedingt persönlich sagen, daß ich alles tun werde, um . . . Übrigens . . . Penoux-Rataud hat mich gestern abend aufgesucht. Er ist bereit, Ihnen persönlich einen Besuch abzustatten.«

»Das ist überflüssig . . .«

»Er ist natürlich völlig einer Meinung mit Ihnen . . . für einen Mann in einer so hohen Stellung ist das peinlich . . .«

»Der Erbschleicherei angeklagt zu werden . . .«

Gilles hatte nachlässig den Aktenordner geöffnet und seine Hand auf den Umschlag gelegt, der den Namen des Senators trug.

». . . doch da ist diese Nichte, die er vier Jahre lang in einer Anstalt gehalten hat und die dann wirklich verrückt geworden ist.«

Auf der Straße waren Kinder, die aus der Schule kamen und auf den Bürgersteigen Murmeln spielten, wobei sie durchdringende Schreie ausstießen.

»Guten Abend, Monsieur Plantel.«

»Guten Abend, Monsieur Gilles . . . Und noch einmal, glauben Sie mir . . .«

»Ich glaube Ihnen, Monsieur Plantel.«

Und er schloß die Tür hinter dem eleganten Reeder, öffnete eine andere Tür, die zum Büro seines Onkels.

»Kommen Sie herein, Monsieur Rinquet. Wir haben beide viel Arbeit.«

## 7

»Geben Sie mir noch zwei Minuten, mein kleiner Gilles? Ich bitte Sie um Entschuldigung. Ich bin unerträglich, nicht wahr?«

Er lächelte nicht. Am Steuer seines Wagens sitzend sah er seiner Schwiegermutter nach, die, hell gekleidet, in eine Konditorei stürzte und dort im Laden wild gestikulierte. Sicherlich sagte sie mit der Aufgeregtheit, die sich ihrer jedesmal, wenn sie mit ihm ausging, bemächtigte:

»Machen Sie schnell, Mademoiselle . . . Mein Schwiegersohn wartet draußen im Auto auf mich . . . Er ist so beschäftigt!«

Brave Madame Lepart! Gerade sie hatte sich seit der Heirat ihrer Tochter am meisten verändert. Seit sie ein Dienstmädchen hatte und jeden Nachmittag ausging, verwandte sie viel Sorgfalt auf ihre Toilette, und sie erschien dadurch noch fülliger, rosiger und zarter.

Sie kam schon wieder zurück, gefolgt von einer jungen Verkäuferin, die Pakete mit Kuchen trug.

»Stellen Sie das hierhin, Mademoiselle. Danke sehr. Mein Gott, Gilles, ist Alice immer noch nicht heruntergekommen? Sie muß doch immer übertreiben. Sie scheint sich gar nicht darüber im klaren zu sein, daß Sie hier mitten in der prallen Sonne warten.«

Esprit Lepart hatte die Gelegenheit, daß seine Tochter auf sich warten ließ, genutzt, um in einen Tabakladen zu gehen, wo er sich eine Pfeife kaufte, während er durch die Schaufensterscheibe das Auto beobachtete.

Sie waren in Royan, in der Hauptstraße, und es war Pfingsten.

Früher, als Gilles noch mit seinen Eltern herumzog, kannte er die hohen Feiertage nur vom Hörensagen oder auch, weil es an diesen Tagen statt einer zwei Vorstellungen gab. Seitdem er in La Rochelle gelandet war, hatten diese Feiertage einen anderen Wert bekommen, und sie hätten dazu dienen können, die einzelnen Etappen seines Lebens abzustecken.

Zuerst Weihnachten, zwar ein Weihnachten ohne Schnee, aber ganz von Nebel gedämpft, unter der Meerespinie, die Alice ihren Regenschirm nannte, wo sie sich fest an ihn drückte und eine kalte Nase hatte. Das war um sechs Uhr abends, und um acht Uhr war er zu den Elois gegangen und hatte den riesigen, wohlriechenden Laden durchquert, denn seine Tante hatte ihn eingeladen, den Heiligen Abend im Kreis der Familie zu feiern.

Louise hatte Klavier gespielt. Um Mitternacht hatten sich alle umarmt, und er hatte die ganze Nacht über einen Nachgeschmack nach Gänseleber und Champagner im Mund.

Colette hatte diese Nacht bei ihrer Mutter in der Rue de l'Evescot verbracht, um weniger ihre Einsamkeit zu spüren, doch als er spät in der Nacht nach Hause ging, machte er einen Umweg, um ihr für einen Augenblick nahe zu sein, um die dunklen Fenster zu betrachten, während Nachtschwärmer auf den Straßen sangen.

Neujahr . . . Steif, korrekt, verlegen über seine lange Gestalt, war er zu den Plantels gegangen, um ihnen ein gutes neues Jahr zu wünschen, und von neuem hatte er in dem Rauchzimmer, das nach Juchten roch, ein Glas Portwein getrunken . . .

Alice hatte ihm ein Taschentuch geschenkt, das sie selber gehäkelt hatte, während er nicht einmal daran gedacht hatte, ihr ein Geschenk zu machen. Er wußte das nicht. Seine Eltern machten sich keine Geschenke . . .

Seitdem hatte sich das Leben in dem Haus am Quai des Ursulines geändert. Schlafzimmer und Salon waren nach Alices Geschmack eingerichtet worden.

»Was meinst du dazu, wenn wir Ostern in Paris verbringen?«

hatte sie vorgeschlagen. »Du bist noch nie in Paris gewesen. Das wird dir guttun.«

Sie waren mit dem Wagen hingefahren. Diesmal waren sie beide allein. Sie waren in einem großen Hotel in der Rue de Rivoli abgestiegen. Gleich am ersten Abend wollte sich Gilles unbedingt eine kleine, billige Pension hinter dem Zirkus Médrano ansehen, wo er zur Welt gekommen war. Alle Pariser eilten zu den Bahnhöfen, aufs Land und in die Vororte. Die Straßen leerten sich. Die Läden waren geschlossen, und vom Ostersonntag blieb ihm die Erinnerung an endlose Märsche über sonnige Bürgersteige, dann die Erinnerung an die zwei Tage, die sie noch länger geblieben waren, an die Laufereien durch die Geschäfte, wo Alice ihn jeden Augenblick mit Blicken anflehte.

»Darf ich?«

Sie war irrsinnig vor Freude. Sie kaufte ohne zu rechnen. Jedesmal, wenn sie ins Hotel zurückkamen, fanden sie in ihrem Appartement neue Pakete und Päckchen vor, die die Geschäfte während ihrer Abwesenheit angeliefert hatten.

Jetzt war Pfingsten.

»Ich möchte dich um etwas bitten, Gilles. Wenn es dich auch nur im entferntesten langweilt, sag es mir offen. Ich weiß, daß Mama überglücklich wäre, wenn sie mit uns zwei Tage in Royan verbringen könnte . . .«

Madame Lepart hatte sich ein helles Kostüm und einen hellen Hut bestellt; sie hatte alle Geschäfte abgeklappert, um die dazu passenden Schuhe zu finden, und unaufhörlich fiel ihr Blick voller Dankbarkeit auf Gilles.

Wenn ihre Tochter diesen oder jenen Vorschlag machte, ins Kasino zu gehen oder in die Umgebung zu fahren, murmelte sie vorwurfsvoll:

»Aber Alice! Darüber hat Gilles zu entscheiden.«

Und alle Augenblicke empfand sie das Bedürfnis, den Namen ihres Schwiegersohnes auszusprechen.

»Nicht wahr, Gilles, dieser Strand ist der schönste von ganz Frankreich? . . . Was meinen Sie, Gilles, zu . . .«

Esprit Lepart, noch demütiger, vergaß nie, daß er Angestellter der Firma Mauvoisin war, und er war einfach nicht dazu zu bewegen, etwas anderes zu tragen als seinen schwarzen Anzug mit schwarzer Krawatte auf weißem, gestärktem Vorhemd.

Endlich kam Alice herunter, setzte sich neben ihren Mann.

»Habe ich dich warten lassen?«

»Nein . . .«

Die Schwiegereltern setzten sich nach hinten. Alice bemerkte die weißen Päckchen ihrer Mutter.

»Das habe ich mir gleich gedacht! Mama kann doch nirgends hingehen, ohne für alle ihre Nachbarinnen Kuchen zu kaufen.«

Alice schien sich indessen Gedanken zu machen. Mehrere Male schaute sie heimlich nach ihrem Mann, der seinen Wagen über die Straße lenkte, wo die Autos an diesem Tag im Gänseschritt hintereinander herfuhren.

»Du darfst ihn nicht quälen«, hatte ihre Mutter ihr oft und oft geraten. »Er hat eine Menge Sorgen. Solange diese ganzen Geschichten nicht zu Ende sind . . .«

Drei Wochen zuvor war der Prozeß gegen Dr. Sauvaget niedergeschlagen worden, da keinerlei Beweismaterial gegen ihn vorgebracht werden konnte. Er hatte La Rochelle sofort verlassen, um sich in Fontenay-le-Comte niederzulassen, wo gerade eine Arztpraxis freigeworden war, und zwei Tage später war Colette ihm gefolgt.

Es hatte keine großen Abschiedsszenen gegeben. Colette war immer noch genauso fieberhaft, sie lebte immer noch in einer Art ätherischem Provisorium, als ob noch nichts Endgültiges beschlossen worden wäre.

»Nicht wahr, Gilles, Sie verstehen doch, daß ich ihn nach allem, was er mitgemacht hat, nicht allein lassen kann? Er erholt sich nur langsam. Er ist ein sehr nervöser Mensch.«

»Aber ja, Tante.«

»Mit dem Auto brauchen Sie nicht einmal eine Stunde, um uns besuchen zu kommen.«

»Aber ja.«

Seitdem war das Zimmer am Ende des linken Flügels leer. Auch das Haus in der Rue de l'Evescot war leer, denn Colette hatte ihre Mutter mitgenommen, und Madame Rinquet hatte sie begleitet.

»Vergiß nicht, Alice, daß er ein Mann mit Sorgen und Verantwortungen ist, die du nicht hast. Außerdem hätte ich mehr Angst vor einem Mann, der keine geregelte Arbeit hat.«

Denn um acht Uhr morgens ging Gilles hinauf in sein Büro, wo Rinquet, ein großer, treuer Hund, bald hinzukam.

Sie führten bereits das Leben eines richtigen Ehepaares. Alice hatte eine Köchin eingestellt, die Madame Rinquet ersetzte. In einem leichten Morgenkleid in immer etwas zu grellen Farben begleitete sie diese Köchin auf den Markt, ging in alle Läden.

Dann kümmerte sie sich um die Veränderungen im Haus. Sie dachte schon daran, das Erdgeschoß neu einzurichten. Jedesmal, wenn sie Gilles um Rat fragte, gab dieser zur Antwort:

»Aber ja, Liebling. Wie du möchtest.«

Solange man die Finger vom zweiten Stockwerk ließ, das sein persönlicher Bereich war!

Es waren merkwürdige Wochen. Ein Frühling, wie Gilles sich nicht erinnerte, je einen erlebt zu haben. Die Steine auf dem Boden wurden warm, je höher die Sonne am Himmel stieg, unversehens packte einen plötzlich eine Sehnsucht, so daß man am liebsten an nichts mehr gedacht, sich am liebsten langsam in der Natur aufgelöst hätte . . .

Und morgen sollte der Prozeß vor dem Schwurgericht stattfinden. Erst heute morgen in Royan hatte Gilles in den Zeitungen den vollständigen Bericht über die Affäre Mauvoisin gelesen, über die Einstellung des Verfahrens gegen Colette, über die Verhaftung Gérardine Elois, hatte schließlich die Geschichte von dem berühmten Kanister *Rattengift* gelesen.

Hatten andere Leute während dieser Zeit ein normales Leben geführt? Ebbe und Flut folgten ihrem ewigen Lauf, die Schiffe fuhren hintereinander durch die schmale Fahrrinne aufs hohe

Meer hinaus, die Kutter und die Boote mit den blauen Segeln liefen aus zum Sardinenfang, und auf den Straßen, wo die Grenzen zwischen Schatten und Sonne im Verlaufe der Stunden wechselten, wurden glitzernde Fische verkauft.

In seinem Büro mit der Glastür lebte jetzt der Untersuchungsrichter mit dem Bürstenschnitt zwischen den Seiten eines Aktenordners. Ein Kommissar, drei Polizeiinspektoren, Rechtsanwälte beschäftigten sich nur mit dem berüchtigten Kanister.

In der triumphierenden Wirklichkeit des Frühlings war es eine andere, schmutzige und rauhe Wirklichkeit, von der vielleicht das Leben einer Frau abhing.

Gérardine Eloi war keinen Augenblick schwach geworden. Mit hocherhobenem Kopf war sie in das Dienstzimmer des Richters gegangen, ein etwas verächtliches Lächeln auf den Lippen, und mit hocherhobenem Kopf hatte sie sich den Formalitäten der Hafteinlieferung unterworfen.

Trotz der Erregung in der Bevölkerung, trotz der Schwierigkeiten aller Art, hatte sie es abgelehnt, daß ihr Laden geschlossen wurde, und ihre beiden Töchter waren unten, um den Angestellten zu helfen.

War sie denunziert worden? Gérardine behauptete es.

»Als der Kommissar mit zwei Inspektoren erschienen ist, habe ich sofort gewußt, daß sie gekommen waren, um nach etwas Bestimmtem zu suchen . . .«

»Womit begründen Sie diese Behauptung?«

»Mit der Tatsache, daß sie sich in meinem Laden, der mit so verschiedenen Waren vollgestopft ist, gar nicht hätten zurechtfinden können. Wenn sie ihn nur durchsucht hätten, um ihn zu durchsuchen, wie sie behauptet haben, hätten sie mindestens eine Stunde gebraucht – und auch das nur bei einer oberflächlichen Durchsuchung! –, bis sie zur Wendeltreppe gekommen wären . . .«

Es war die dunkelste Ecke des Ladenlokals, und deshalb stopfte man dort alles hinein, vor allem etwas unappetitliche Waren, Korbflaschen mit Öl, Säcke mit chemischen Produkten.

Dort standen auf den Brettern eines Regals auch etwa zwanzig rote Kanister mit einem Totenkopf und der Aufschrift: *Rattengift*. Die Kanister enthielten je fünf Liter.

»Verkauften Sie viel davon?«

»Sie wissen es genausogut wie ich, denn Sie haben ja schließlich meine Bücher durchgesehen.«

Nein, sie verkaufte nicht viel davon. Das Produkt diente zur Rattenbekämpfung auf Schiffen mittlerer Tonnage, für die es zu teuer gewesen wäre, moderne Verfahren anzuwenden.

»Kam es vor, daß Sie es portionsweise verkauft haben?«

»Ich möchte Sie noch einmal darauf hinweisen, daß Sie alle meine Bücher beschlagnahmt haben und folglich . . .«

»Sie haben in den letzten Monaten acht Kanister verkauft, davon einen an Kapitän Huard.«

»Das ist möglich.«

»Erinnern Sie sich an den Besuch, den Kapitän Huard Ihnen abgestattet hat?«

»Jeden Tag haben mich fünf oder sechs Schiffseigner besucht.«

»Sie haben ihm eine Havannazigarre angeboten . . .«

»Das ist eine Tradition in unserem Beruf.«

»Eine Zigarre, die wie die andern, die man bei Ihnen gefunden hat, unverzollt nach Frankreich gekommen ist.«

»Ich könnte jetzt sagen, daß das ebenfalls eine Tradition ist.«

»Eine hübsche Tradition! Kapitän Huard hatte die Gewohnheit, in Ihrem Laden herumzugehen, sobald er seine Bestellung aufgegeben hatte, und so ziemlich alles anzufassen, um sich zu vergewissern, daß er nichts vergessen hatte.«

»Die meisten meiner Kunden machten das so.«

»Es war im Juli.«

»Daran kann ich mich nicht erinnern.«

»Das heißt, etwa zwei Monate nach dem Tod Octave Mauvoisins. Kapitän Huard ist auch unter der Treppe gewesen, und dort hat er die Kanister mit Rattengift gesehen. Er hat einen davon genommen, weil er die Absicht hatte, die Ratten auf seinem Schiff, von denen es nur so wimmelte, zu vernichten. Er hat ihn mitten in den Laden gestellt und gesagt, man solle ihn zu seiner Bestellung noch hinzutun. Stimmt das?«

»Auf jeden Fall ist es glaubhaft. Wenn ich Sie fragen würde, was Sie am 22. Juli zum Beispiel um vier Uhr nachmittags getan haben . . .«

»Bitte, vertauschen Sie hier nicht die Rollen. In einem bestimmten Augenblick, als verschiedene Waren abgewogen wurden, hat sich der Kapitän herabgebeugt und den Kanister hochgehoben.

›Der ist ja geöffnet worden‹, bemerkte er. ›Die Plombe fehlt. Ich nehme einen anderen . . .‹

Er tat wie er sagte. Verstehen Sie jetzt, warum dieser Besuch Huards im Juli, und zwar nicht am 22., sondern am 19., wie Ihren Büchern und Ihren Rechnungen zu entnehmen ist, so wichtig ist? Das Rattengift Cornu, um das Produkt bei seinem genauen Namen zu nennen, wird auf der Basis von Arsen hergestellt. Wir haben das Datum herausgefunden, an dem die beiden letzten Kisten bei Ihnen angekommen sind. Es war Anfang des Jahres, im Januar.

Da Sie dieses Produkt nie portionsweise verkauft haben, ist es recht merkwürdig, daß man einen Kanister gefunden hat, der geöffnet war und nicht mehr die gesamte Flüssigkeit enthielt.«

»Wo ist dieser Kanister?«

»Ich weiß . . . Sie haben ihn verschwinden lassen. Trotzdem ist die Aussage Kapitän Huards formell.«

So war der rote Kanister mit dem Totenkopf der Angelpunkt der ganzen Affäre geworden.

»Wenn er verschwunden ist, ist er eben verkauft worden.«

»Wie erklären Sie sich dann, daß es von diesem Verkauf nicht die geringste Spur gibt? Ihre Bücher sind in Ordnung, Madame Eloi, wenn man von den Zigarren absieht und von einigen Kisten 68%igem Pernod, die Sie hin und wieder von Schiffen bekommen, die auf den Kanarischen Inseln angelegt hatten.«

»Es ist möglich, daß einer meiner Verkäufer . . . Ich bin nicht immer im Laden.«

»Ihre Verkäufer sind verhört worden.«

Immer wieder der Kanister! Wie viele Stunden hatte man damit zugebracht, von neuem die Ladenräume und sogar den Dachboden des Hauses zu durchsuchen! Wie viele verfängliche Fragen, die dem Personal, den Stammkunden, sogar den Nachbarn gestellt wurden!

Ein Friseur zum Beispiel, dessen violett gestrichene Hausfassade an das Haus Eloi grenzte.

»Sie öffnen morgens schon früh Ihren Salon. Sie arbeiten bis spät abends. Können Sie sich nicht erinnern, ob Sie morgens Ihre Nachbarin oder jemanden aus ihrer Familie zum Hafenbecken haben gehen sehen, um dort etwas hineinzuwerfen?«

»Nicht daß ich wüßte.«

»Würden Sie sich darüber wundern, wenn es so gewesen wäre?«

»Nein. Alle Anrainer des Kais haben diese Gewohnheit. Wenn jemand Abfälle wegzuwerfen hat und die Müllabfuhr ist schon vorbei, dann geht er eben ans Hafenbecken, die Flut sorgt dann schon dafür, daß . . .«

»Das war im Juli. Versuchen Sie sich zu besinnen.«

»Im Juli war mein Friseursalon geschlossen, denn ich habe während der Sommersaison noch einen anderen in Fouras.«

Die belastendste Zeugenaussage hatte, ohne ihre Bedeutung ermessen zu können, ein alter, halbtauber Lagerverwalter gemacht, der seit seinem vierzehnten Lebensjahr in der Firma Eloi beschäftigt war.

»Ein Kanister ohne Plombe? Ja, den habe ich schon gesehen. Ich dachte, die Plombe sei während des Transports in der Kiste abgesprungen. Ich hab' den Kanister sogar geschüttelt.«

»Fehlte Flüssigkeit?«

»Nicht viel, aber es fehlte. Ich habe dran gerochen. Ich habe festgestellt, daß es fast gar nicht gerochen hat . . . Wahrscheinlich hatte es sich verflüchtigt.«

»Zu welchem Zeitpunkt haben Sie diese Feststellung gemacht?«

»Es war im Sommer, denn Joseph war an diesem Tag noch in Urlaub. Und er nimmt seinen Urlaub immer im Juli.«

»Können Sie nicht das Datum näher bestimmen?«

»Nein. Ein Kunde ist in den Laden gekommen, und ich habe den Kanister gelassen, wo er war. Einige Tage später habe ich mich beim Großreinemachen wieder daran erinnert.«

»Können Sie sich immer noch nicht an das Datum erinnern?«

»Warten Sie . . . Der Dockhafen lag voller Segeljachten. Es war also zur Zeit der Regatta . . .«

»Und die Regatta fand am 26. Juli statt. Sprechen Sie weiter.«

»Ich hatte Angst, der Kanister könnte rinnen und wollte ihn der Chefin zeigen. Als ich hingegangen bin, um ihn wegzunehmen, stand er nicht mehr auf dem Regal. Ich habe mir gedacht, daß man ihn wohl verkauft hatte.«

Um das moralische Drama, das sich zwischen Gérardine Eloi und dem alten Mauvoisin abgespielt hatte, hatte sich niemand gekümmert. Bob war in Freiheit geblieben, da keine Anklage wegen der gefälschten Wechsel gegen ihn erhoben worden war.

»Verstehen Sie jetzt, Madame, was das Fehlen dieses Kanisters bedeutet? Am 19. Juli stand er noch unter der Eisentreppe. Mindestens zwei Personen, die glaubhaft sind, bezeugen das. Diese beiden Personen, Ihr Lagerverwalter und Kapitän Huard, behaupten, daß die Plombe entfernt worden war und daß ein Teil der Flüssigkeit fehlte.

Da Sie glaubten, man könne Sie nicht verdächtigen, den Tod Octave Mauvoisins herbeigeführt zu haben, hielten Sie es auch nicht für nötig, sich des Kanisters zu entledigen, der seinen Platz in einem, wie Sie selber sagen, mit den verschiedensten Waren vollgestopften Laden hatte. Vielleicht haben Sie nicht mehr daran gedacht?

Als Kapitän Huard ihn vor Sie hingestellt hat, als er darauf hingewiesen hat, daß der Kanister geöffnet worden war, und als er einen anderen nahm, sind Sie sich der Gefahr bewußt geworden.

Deshalb war der Kanister einige Tage später nach Aussage eines Ihrer Angestellten verschwunden.

Sie brauchten nur auf die andere Seite des Kais zu gehen und ihn ins Wasser zu werfen. Andere Zeugen sagen uns, daß das etwas ganz übliches ist und daß Sie damit nicht aufgefallen wären.«

Wochenlang hatte Gilles von seinem Büro am Quai des Ursulines aus seiner Tante mit allen ihm zur Verfügung stehenden Mitteln geholfen. Rinquet, der ihn dank seiner Beziehungen zur Polizei Tag für Tag über die Untersuchung auf dem laufenden halten konnte, unterstützte ihn dabei.

Fast jeden Morgen betrat Mauvoisin um elf Uhr die Bar Lorrain. Und der Mann, der zu Babin an den Tisch trat und ihm schweigend die Hand drückte, war nicht mehr ganz Gilles Mauvoisin, aber auch nicht Octave Mauvoisin.

Dabei hatte er von diesem eine gewisse Schwerfälligkeit in den Bewegungen, eine Wortkargheit und diesen Schleier der Einsamkeit übernommen, die einst den Mann vom Quai des Ursulines umgaben.

»Haben Sie mit ihm gesprochen?«

Babin antwortete mit einem Augenblinzeln.

»Hat er verstanden? . . . Wird er nicht übertreiben? . . .«

Es kam auch vor, daß er mit Plantel telefonierte, sogar mit Senator Penoux-Rataud. Der ehemalige Minister – Gérardine wußte nicht, daß er es auf Drängen von Gilles tat – hatte die Verteidigung der Witwe Eloi übernommen.

Stundenlang brachte Gilles Ordnung in seine Akten, unterschrieb Schecks, zerriß eine gewisse Anzahl von Unterlagen und ließ manchmal in sein Büro im zweiten Stock einen Geschäftsmann oder einen Unternehmer kommen, die das Haus ganz verblüfft verließen. Was bedeutete es für ihn, mit Alice und ihren Eltern nach Royan zu fahren? Er war in ihrer Gesellschaft genauso allein. Sie hatten ihm nichts getan und die Freude, der Stolz Madame Leparts, wenn sie zur Teestunde den Kasinosaal betrat, machte Spaß.

»Einen solchen Ehemann, Alice, weißt du . . .«

»Ja, Mama. Ich weiß. Er tut alles, was ich will . . .«

Es kostete ihn ja nichts! Das hatte nichts mit ihm zu tun, lag in einem Universum, das ihn nicht interessierte.

»Willst du nicht Colette besuchen?«

Noch nicht ... Er würde zu ihr gehen, aber er wußte noch nicht, wann ...

Sie waren über Rochefort hinaus ... Sie fuhren auf der kerzengeraden Straße, wo sie lange Reihen von Radfahrern überholten, die sich über Pfingsten lahm gestrampelt hatten. Madame Lepart lächelte selig auf dem Rücksitz und grüßte manchmal jemanden, den sie zu erkennen glaubte. Lepart rauchte seine neue Pfeife.

Warum legte Alice ihre Hand auf Gilles Knie und drückte es so fest? Er tat, als merke er es nicht. Zehn, fünfzehn Kilometer weiter beugte sie sich zu ihm hinüber und murmelte:

»Gilles ...«

Er mußte auf die Straße sehen und konnte sich ihr nicht zuwenden.

»Ich muß mit dir reden, Gilles ...«

Und er, auf die natürlichste Weise von der Welt:

»Morgen ...«

Sie sahen von weitem die Terrassen schwarz vor Menschen. Sie vermieden es, daran vorbeizufahren und umfuhren die Stadt. Der Wagen hielt in der Rue Jourdan, vor dem Haus der Leparts.

»Kommt ihr nicht einen Augenblick mit rein? ... Nein ... Ich bin dumm ... Gilles ist sicherlich müde ...«

Obgleich es ein Feiertag war, ging er in sein Büro hinauf.

»Störe ich dich, Gilles?«

Sie warf einen kurzen Blick in dieses Büro, wo sie sich als Fremde fühlte. Ruhig nickte Gilles, und sie ging rückwärts hinaus, während er den Hörer abnahm.

Noch einige Stunden und es wäre vorbei. Es verging selten eine halbe Stunde, ohne daß das Telefon klingelte, und es kam vor, daß Gilles mit der Hand auf dem Hörer auf einen Anruf wartete.

»Rinquet?«

»Es sieht gut aus, Chef . . . Zu Anfang hat der Gerichtssaal gekocht . . . Der Vorsitzende hat damit gedroht, den Saal räumen zu lassen, worauf Ruhe eingetreten ist . . .«

Gilles hatte einige Tage zuvor einen Blick in den Schwurgerichtssaal geworfen. Um diese Zeit standen die Fenster weit offen, und die Hitze war wegen der Menschenmenge unerträglich.

»Sie war sehr ruhig . . . Gleich nachdem sie hereingeführt worden ist, hat sie selbstsicher nach den Zuschauern hingeschaut . . .«

Um elf Uhr kam ein Anruf von Fontenay-le-Comte.

»Sind Sie es, Gilles? . . . Sind Sie nicht hingegangen? . . . Ich habe es mir gedacht . . . Ich glaube auch, daß es so besser ist . . . Darf ich Sie ab und zu anrufen, um zu hören, was es Neues gibt? . . . Wie hält sie sich?«

»Gut . . .«

Schweigen.

»Bis nachher, Gilles . . .«

»Bis nachher, Tante . . .«

Dann war Babin an der Reihe. Er rief vom Vorzimmer der Anwälte aus an, wobei er die Hand vor den Mund hielt. Er sprach leise. Man mußte seine Worte erraten.

»Es geht alles gut . . . Huard war gerade dran . . . Wie wir es vorausgesehen hatten, ja . . .«

Das heißt, daß Kapitän Huard sich über die Bedeutung gewundert hatte, die man seinen Worten beigemessen hatte. Gewiß, er erinnerte sich an einen Kanister ohne Plombe. Aber ob es ein Kanister mit Rattengift war? . . . Der Kommissar hatte immer wieder so eindringlich danach gefragt, daß er schließlich, um ihn loszuwerden, ja gesagt hatte . . . An diesem Tag hatte er mehrere Kanister Lack für das Boot seiner Tochter gekauft . . . Es war möglich, daß . . . Das war schon so lange her!

Mittag.

»Sind Sie es, Chef? . . . *Sie* wollen noch heute damit fertig werden . . Die Sitzung beginnt bereits wieder um ein Uhr . . . Es gab Gerüchte. Soll ich Ihnen . . .«

Plantels Auto hielt vor dem Haus. Der Reeder lief mit großen Schritten die Treppe hinauf. Ohne anzuklopfen stieß er die Tür zum Büro auf, als Vertrauter des Hauses, ließ sich in den einzigen Sessel fallen und wischte sich die Stirn ab.

»So eine Hitze! . . . Und dabei habe ich noch einen Vorzugsplatz hinter dem hohen Gericht! Ich habe einige Worte mit Penoux-Rataud wechseln können. Er meint, daß alles gut verlaufen wird . . . Wenn sich der Lagerverwalter, dieser Trottel, an die Lektion erinnert, die man ihm beigebracht hat . . .«

»Und meine Tante?«

»Besser in Form denn je. Manchmal hat man den Eindruck, sie sei da, um über die andern zu Gericht zu sitzen. Zweimal hat sie den Vorsitzenden unterbrochen. Ich muß wieder gehen. Ich habe gerade noch Zeit, einen Bissen zu essen und . . .«

An der Tür blieb er stehen. Plötzlich war er nicht mehr so selbstsicher.

»Es bleibt doch dabei für heute abend, falls . . .«

Ein Kopfnicken.

»Hallo, Chef . . .«

Wieder Rinquet.

»Es geht hoch her! . . . Penoux-Rataud geht unbarmherzig vor . . . Wenn es so weitergeht, wird er noch der Polizei den Prozeß machen . . . Der Kommissar ist fuchsteufelswild . . . Man hat ihn schon zweimal vernommen, und da er nur unwillig antwortete, hat man ihn zur Ordnung rufen müssen . . .«

»Was ist los, Marthe?«

Das Dienstmädchen hatte angeklopft und war hereingekommen.

»Madame läßt fragen, ob Sie . . .«

»Sagen Sie Madame, daß ich nicht gestört zu werden wünsche.«

Endlich die Plädoyers.

»Hallo . . . Vor dem Gerichtsgebäude stehen mindestens zweihundert Personen . . .«

Sechs Uhr.

»Das Gericht hat sich soeben zur Beratung zurückgezogen ...«

Sieben Uhr.

»Das Gericht berät immer noch ... Das scheint ein gutes Zeichen zu sein ... Der Vorsitzende hat eine kleine Rede gehalten, in der er gesagt hat, daß es im Zweifelsfall die Pflicht eines jeden sei ...«

Gilles war völlig erschöpft, als er ein letztes Mal den Telefonhörer abhob.

»Ich höre, ja ...«

»Gérardine Eloi ist freigesprochen ... Es ist zu Kundgebungen gekommen ... Die Hälfte der Zuhörer war dafür und ...«

Gilles blieb noch zehn Minuten lang allein. Er verbrachte diese Zeit vor dem Rollschreibtisch seines Onkels, wo er gelbe Papierumschläge in eine Ledermappe schob.

Wieder das Telefon ...

»Ja, Tante ... Freigesprochen ...«

»Sind Sie froh, Gilles?«

Er vergaß, daß er am Telefon war, und nickte mit dem Kopf.

»Hallo ... Warum sagen Sie nichts? ... Wenn Sie wüßten, wie Sie mir fehlen ...«

»Herein.«

Es war Plantel. Gilles hatte noch den Hörer in der Hand.

»Guten Abend, Tante ... Bis bald, ja ...«

Er bemerkte ein leichtes Lächeln auf den Lippen des Reeders und zuckte die Achseln, während er seine Ledermappe nahm und sagte:

»Gehen wir!«

Die Stadt, die sie durchquerten, war belebter als gewöhnlich, und Leute drehten sich nach dem Auto um. Sie betraten das Haus von Notar Hervineau, jedoch nicht durch den Kanzleieingang, sondern durch den Privateingang.

Der Notar saß da im Halbdunkel, ebenso wie Senator Penoux-Rataud und Babin.

»Bringen Sie bitte den Portwein, und lassen Sie uns dann allein, Joseph.«

Gilles bemerkte, daß trotz der Jahreszeit ein Holzfeuer im Kamin brannte, genau wie das erste Mal, als er in diesen Salon gekommen war.

»Ich danke Ihnen, meine Herren,« sagte Gilles und legte seine Ledermappe auf ein kleines Tischchen.

»Ich glaube, Monsieur Mauvoisin, daß wir die Verpflichtung eingehalten haben, die wir eingegangen sind . . .«

Doch Gilles sah den Notar auf eine Weise an, daß er schwieg.

Dann öffnete er seine Mappe und zog einige Dokumente heraus.

»Das sind doch Ihre Unterlagen, Monsieur Plantel? . . . Und das die Ihren, Monsieur Babin? . . . Und die Ihren, Monsieur Hervineau? . . . Und . . .«

Er wußte genau, daß das Feuer nur im Hinblick auf diese Zeremonie brannte. Mit gleichgültiger Gebärde ließ er die Papiere hineinfallen, die sofort Feuer fingen.

Hervineau ging darauf zu dem kleinen Tischchen, auf dem der Aperitif stand.

»Ich hoffe, Sie schlagen mir nicht ab . . .«

Doch Gilles sah ihn noch einmal an, und seine leere Mappe ergreifend, sagte er nur:

»Guten Abend, meine Herren . . .«

Als er in das Haus am Quai des Ursulines zurückkam, war er überrascht von der Stille, die dort herrschte. Das Wohnzimmer war leer. Er machte die Tür zur Küche ein Stück auf.

»Madame ist schon zu Bett gegangen . . .« sagte Marthe zu ihm.

Mit gerunzelter Stirn ging er in das Schlafzimmer, in dem nur eine Nachttischlampe brannte. Alice lag angekleidet auf dem nicht aufgedeckten Bett und hatte rote Augen.

Er stand da und sah sie an, ein wenig beunruhigt über diese seltsame Inszenierung.

»Gilles . . . Ich frage mich . . . Du wirst vielleicht böse sein?

Es ist nicht meine Schuld, glaub mir! Mama wollte nicht, daß ich es dir sage, bevor alles vorbei ist. Setz dich zu mir, Gilles. Nimm meine Hand . . . Ich glaube . . .«

Er hatte sich linkisch aufs Bett gesetzt und hielt die Hand seiner Frau ein wenig so, wie ein Arzt die Hand eines Kranken hält, dem er den Puls fühlt.

»Ich glaube . . . ich glaube, ich bekomme ein Kind, Gilles . . .«

Sie wagte nicht ihn anzusehen und erschrak über die Stille, die plötzlich im Schlafzimmer herrschte.

Er sah, wie sie sich schwach bewegte, um ihn zwischen den halbgeschlossenen Lidern zu beobachten.

»Du sagst ja nichts?«

»Was soll ich da sagen?«

Und weil Tränen in Alices Augen hochstiegen, beugte er sich herab, um sie zu küssen.

# EPILOG

## *Der Abend in Fontenay*

Als das Auto eine letzte Anhöhe genommen hatte, entdeckte Gilles die Lichter von Fontenay, die wie Sterne im feuchten Abend aufblitzten. Er konnte in diesem scheinbaren Chaos lesen, wie andere in den Sternen lesen. Neben der milchigen Dampfwolke, die aus einer Lokomotive entwich, diese große, schnurgerade Ader mit Lampen, die heller waren als die andern; es war die Rue de la République, und an der Stelle, wo der Lichthof es zuließ, die Konturen der Dächer zu erkennen, lagen die wenigen großen Kaufhäuser der Stadt.

Gilles würde die Brücke überqueren, dann an der fahlen Kathedrale zur Place Viète hinauffahren und in einer von kleinen Handwerkern bewohnten abschüssigen Straße einen kupfernen Türklopfer heben, oder eigentlich bräuchte er ihn nicht zu heben. Es kamen so wenig Leute in diese Rue du Cordouan, daß Gilles aus einer Art Scheu heraus seinen Wagen auf der Place Viète stehen ließ. Es war seine Stunde, in der hereinbrechenden Abenddämmerung, wenn die Schatten fülliger erscheinen, wie aufgebläht von Geheimnis. War er nicht zu dieser Stunde am Vorabend von Allerheiligen in La Rochelle an Land gegangen, und hatte er nicht auch um diese Stunde Alice getroffen – ein feuchter Mund, ein verschwommenes Gesicht, ein Körper, der sich an den seinen drängte – auf den Wegen im Park?

Dieser Gedanke überkam ihn plötzlich, während er den weniger hell erleuchteten Teil der Rue de la République entlangfuhr.

Die Tiere haben ihre Stunde, die Stunde, in der sie intensiver leben. Warum sollten die Menschen nicht auch ihre Stunde haben?

Soweit er sich zurückerinnerte, sah er alle Städte, alle Straßen immer nur in der Dämmerung vor sich. Vielleicht weil seine Eltern zum fahrenden Volk gehörten? Die leichten, sonnigen Stunden des Morgens sah er nicht. In irgendeinem Hotelzimmer schlief man bei zugezogenen Vorhängen einen schweren Schlaf, und manchmal drangen Geräusche von der Straße gewaltsam in den Schlaf ein und rührten Fetzen von Bewußtsein auf.

Man stand spät auf. Oft um zwei Uhr, manchmal noch später, und man nahm keine richtige Mahlzeit an einem schön gedeckten Tisch ein, sondern aß irgend etwas Kaltes, das man am Tag zuvor in irgendeinem Laden gekauft hatte; auf dem Kamin oder auf dem Nachttisch lagen immer Brotkrumen oder Wurstreste herum.

Das Leben begann, wenn für die andern der Tag zu Ende war. Und in allen Ländern der Welt hatten die Städte um diese Stunde den gleichen Geschmack, glitten die Schatten auf die gleiche Weise an den Scheiben entlang.

Und nach der Vorstellung schließlich, wenn die Bevölkerung schon schlief, fand sich hinter dem Zirkus oder dem Theater ein kleines Restaurant, dessen Besitzer ein ehemaliger Artist war, und dort traf man die meisten Kollegen wieder, die japanischen Jongleure und das Tanzpaar, die gute Dame mit den Tauben und die Trapezkünstler. Man aß Gerichte aus aller Welt, ungarisches Gulasch und Blinis nach lettischer Art, geräucherte Gans aus Polen und Ostseefische, man sprach vom Palladium in London, vom Kursaal in Wien, vom Palais de Glace in Brüssel . . .

Gilles, allein am Steuer, erreichte das Ende der Rue de la République. Vor dem Café du Pont-Neuf, zu seiner Rechten, erkannte er ein kleines, grünliches Auto, das Auto von Dr. Sauvaget. Obgleich die Vorhänge des Cafés zugezogen waren, wußte Gilles, daß der Doktor in dem sirupartigen Licht des Schankraums mit der Holzvertäfelung zusammen mit drei anderen Männern in der rechten Ecke vor einer dunkelroten Tischdecke saß, auf die sie mit großem Ernst Karten warfen.

Alle Tage zur selben Stunde . . . Er trank auch alle Tage gleich viel Aperitifs und wurde, je länger die Partie sich hinzog, immer fiebriger, um schließlich, bitter und aufsässig, heftige Diskussionen zu führen.

An der Place Viète stieg Gilles aus dem Wagen. Seine Schritte dröhnten in der Stille der Rue du Cordouan. Schon von weitem bemerkte er das gedämpfte Licht eines bestimmten Fensters auf der rechten Seite, und er brauchte so wenig den Türklopfer zu heben wie bei den anderen Malen. Ein flüchtiger Schritt auf den Fliesen im Flur. Eine halbgeöffnete Tür. Eine Ecke traulicher Geborgenheit.

»Guten Abend, Gilles . . .«

Das Haus in der Rue de l'Evescot mußte diesem hier gleichen. Die Gegenstände, die Möbel waren sehr einfach, doch man hätte meinen können, daß jedes einzelne Stück, und wenn es auch nur der Schürhaken mit der Kupferkugel war, sein eigenes Leben hatte. Man hatte den Eindruck, den Lauf der Zeit zu spüren, das langsame Dahinfließen der Minuten, so wie man das Rauschen eines Baches spürt, in den man die Hand hält.

Auf dem Tisch eine Handarbeit . . . Colette nahm wieder ihren Platz ein . . . Seit vierzehn Tagen lebte sie allein in diesem vierzimmrigen Haus, denn ihre Mutter war an einer Lungenentzündung gestorben.

Ein Blick, der bedeutete:

›Ist er in der Kneipe?‹

Sie wußte, daß Gilles es nicht versäumte, im Vorbeifahren einen Blick auf den Wagen zu werfen.

Seltsamerweise war es gerade Alice, die einige Monate zuvor darauf bestanden hatte:

»Du solltest deine Tante besuchen . . .«

Sie dachte, das würde ihm guttun. Manchmal erschreckte Gilles sie ein wenig, so dicht war die Einsamkeit um ihn herum.

»Du solltest versuchen, ihn zu zerstreuen«, hatte ihre Mutter ihr geraten, die immer häufiger in das Haus am Quai des Ursulines kam.

»Ich versuche es, Mama. Wenn er bei mir ist, macht er oft den Eindruck, als sähe er mich gar nicht.«

»Er arbeitet zuviel.«

Und dabei tat Gilles alles, was sie wollte, sagte nie nein. Seit jeher träumte Madame Lepart davon, die Ferien in Royan zu verbringen, und dort, Gipfel des Glücks, in einer Villa zu wohnen, deren Fenster auf das Meer gehen würden.

»Ich frage mich, Gilles, ob es Alice in ihrem Zustand nicht guttun würde . . .«

Er hatte eine Villa in Royan gemietet. Er hatte seine Frau und seine Schwiegermutter dort untergebracht. Jeden Abend kam er zum Schlafen hin. Alice trug ihre künftige Mutterschaft prahlerisch zur Schau, und manchmal hätte man meinen können, sie würde ihren kleinen Bauch absichtlich stolz hervorstrecken. Das hinderte sie aber nicht daran, ins Kasino zu gehen, zu tanzen, Freundinnen und Freunde zu haben . . .

»Warum schaltest du nicht mal für einige Tage völlig ab, Gilles?«

Ja, warum nicht? Nichts zwang ihn dazu, jeden Tag zur gleichen Stunde in sein Büro im zweiten Stock hinaufzugehen. Plantel hatte recht, wenn die Geschäfte einmal einen gewissen Grad der Solidität erreicht haben, dann laufen sie gewissermaßen von selbst weiter.

Aber was hätte er sonst auch tun können? Sein Tagesablauf war noch nicht unveränderlich und völlig in sich geschlossen wie der seines Onkels; allerdings gab es bereits eine Fülle von Stundenplänen, gewisse unveränderliche Haltepunkte, wie etwa das Glas Portwein in der Bar Lorrain, an die er sich festklammerte.

Um ihn herum war eine Stadt mit ihren Häusern, ihren Bewohnern, ihren mehr oder weniger verschiedenen Gruppen, ihren mehr oder weniger einigen Familien; es gab Fischereien, Fabriken, Unternehmen aller Art, doch es hatte den Anschein, als sei das Haus am Quai des Ursulines ganz allein mitten hineingestellt worden.

Auch in diesem Haus war ein seltsames Leben zustande gekommen. Wenn Gilles ins Wohnzimmer kam, fand er dort seine Schwiegermutter oder eine Tante seiner Frau oder auch Freundinnen, die er kaum kannte.

Er grüßte. Er setzte sich in eine Ecke, doch bald entschuldigte er sich und ging hinauf in den zweiten Stock.

»Du solltest deine Tante besuchen . . .«

Die ganze Stadt, die sich gegen ihn gestellt hatte, als er von so weit her gekommen war, um die Erbschaft Mauvoisin anzutreten, die ganze Stadt war jetzt bereit, ihn aufzunehmen.

Ob die Leute glaubten, er sei wie sie geworden? Das war wahrscheinlich. Sicherlich sagten sie:

»Der kleine Mauvoisin hat begriffen . . .«

Weil er sich zu festen Zeiten in ein Büro setzte, weil er telefonierte, Zahlen untereinander schrieb, sich um die Busse kümmerte, um Lastwagen, um Kubikmeter an Baustoffen oder Benzinverbrauch, weil er Rechnungen beglich, Schecks unterschrieb oder Wechsel und zerstreut die Leute auf der Straße grüßte.

»Ißt du mit mir zu Abend, Gilles?«

Colette entfachte wieder das Feuer im Herd, auf dessen Ecke das Abendessen vor sich hinköchelte. Wegen dem Tod ihrer Mutter war sie wieder in Trauer, so daß Gilles sie nie anders als von Kopf bis Fuß schwarz gekleidet gesehen hatte und sie sich gar nicht anders vorstellen konnte.

Sie kam und ging, legte ein Tischtuch auf, nahm Teller und Bestecke aus dem Schrank.

»Geht es dem Kleinen gut?«

Ja. Es ging ihm gut, da er nicht krank war. Offengestanden kümmerte sich Gilles nicht um ihn. Manchmal machte er sich deswegen Vorwürfe. Anfangs war er erschrocken darüber, daß er dem Neugeborenen gegenüber, der doch immerhin sein Sohn war, keine Gefühle empfand. Er hatte es Colette gestanden.

»Ich kann nichts dafür, Tante. Ich versuche es. Und obwohl ich es nicht will, sehe ich ihn an wie einen Fremden. Andere Personen sind um ihn herum, und sie bilden seine wirkliche Familie, seine Mutter, seine Amme, seine Großmutter, Freundinnen seiner Mutter, die fast jeden Tag kommen . . .«

Hier, in diesem kleinen Haus, wo das kupferne Pendel einer alten Standuhr hell schimmerte, während Colette hin- und herging, manchmal in der Küche verschwand, aus der vertraute Geräusche zu hören waren, hatte er den Eindruck eines wirklichen Familienlebens . . .

Sauvaget kam nicht mehr jeden Tag. Er fand Ausreden, schob Kranke vor, die er besuchen müsse. Anfangs hatte Colette viel geweint.

»Er ist nicht mehr derselbe Mensch«, gestand sie Gilles. »Er ist verbittert, aufsässig aus dem Gefängnis gekommen. Manchmal scheint es, als hasse er mich, als mache er mich verantwortlich für das, was passiert ist.«

Eine Liebe, die so schön gewesen war, als Colette am Quai des Ursulines wie in einem Kloster lebte und die Liebenden sich heimlich in der Rue de l'Evescot trafen!

Von dem überschwenglichen Mann mit dem durchfurchten Gesicht und den fiebrigen Augen blieb in dem Augenblick, in dem die Liebe endlich friedlich hätte aufblühen können, nur noch ein Kartenspieler übrig, ein Aperitiftrinker, der genauso aus dem Gleichgewicht kam wie ein Süchtiger, wenn er sich nicht zu einer festen Zeit vor seinen Kneipentisch setzte!

»Du sagst ja nichts, Gilles.«

Dieses lange Schweigen zwischen Colette und ihm war häufig, und meistens machte es ihnen Angst.

»Ich frage mich, Tante . . .«

Er wagte es noch nicht. Er hatte das Gefühl, als rührte er an etwas sehr Zerbrechliches, an dieses wehmütige, aber so warme Glück, das sie des Abends in dem Haus in der Rue du Cordouan einhüllte.

Würde ein Wort oder ein Satz nicht genügen, um alles aufzulösen, und würden sie sich dann nicht, einander gegenüber sitzend, inmitten einer schrecklichen Leere wiederfinden?

Seit Tagen, seit Wochen schon dachte er daran.

›Ich will nicht so werden wie mein Onkel, Tante . . .‹

Sie wußte es seit langem schon, sie spürte, wie er gegen sich selber ankämpfte. Das Erbe Octave Mauvoisins erdrückte ihn. Er hatte Angst zu versinken, und er versank fast freiwillig, unbeherrscht.

»Hören Sie, Tante . . .«

»Was willst du tun?«

»Sie wissen es genau . . . Ich will fortgehen . . . Aber . . .«

Er sah, daß sie zitterte, daß sie wehrlos war.

»Ich will mit Ihnen weggehen, wie mein Vater und meine Mutter weggegangen sind, verstehen Sie?«

Die Worte gaben seine Gedanken nicht wieder. Er hätte sich am liebsten durch Bilder, durch Sonnen- und Schattenflecken, durch Gefühle ausgedrückt . . . Die Arkaden der Rue de l'Escale zum Beispiel, in der Nähe des von Musik vibrierenden Konservatoriums, und das junge Paar, das den Entschluß faßte, zu fliehen . . .

Der Friedhof von Nieul . . . Die Großmutter mit den feingeschnittenen Gesichtszügen . . . Sie hatte zwei Söhne, es gab zwei Mauvoisins . . . Und der eine, der täglich mit seinem Geigenkasten unterm Arm nach La Rochelle kam, war fortgegangen . . .

Der andere war geblieben . . .

Die Schwester seiner Mutter war eine Eloi geworden und war geblieben . . .

Er gehörte der anderen Art an, dem Stamm der Flüchtigen, der Fahrenden, und als er zum ersten Mal den Fuß in das Haus am Quai des Ursulines gesetzt hatte, hatte er gleich gespürt, daß Colette zu seiner Rasse gehörte.

Hatte er nicht ihretwegen, um nicht die Besinnung zu verlieren, Alice geheiratet?

Jetzt war es vorbei. Er wußte es. Er sagte noch einmal mit leiser Stimme:

»Nicht wahr, Colette? . . . Wir werden weggehen? . . .«

Er ging nicht einmal zu ihr hin, um sie zu küssen, um sie in seine Arme zu schließen. Es ging viel tiefer als eine Umarmung, und mit zugeschnürter Kehle sah er sie leidenschaftlich an, sagte noch, in einem Atemzug: »Nicht wahr? . . .«

Der Tisch zwischen ihnen war gedeckt. Ein einfacher, banaler Rahmen, Teller, ein Stück Käse, ein Ranken Brot, und doch fand Gilles hier die Poesie der Hotelzimmer wieder, wo er auf diese Weise mit seinem Vater und seiner Mutter inmitten einer unbekannten Welt gegessen hatte, in irgendeiner Stadt, die ihr eigenes Leben fortsetzte ohne jegliche Beziehung zu ihrem Leben.

Colette hatte nicht protestiert. Sie sah ihn immer noch an. Sie streckte einen Arm aus und berührte Gilles Hand.

»Glaubst du?« flüsterte sie verträumt, als sähe sie schon alle die kommenden Jahre vor sich, als stelle sie die Bilanz ihrer Freuden und Leiden auf.

»Ich glaube . . .«

Darauf schien ihr, als weiche ein Schleier von Gilles Gesicht, als trete sein wahres Gesicht zutage, als erscheine hier endlich ein Lächeln, ein richtiges, ein jugendliches Lächeln.

Er erhob sich. Er warf eine Tasse um. Und beide Hände auf ihre Schultern legend, zwang er sie, sich ebenfalls zu erheben.

»Oh, Colette . . .«

Es war nicht nur ein Anflug von Zärtlichkeit, sondern eine große Gebärde der Dankbarkeit. Sie hatte ihn gerade befreit. Auch er sah nach vorn, in die Zukunft. Er machte sich endgültig frei von dieser ganzen Existenz, in die man ihn hatte einsperren wollen und für die er nicht geschaffen war.

Er wurde fast wieder ein Kind.

»Colette! . . . Colette! . . .« sagte er immer wieder und drückte sie so fest, daß ihr der Atem verging.

Er zögerte, das einzige Wort zu stammeln, das ihm auf die Lippen kam:

»Danke . . .«

Als sie wieder um sich sahen, hatten sie das Gefühl, als seien ihre Körper leer wie nach einer langen Krankheit, und ein fröhliches Lächeln trat auf ihre Lippen.

»Reden wir jetzt einmal ernsthaft, Gilles . . .«

Und sie sagte das, ohne daran zu glauben. Nichts mehr war jetzt noch von Bedeutung. Sie konnten sich zwar praktische Einzelheiten ins Gedächtnis rufen, aber das war fast ein Spiel nach Regeln, die sie unter sich ausgemacht hatten.

»Was werden wir tun?«

Er wußte, daß ihr das gleichgültig war, daß sie keine Angst hatte, daß sie, wenn sie nur zu zweit wären . . .

»Wir werden irgend etwas tun . . . Ich spiele drei Instrumente . . . Und sogar . . .«

Ein kleines, zärtliches, triumphierendes Lächeln:

»Ich beherrsche ein wenig den letzten Beruf meines Vaters. Notfalls werden wir es so machen wie meine Eltern, nicht?«

Erst in diesem Augenblick wurden seine Augen feucht, und verschämt wandte er den Kopf ab. Er hatte das Gefühl, daß er in diesem Moment seine Eltern an der Entscheidung teilhaben ließ, die er gerade getroffen hatte, daß er ihnen näherkam – und zwar so sehr, daß ihn das Verlangen überkam, mit ihnen zu sprechen.

Von dem Geld Mauvoisins war nicht die Rede; es konnte gar keine Rede davon sein. Alice würde es behalten. Sie wäre ohne Gilles glücklicher als mit ihm.

»Wenn Sie wüßten, Colette, wie ich . . .«

Was für ein Wort sollte er finden? Alle waren zu schwach. Sein Herz hüpfte, er war nicht mehr aus Fleisch und Blut, er stand nicht mehr mit den Füßen auf der Erde.

»Wie ich . . .«

Sie stand ganz klein vor ihm, so klein, so zerbrechlich, daß er dem Wunsch nicht widerstehen konnte, sie in seine Arme zu nehmen und hochzuheben, als wolle er sie sofort weit forttragen.

Als er sie wieder auf den Boden stellte, weinten sie beide vor Lachen, und durch die Tränen hindurch sahen sie ihre Gesichter verschwommen wie Traumgesichter.

*Fontenay-le-Comte, Februar 1941*

# *Georges Simenon im Diogenes Verlag*

BIOGRAPHISCHES

*Als ich alt war*
Tagebücher 1960–1963
Deutsch von Linde Birk

*Briefwechsel mit André Gide*
Deutsch von Stefanie Weiss

*Brief an meine Mutter*
Deutsch von Trude Fein

*Ein Mensch wie jeder andere*
Mein Tonband und ich
Deutsch von Hans Jürgen Solbrig

*Über Simenon*
Zeugnisse und Essays von Patricia Highsmith bis Alfred Andersch. Mit einem Interview, mit Chronik und Bibliographie. Herausgegeben von Claudia Schmölders und Christian Strich
detebe 154

SONDERBÄNDE

*Betty / Die Tür*
Zwei Romane in einem Band
Deutsch von Raymond Regh und Linde Birk

*Der Neger / Das blaue Zimmer*
Zwei Romane in einem Band
Deutsch von Linde Birk und Angela von Hagen

*Maigret hat Angst / Maigret erlebt eine Niederlage*
Zwei Maigret-Romane in einem Band
Deutsch von Elfriede Riegler

*Maigret gerät in Wut / Maigret verteidigt sich*
Zwei Maigret-Romane in einem Band
Deutsch von Wolfram Schäfer

ROMANE IN ERSTAUSGABEN

*Der Verdächtige*
Roman. Deutsch von Eugen Helmlé

*Der Mörder*
Roman. Deutsch von Lothar Baier

*Die Verlobung des Monsieur Hire*
Roman. Deutsch von Linde Birk

*Die Unbekannten im eigenen Haus*
Roman. Deutsch von Gerda Scheffel

*Der Ausbrecher*
Roman. Deutsch von Erika Tophoven-Schöningh

NON-MAIGRET-ROMANE

*Die Glocken von Bicêtre*
Roman. Deutsch von Hansjürgen Wille und Barbara Klau. detebe 72

*Brief an meinen Richter*
Roman. Deutsch von Hansjürgen Wille und Barbara Klau. detebe 135/1

*Der Schnee war schmutzig*
Roman. Deutsch von Willi A. Koch
detebe 135/2

*Die grünen Fensterläden*
Roman. Deutsch von Alfred Günther
detebe 135/3

*Im Falle eines Unfalls*
Roman. Deutsch von Hansjürgen Wille und Barbara Klau. detebe 135/4

*Sonntag*
Roman. Deutsch von Hansjürgen Wille und Barbara Klau. detebe 135/5

*Bellas Tod*
Roman. Deutsch von Elisabeth Serelmann-Küchler. detebe 135/6

*Der Mann mit dem kleinen Hund*
Roman. Deutsch von Stefanie Weiss
detebe 135/7

*Drei Zimmer in Manhattan*
Roman. Deutsch von Linde Birk
detebe 135/8

*Die Großmutter*
Roman. Deutsch von Linde Birk
detebe 135/9

*Der kleine Mann von Archangelsk*
Roman. Deutsch von Alfred Kuoni
detebe 135/10

*Der große Bob*
Roman. Deutsch von Linde Birk
detebe 135/11

*Die Wahrheit über Bébé Donge*
Roman. Deutsch von Renate Nickel
detebe 135/12

*Tropenkoller*
Roman. Deutsch von Annerose Melter
detebe 135/13

*Ankunft Allerheiligen*
Roman. Deutsch von Eugen Helmlé
detebe 135/14

*Der Präsident*
Roman. Deutsch von Renate Nickel
detebe 135/15

MAIGRET-ROMANE

*Maigrets erste Untersuchung*
Roman. Deutsch von Roswitha Plancherel
detebe 155/1

*Maigret und Pietr, der Lette*
Roman. Deutsch von Wolfram Schäfer
detebe 155/2

*Maigret und die alte Dame*
Roman. Deutsch von Renate Nickel
detebe 155/3

*Maigret und der Mann auf der Bank*
Roman. Deutsch von Annerose Melter
detebe 155/4

*Maigret und der Minister*
Roman. Deutsch von Annerose Melter
detebe 155/5

*Mein Freund Maigret*
Roman. Deutsch von Annerose Melter
detebe 155/6

*Maigrets Memoiren*
Roman. Deutsch von Roswitha Plancherel
detebe 155/7

*Maigret und die junge Tote*
Roman. Deutsch von Raymond Regh
detebe 155/8

*Maigret amüsiert sich*
Roman. Deutsch von Renate Nickel
detebe 155/9

*Hier irrt Maigret*
Roman. Deutsch von Elfriede Riegler
detebe 155/10

*Maigret und der gelbe Hund*
Roman. Deutsch von Raymond Regh
detebe 155/11

*Maigret vor dem Schwurgericht*
Roman. Deutsch von Wolfram Schäfer
detebe 155/12

# Diogenes Taschenbücher

*Alphabetisches Verzeichnis*

o Čechov, *Der Kirschgarten* 50/3
o Čhechov, *Onkel Vanja* 50/4
o Čechov, *Ivanov* 50/5
o Čechov, *Drei Schwestern* 50/6
o Čechov, *Platonov* * 50/7
o Čechov, *Ein unbedeutender Mensch* 50/11
o Čechov, *Gespräch eines Betrunkenen* 50/12
o Čechov, *Die Steppe* 50/13
o Čechov, *Flattergeist* 50/14
o Čechov, *Rothschilds Geige* 50/15
o Čechov, *Die Dame mit dem Hündchen* 50/16
o Čechov, *Eine langweilige Geschichte* 50/17
o Čechov, *Krankenzimmer Nr. 6* 50/18
o Čechov, *Drei Jahre* 50/19
o Čechov, *Die Insel Sachalin* 50/20
Chandler, *Der große Schlaf* 70/1
Chandler, *Die kleine Schwester* 70/2
Chandler, *Das hohe Fenster* 70/3
Chandler, *Der lange Abschied* 70/4
o Chandler, *Die simple Kunst des Mordes* 70/5
Chandler, *Die Tote im See* 70/6
Chandler, *Lebwohl, mein Liebling* 70/7
Chandler, *Playback* 70/8
Chandler, *Mord im Regen* 70/9
o *Über Chaplin* * 159
Chaval, *Zum Lachen* 80/1
Chaval, *Zum Heulen* 80/2
Chaval, *Hochbegabter Mann* 80/3
Childers, *Das Rätsel der Sandbank* * 92
Christie, *Villa Nachtigall* 71
Clair, *Die Prinzessin von China* 184
Collins, *Ein schauerliches fremdes Bett* 188
o Conrad, *Lord Jim* 66/1
o Conrad, *Der Geheimagent* 66/2
o Conrad, *Herz der Finsternis* 66/3
Cullingford, *Post mortem* 132
*Das Diogenes Autorenalbum* 194
o *Das Diogenes Lesebuch* * 58
o *Das Diogenes Lesebuch amerikanischer Erzähler* * 117
o *Das Diogenes Lesebuch englischer Erzähler* * 118
o *Das Diogenes Lesebuch irischer Erzähler* * 119
*Dolly Dolittle's Crime Club* I 120/1
*Dolly Dolittle's Crime Club* II 120/2
*Dolly Dolittle's Crime Club* III 120/3
*Dolly Dolittle's Crime Club* IV 120/4
Dumas, *Horror in Fontenay* * 129
Dunsany, *Smetters erzählt Mordgeschichten* 190/1
Dunsany, *Jorkens borgt sich einen Whisky* 190/2
o Dürrenmatt, *Der Richter und sein Henker / Der Verdacht* 171
o Meister Eckehart, *Deutsche Predigten und Traktate* 202
o Eichendorff, *Aus dem Leben eines Taugenichts* 158
o Einstein/Freud, *Warum Krieg?* 28
Eisenreich, *Die Freunde meiner Frau* 172
Ely, *Aus!* * 32
o Erckmann/Chatrian, *Der Rekrut* 12
o Faulkner, *Der Brandstifter* 30/1
o Faulkner, *Eine Rose für Emily* 30/2
o Faulkner, *Rotes Laub* 30/3
o Faulkner, *Sieg im Gebirge* 30/4
o Faulkner, *Schwarze Musik* 30/5
o Faulkner, *Die Unbesiegten* 30/6
o Faulkner, *Sartoris* 30/7
o Faulkner, *Als ich im Sterben lag* 30/8
o Faulkner, *Schall und Wahn* 30/9
o Faulkner, *Absalom, Absalom!* 30/10
o Faulkner, *Go down, Moses* 30/11
o Faulkner, *Der große Wald* 30/12
o Faulkner, *Griff in den Staub* 30/13
o Faulkner, *Der Springer greift an* 30/14
o Faulkner, *Soldatenlohn* 30/15
o Faulkner, *Moskitos* 30/16
o Faulkner, *Wendemarke* 30/17
o *Über William Faulkner* * 54
Fellini, *Roma* * 55/1
Fellini, *Das süße Leben* * 55/2
o Fellini, *8½* 55/3
o Fellini, *Julia und die Geister* 55/4
Fellini, *Amarcord* * 55/5
o Fellini, *Aufsätze und Notizen* * 55/6
Fellini, *Casanova* * 55/7
Fellini, *La Strada* * 55/8
Fellini, *Die Nächte der Cabiria* * 55/9
Fellini, *I Vitelloni* * 55/10
o Ferlinghetti, *Ausgewählte Gedichte* * 41
o Fischer, *Zur Situation der Kunst* * 15
o Fitzgerald, *Der große Gatsby* 97/1
o Fitzgerald, *Der letzte Taikun* 97/2
o Fitzgerald, *Pat Hobby's Hollywood Stories* * 97/3
o Flaubert, *Briefe* 143
Flora, *Premiere* * 0
Flora, *Trauerflora* 52/1
Flora, *Vivat Vamp!* 52/2
o Ford, *Die allertraurigste Geschichte* 163
o Franz von Assisi, *Die Werke* 201
o Friedell, *Konversationslexikon* * 59
Friedell, *Die Rückkehr der Zeitmaschine* 81
Gasbarra, *Die Schule der Planeten* 181
Geen, *Tolstoi wohnt in 12N B9* * 89
o Gogol, *Die Nase* 138
o Gogol, *Die toten Seelen* 141
o Gontscharow, *Ein Monat Mai in Petersburg* 173
Gorey, *Balaclava* * 27
Gorey/Phypps, *Das jüngst entjungferte Mädchen* 101
o Gotthelf, *Uli der Knecht* 170/1
o Gotthelf, *Uli der Pächter* 170/2
o Gotthelf, *Anne Bäbi Jowäger I* 170/3
o Gotthelf, *Anne Bäbi Jowäger II* 170/4
o Gotthelf, *Geld und Geist* 170/5
o Gotthelf, *Der Geltstag* 170/6
o Gotthelf, *Käthi die Großmutter* 170/7
o Gotthelf, *Die Käserei in der Vehfreude* 170/8
o Gotthelf, *Die Wassernot im Emmental / Wie Joggeli eine Frau sucht* 170/9
o Gotthelf, *Die schwarze Spinne / Elsi, die seltsame Magd / Kurt von Koppigen* 170/10

o Verne, *Die Erfindung des Verderbens* 64/13
Verne, *Die Leiden eines Chinesen in China* 64/14
Verne, *Das Karpathenschloß* 64/15
Verne, *Die Gestrandeten* 64/16–17
o Verne, *Der ewige Adam* 64/18
Verne, *Robur der Eroberer* 64/19
o Vogt, *Husten* 182/1
Vogt, *Wüthrich* 182/2
Vogt, *Melancholie* 182/3
o R. Walser, *Der Spaziergang* 43
Wells, *Der Unsichtbare* 67/1
Wells, *Der Krieg der Welten* 67/2
o Wells, *Die Zeitmaschine* 67/3
o Wells, *Die Geschichte unserer Welt* 67/4
Wells, *Das Land der Blinden* 67/5
West, *Schreiben Sie Miss Lonelyhearts* 40/1
West, *Tag der Heuschrecke* 40/2
West, *Eine glatte Million* 40/3
Whistler, *Die vornehme Kunst sich Feinde zu machen* * 34
o Widmer, *Das Normale und die Sehnsucht* * 39/1
Widmer, *Die lange Nacht der Detektive* * 39/2
Widmer, *Die Forschungsreise* 39/3
o Widmer, *Schweizer Geschichten* 39/4
Widmer, *Nepal* 39/5
Widmer, *Die gelben Männer* 39/6
o Wilde, *Der Sozialismus und die Seele des Menschen* 3
Woinowitsch, *Die denkwürdigen Abenteuer des Soldaten Iwan Tschonkin* 195
o Wollschläger, *Die bewaffneten Wallfahrten* * 48
o Wollschläger, *Karl May* 112
o Wollschläger, *Die Gegenwart einer Illusion* * 113
Zimnik, *Geschichten vom Lektro* 197/1
Zimnik, *Neue Geschichten vom Lektro* 197/2
Zimnik, *Sebastian Gsangl* 197/3
o *Das zynische Wörterbuch* 186

*Titel mit * sind Erstausgaben oder deutsche Erstausgaben*
*Titel mit o sind auch als Studienausgaben empfohlen*

## *detebe-Kassetten*

Andersch, *Werk- und Studienausgabe in 15 Bänden* K 20
o Balzac, *Die Menschliche Komödie in 40 Bänden* K 10
Bräker, *Leben und Schriften des Armen Mannes im Tockenburg in 2 Bänden* K 21
o Busch, *Studienausgabe in 7 Bänden* K 13
o Čechov, *Das erzählende Werk in 10 Bänden* K 2
o Chandler, *Sämtliche Romane und mehr in 9 Bänden* K 4
Chaval, *Gesammelte Cartoons in 3 Bänden* K 9
o Faulkner, *Gesammelte Erzählungen in 5 Bänden* K 16
Gotthelf, *Ausgewählte Werke in 12 Bänden* K 18
o Hammett, *Sämtliche Romane in 5 Bänden* K 3
o Hottinger, *Morde in 3 Bänden* K 1
Hottinger, *Geschichten für den Connaisseur in 6 Bänden* K 14
Jägersberg, *Lehrstücke in 4 Bänden* K 19
o Keller, *Werke in 8 Bänden* K 17
o D. H. Lawrence, *Sämtliche Erzählungen und Kurzromane in 8 Bänden* K 6
o McCullers, *Werke in 8 Bänden* K 11
o Maugham, *Gesammelte Erzählungen in 10 Bänden* K 5
o Maugham, *Der Menschen Hörigkeit in 2 Bänden* K 15
o Molière, *Komödien und Materialien in 8 Bänden* K 7
o O'Connor, *Gesammelte Erzählungen in 6 Bänden* K 8
o Schopenhauer, *Zürcher Ausgabe in 10 Bänden* K 12
*Shakespeare's dramatische Werke in 10 Bänden* K 22
Stevenson, *Werke in 12 Bänden* K 24

# Diogenes Kinder Taschenbücher

Alphabetisches Verzeichnis